國際學術研討會

與

武俠小說

古龍武俠小說 領先時代半世紀

【記者賴素鈴／報導】江湖代有才人出，這廂古龍凋零二十載，那廂今朝懸賞百萬獎新秀，浪淘不盡，唯有武俠熱愛，不隨時間變易，在學術研討會上更見分明。以「一代鬼才：古龍與武俠小說」為主題，淡江大學第九屆文學與美學國際學術研討會昨起在國家圖書館，展開為期兩天的議程，紀念武俠小說家古龍逝世二十周年，新生代學者與古龍故舊齊聚一堂，以文論劍話武俠。

日前與淡大中文系教授林保淳共同發表《台灣武俠小說發展史》，武俠小說評論家葉洪生昨天在專題演講中，直批明適1959年底發表「武俠小說下流論」是「胡說」，學界泰斗的不當發言以及隨即展開的「暴雨專案」，反而促成1960年起台灣武俠新秀的繁興，「武俠小說迷人的地方，恰恰在門道之上。」，葉洪生認定，武俠小說審美四原則在文筆、意構、雜學、原創性，他強調：「武俠小說，是一種『上流美』。」

集多年心血完成《台灣武俠小說發展史》，葉洪生認為他已從十歲起迷上武俠小說的半世紀畫上完美句點，並且宣布他「以後決心退出武俠論壇，封劍退隱江湖」。

雖然葉洪生回顧武俠小說名家此起彼落，套太史公名言「固一世之雄也，而今安在哉？」，認為這是值得深思的嚴肅課題，昨天意外現身研討會而備受矚目的溫世禮，則為了紀念同是武俠迷的哥哥溫世仁，推出第一屆「溫世仁武俠小說百萬大賞」，即日起至今年10月3日截止收件，總兩階段評選後於明年12月7日公布首獎得主，預料將會是一場武林新秀的龍虎爭霸戰。

看明日誰領風騷？風雲時代出版社發行人陳曉林眼中的古龍，其實領先他的時代半世紀，以致如今雖然古龍逝世20年，陳曉林認為大家對古龍的了解仍然有限，預言未來世代更能和古龍的後設風格共鳴。

昨天這場研討會，也凸顯武俠小說作為一項文學研究門類，仍有待開發學習空間。多位與會者都指出，武俠小說的發表、出版方式和管道具考證難度，學術理論與論文格式的建立待加強。而武俠名家的版權之爭、市場競爭力，也增加出版推廣困難，古龍武俠小說的版權糾紛、司馬翎作品的版權官司也成為研討會的場外話題。

第九屆文學與美

古龍兄為人慷慨豪邁、跅弛
自如,變化多端,文如其人,且飽多
奇氣,惜英年早逝,余與古龍兄
生交好,且喜讀其書,今既不復其
人,又無新作了讀,深且惋惜。

金庸
一九九六,十,十二,香港

陸小鳳傳奇

（五）

鳳舞九天

【導讀推薦】

隱形刺客與完美謀殺

——《鳳舞九天》導讀

武俠評論家、國立台灣師範大學中文系教授 林保淳

這是陸小鳳故事系列的第六部，題名「鳳舞九天」，是為了強調陸小鳳經過「隱形人」事件後，浪子心定，終於得偕紅粉知己沙曼，「是飛翔在幸福的九重天上的陸小鳳」，因而意欲歸隱江湖。但這是否為古龍所取的原名，是相當值得懷疑的。此書從寫作、出版到印行，頗有一些波折，主要是古龍實際上並未完成這部作品，而目前可以看到的有兩種版本：一是香港武功出版社所出的，題名為「隱形的人」，故事未完；一為台北出版社所出，故事完整，據聞為薛興國所續，題為「鳳舞九天」。兩本相較，大抵從「仗義救人」的後半段，「他忽然發覺自己已落入了一張網裡。一張由四十九個人，三十七柄刀織成的網」以上，完全相同。由於兩種版本後面的情節發展互異，因此，究竟古龍原作寫到哪裡，頗有異議。

不過，這並不妨礙讀者欣賞這部小說。「鳳舞九天」在接續古龍原作時，遺漏了頗多線索，如小玉此女的來歷，諱莫如深，古龍在〈談判順利〉一節，其實已留下伏筆；老實和尚在後續的故事中，硬被栽贓成「不老實」，與古龍的原意，也大相逕庭（在《劍神一笑》中，老

實和尚又儼然是一「老實」人）；而故事結尾，陸小鳳與沙曼共諧連理，則與《劍神一笑》中所敘的「牛肉湯」相扞格；而「刺殺皇上以奪嗣」的橋段，古龍在「決戰前後」已經用過，實不宜重出。然而，薛興國頗精熟古龍筆法與風格，神似之處，幾可亂真，如將崔誠在嚴密保護中的秘室中被滅口，利用人為的「時間差」（葉星士撒謊），製造懸疑，頗切合書中屢屢強調的「隱形人」意旨，可謂是「善讀古龍」；而且將幕後主使人坐實於「太平王世子」，也符合古龍原意。因此，《鳳舞九天》依然不失為一部值得一讀的佳作。

本書的結構相當巧妙，尤其是前半部。一開始，三千五百萬兩珍寶在神不知鬼不覺中遭劫，即已造成莫大的懸疑；而唯一的「活口」（其他人皆失蹤），居然在重重護衛下遭到滅口，更令讀者感到波詭雲譎，道道地地就是古龍最精擅的筆法。劫案一無頭緒，依理當在劫案現場刻意描繪，抽絲剝繭，以求得蛛絲馬跡；但卻在古龍偏偏慢條斯理，轉筆敘述欲出海觀光的陸小鳳。陸小鳳在「狐狸窩」的一段，乍看之下是「閒筆」，與劫案根本無關，陸小鳳也自始不曉得此巨案；但卻在古龍精心設計的一場暴風雨中，利用木魚和佛像，巧妙地將陸小鳳捲入，然後一步一步地透露線索，最終才在回到陸地後，讓陸小鳳正式成為本書偵察案件的「偵探」。在此，陸小鳳真的有「千呼萬喚始出來」的味道，吊盡了讀者的胃口。

此書的關鍵點在「隱形人」，港版題名為「隱形的人」，應是古龍原意。所謂「隱形人」，書中藉小老頭的話語，作了相關的「定義」：

泡沫沒入大海，杯酒傾入酒樽，就等於隱形了。因為別人已看不到它，更找不出它，有些

人也一樣。

如果你有另外一種身分，譬如說，如果你是江南大俠，那麼你也等於隱形了，因為別人只

看見你是大俠的身分，卻看不見你是殺人的刺客。

世間沒有真的能夠「隱形」的人，最多是巧妙地利用各種身分，「隱藏真形」而已。「隱藏真形」，當然就讓人無法掌握，同時也充滿各種不可預料的可能。實際上，古龍的作品，幾乎多半都是以「隱形人」的概念在運作的，他的許多名言，如「最好的朋友，就是你最大的敵人」、「有時候越是老朋友，越會把對方出賣」、「最危險的地方，就是最安全的地方」等，藉「可能／不可能」的辯證片語（其實，「可能」一語，就暗藏著「可能不」的意義），淋漓盡致地發揮了作品離奇變化的特色。何以朋友會是敵人？顯然，「朋友」只是一種「身分」，用來掩飾、隱藏「敵人」的「真形」而已。古龍賦予筆下的每一個角色「無限的可能」，在情節需要變化的時候，隨時「可能」爆出驚人的內情，就此而言，每個角色都被塑造成「隱形人」，但看古龍願不願意暴露出其「真形」而已。古龍筆下的人物，充滿了模糊不定的特色，而也正因具此特色，所以古龍的小說才詭秘離奇，變化不可方物。

本書可謂是全力發揮「隱形」意旨的佳作，古龍先聲奪人地點出「隱形人」，然後藉「隱形人」的含意，貫串全書。實際上，書中每一個人物（除了主角）都可能是「隱形人」，因為每個人似乎都隱藏了「真形」，從海邊的岳洋、老狐狸、牛肉湯、小玉、小老頭，到劫案中的要角鷹眼老七、名醫葉星士、太平王世子，甚至連另一主角老實和尚，都有說不清的內幕，

數不盡的秘密。在古龍文字撥弄之下，讀者滿頭霧水，分不出孰是孰非，非得等到古龍最後的

「暴露」，才能盡知其玄奧。

古龍以這種方式塑造人物，簡直有點「隨心所欲」，要黑要白，但得看他高不高興。讀者

閱讀過後，多少難免有點被戲耍、愚弄的味道，而古龍偏偏就是有這種本事，他讓你心中儘管

不服氣、不愜意，但卻無法與他辯駁，因為任何一條線索，他都安排得合情合理！

《鳳舞九天》是古龍未完成的作品，究竟何以古龍中途輟筆呢？古龍創作的後期，整個心

態又是如何？古龍已往矣，如今是很難考究了。不過，此書有一段甚為奇特的文字，或者可以

讓我們略窺一二：

如果你的心裡有痛苦，喝醉了是不是就會忘記？

不是！

──為什麼？

因為你清醒後更痛苦。

──所以喝醉了對你並沒有好處。

絕沒有。

──那麼你為什麼要醉？

我不知道。

一個人為什麼總是常常要去做自己並不想做的事？

我不知道。

這段充滿懺悔、矛盾、徬徨的文字非常突兀，緊接在陸小鳳不忍見到天龍門南宗遭「武官」屠戮，奮勇衝出之後，而下文立即描述陸小鳳眼中所見到的慘狀。

可以說，這段文字是「上不巴村，下不著店」的，即使刪除，也無關緊要。可以想見，這是古龍的獨白，在此，我們看到的不是意氣飛揚的古大俠，而是一個痛苦、徘徊、落寞的心靈。

古龍晚年越發嗜酒，酒，帶給古龍的往往不是酣暢，是舉杯澆愁愁更愁，是無盡的寂寞，是後來一身的病痛。

古龍 精品集 29

陸小鳳傳奇(五)

鳳舞九天

目・錄

一 薄刀

一

一百零三個精明幹練的武林好手，價值三千五百萬兩的金珠珍寶，竟在一夜之間全都神秘失蹤。

這件事影響所及，不但關係著中原十三家最大鏢局的存亡榮辱，江湖中至少還有七八十位知名之士，眼看著就要因此而家破人亡，身敗名裂。

那天晚上究竟發生了什麼事？

知道這秘密的，普天之下，只有一個人！

崔誠知道自己現在已變得如此重要，一定會覺得自己此生已非虛度。

可是他並不知道。他已整整暈迷了三天。

這一百零三個人都是中原鏢局的精英，護送著鏢局業有史以來最大的一趟鏢。經太行，出潼關，卻在太行山下一個小鎮上忽然失蹤。

崔誠是群英鏢局的趟子手，也是這次事件中唯一的生還者。

根據一天後就已緊急號召成的搜索隊首腦熊天健所說：「我們是在當地一家客棧的坑洞裡

找到他的，當時他已暈迷不醒，奄奄一息。」

據陪同搜索隊到太行的名醫葉星士說：「他身上共有刀傷六處，雖然因為流血過多而暈迷，幸好傷不在要害，只要找個安全的地方讓他靜養三五天，我保證他一定回復清醒。」

據搜索隊的另一首腦鷹眼老七說：「現在他已被送到一個絕對安全的地方休養，不經我們全體同意，連一隻蒼蠅都飛不進去。」

熊天健是中原大俠，也是群英鏢局總鏢頭司徒剛的舅父，俠義正直，在江湖中一向很有人望。

葉星士是少林鐵肩大師的唯一俗家弟子，也是江湖中久著盛譽的四大名醫之一，醫術精湛，天下公認。

鷹眼老七是十二連環塢的總瓢把子，十二連環塢的勢力遠及塞外，連黑白兩道中都有他的門人子弟，這次護鏢的四十位鏢師中，就至少有五六個人曾經在他門下遞過帖子。

他們被牽入這件事，只因為他們都是這十三家鏢局的保人。

這趟鏢的來頭極大，甚至已上動天聽，若是找不回來，非但所有的保人都難免獲罪，連委託他們護鏢的太平王府都脫不了關係。

所有的保人當然也都是江湖中極有身分的知名人士，中原武林的九大幫、七大派，幾乎全都有人被牽連在內。

他們是在端陽節的前一天找到崔誠的，現在已是五月初八。

根據負責照顧崔誠的十二連環塢第三寨程寨主說：「他昨天晚上已醒過一次，還喝了半碗

參湯，解了一次手，等我們替他換過藥後，他才睡著的。」

據鷹眼老七的如夫人蕭紅珠說：「他解出的糞便中已沒有血絲，今天早上已經能開口要水喝，還看著我笑了笑。」

程中和蕭紅珠都是鷹眼老七最親信的人，只有他們才能接近崔誠。

以崔誠的傷勢來看，現在雖然還不宜勞累，但是這件事卻無疑遠比他的傷勢重要得多，只要他能開口說話，就絕不能再等。

是以所有和這件事有關的人，現在都已到了十二連環塢的總寨，連太平王的世子都帶著他們的護衛來了。

現在崔誠當然絕不能死！

十二連環塢究竟是個什麼樣的地方，江湖中幾乎從來沒有人能真正了解過，那不僅是個地方，也是個極龐大的組織。

這組織的勢力分佈極廣，份子很複雜，黑白兩道上，他們都有一份，可是他們都能謹守著

一個原則——

「不傷天害理，不乘人於危，不欺老弱婦孺，不損貧病孤寡。」

這也許就是他們能存在至今的最大原因。

十二連環塢有十二寨，從外表看來和普通的山莊村落並沒有什麼分別，其實他們的防衛極森嚴，組織更嚴密，沒有他們的腰牌和口令，無論誰都很難進入他們的山區。

總瓢把子鷹眼老七的駐轄地，就叫做「鷹眼」，十二連環塢屬下的所有行動、命令都是由「鷹眼」中直接發出的。

端陽的正午，崔誠就已被送入「鷹眼」的密室中，要經過五道防守嚴密的鐵柵門才進入這密室，能自由出入的，只有程中和蕭紅珠。現在他們就在這裡陪著崔誠。

程中老成持重，而且略通醫術，蕭紅珠溫柔聰明，心細如髮，密室四面是牆壁，都是整塊的花崗石，鐵門不但整天都有人換班防守，而且還配著名匠製成的大鐵鎖，除了蕭紅珠和鷹眼老七貼身秘藏的兩把鑰匙外，無論誰都打不開。

對這種防守，連太平王的世子都不能不滿意，笑著對鷹眼老七道：「你說得不錯，這地方實在連隻蒼蠅都飛不進去。」

可是當他們通過五道鐵柵，進入密室後，才發現崔誠已經死了！

蕭紅珠和程中也已死了！

他們身上既沒有傷痕，也找不到血痕，但是他們的屍體都已冰冷僵硬。

根據葉星士的判斷：

「他們死了至少已有一個半時辰，是被一柄鋒刃極薄的快刀殺死的，一刀就已致命！」

「因為刀的鋒刃太薄，出手太快，所以連傷口都沒有留下。」

「致命的刀傷無疑在肺葉下端。一刀刺入，血液立刻大量湧入胸腔，所以沒有血流出來。」

這一刀好準，好快！

可見殺人的兇手不但極擅快刀，而且還有極豐富的經驗。

防守密室的人，跟隨鷹眼老七都已在十年以上，都是他的心腹死士。

他們指天誓日：「在這兩個時辰中，除了蕭夫人和程寨主，絕沒有第三個人出入過。」

這一班防守的有三十六個人，三十六人說的當然絕不會全是謊話。

那麼兇手是怎麼進去的？

太平王的世子冷笑：「照你這麼說，除非他是個隱形的人！」

正午。

佈置精緻的大廳內沉悶煩熱，連風都似已被凝結，散亂的頭髮一落下來，立刻被汗水膠住，

雖然隨時都有酒水供應，但大家還是覺得嘴唇乾裂，滿嘴發苦。

鷹眼老七更顯得憔悴，悲傷而疲倦。

他本是個活力充沛，看起來很年輕的人，就在這一刻間，他似已蒼老了很多。

「兇手是怎麼進去的？這世上當然絕沒有真能隱形的人。」

他想不通。沒有人能想得通。

大家只知道一件事，這三千五百萬兩鏢銀若是找不回來，他們就負責賠償。

那足以讓他們每個人都傾家蕩產！就算傾家蕩產，也未必能賠得出！

以他們的身分地位，當然更絕不能賴賬。

幸好太平王的世子並不是個不通情理的人：「我可以給你們四十天的限期，讓你們去把這批珠寶追回來，否則……」

他沒有說下去，也不必說下去，後果的嚴重，大家心裡都很明白。

說完了這句話，他就帶著他的護衛們走了，不管怎麼樣，四十天的限期已不能算短。

只可惜這件事連一點線索都沒有。

鷹眼老七站起又坐下，坐下又站起，熊天健滿身大汗，已濕透了內外三重衣服，有些人只有鼻子會出汗，就看著汗珠一滴滴從鼻尖滴落。

這些人都是坐鎮一方的武林大豪，平時指揮若定，此刻卻已方寸大亂，竟完全想不出一點對策來。

葉星士忽然道：「這已不是第一次。」

大家都不能完全了解他這句話的意思，只有等著他說下去。

葉星士道：「上個月底長江水上飛，在作每日例行的巡查時，忽然暴斃在水中，我也曾被他們幫中的子弟請去檢定他的死因。」

熊天健立刻問：「他的死因也跟崔誠一樣？」

葉星士點點頭，道：「他身上也完全沒有傷痕血跡，我整整花了三天功夫，才查出他內腑肺葉下的刀傷，也同樣是一刀就已致命！」

熊天健道：「他是在水中被刺的了？」

葉星士道：「不錯。」

熊天健的臉色更凝重，水上飛的水性號稱天下第一，兇手能在水中一刀刺入他的要害，水底的功夫當然比他更精純。

他沉思著，過了很久，才緩緩道：「我也想起了一件事。」

以鷹爪力著稱的淮南武林世家長公子王毅搶著問道：「什麼事？」

熊天健道：「今年年初，嵩陽『鐵劍山莊』的老莊主在他的藏劍閣中練劍時，忽然暴斃，至今還沒有人知道他的死因。」

他長長吐出口氣：「現在我才想到，他很可能也是被同一個刺客暗殺的！」

嵩陽郭家的劍法，一向為不傳之秘，郭老莊主在練劍時，絕不許外人偷看。

他的藏劍閣建造得也像是銅牆鐵壁一樣，任何人都難越雷池一步。

何況他劍法極高，一柄家傳的鐵劍施展開來，別人根本近不了他的身。

葉星士皺眉道：「他當真是在練劍時被刺的，這刺客的刀就未免太可怕了。」

鷹眼老七忽然冷笑，道：「那麼我們是不是就應該坐在這裡，等著他來將我們一個個殺光？」

沒有人跟他爭辯，自己最心愛的女人被刺殺，無論誰心情都不會好的。

鷹眼老七握緊雙拳，額上青筋一根根凸起，大聲道：「就算這刺客真的有三頭六臂，真的會隱形，我也要把他找出來！」

怎麼找呢？

經過了徹底商議後，大家總算決定了三個對策。

將所有的人手分成三批，分頭辦事。

第一批人由熊天健率領，再回太行山下那一個小鎮去，看看鏢師們投宿的那家客棧中，是不是還有些蛛絲馬跡留下來。

最好能將當地每一戶人家都仔細查問清楚，出事前那幾天，有沒有可疑的陌生人到過那裡？

他們已將江湖中所有善於使刀的武林高手都列舉出來，由葉星士帶領的第二批人去分別查訪。

最主要的是，要問出他們從五月端陽的凌晨到正午這兩個時辰中，他們的人在哪裡？

第三批人由王毅領隊，到各地去籌款，想法子湊足了三千五百萬兩。

這件事雖然都很不容易，大家忍不住要問鷹眼老七。

「你準備到哪裡去？」

「我去找陸小鳳。」

「就是那個有四條眉毛的陸小鳳？」

鷹眼老七點點頭：「假如世上還有人能替我們找出那兇手來，一定就是陸小鳳。」

他說得很有把握。

經過了幽靈山莊那一件事後，他對陸小鳳的機智和能力都充滿信心。

「據說這個人是個浪子，浪跡天涯，四海為家，你準備到哪裡去找他？」

「哪裡的粽子做得最好，我就到哪裡去找。」

對這一點，他也很有把握。

他知道陸小鳳不但好吃，而且很會吃，端午節的時候若是不吃粽子，豈非是件很煞風景的事？

據說臥雲樓主人的家廚名動公卿，做出來的湖州粽子風味絕佳，當地官府每年都要用八百里加急的驛馬送到京師去，而且臥雲樓主人好像也正是陸小鳳的老朋友。

「我正準備到那裡去。」鷹眼老七已站起來：「臥雲樓主人一向好客，端陽才過三天，他一定不會放陸小鳳走的。」

只可惜他還是遲了一步。

臥雲樓主人昔年本是江湖聞名的美男子，近年來想必因為吃得太好，肚子已漸漸凸起，這一點無疑也使得他自己很煩惱。

所以他說話的時候，總會在不知不覺中拍著自己的肚子。

「陸小鳳來過，端午前後他幾乎每年都要來住幾天。」臥雲樓主人親自為鷹眼老七倒了杯酒：「這就是我特地為他挑選的竹葉青，你嚐嚐怎麼樣？」

鷹眼老七雖然不是為品酒來的，還是將這杯酒一飲而盡，立刻問道：「現在他的人呢？」

臥雲樓主人嘆了口氣，道：「今年他的興致好像不如往年，總顯得有點心事重重，連這罈酒都沒有喝完，就一定要走，連我都留不住！」

看來他顯然對陸小鳳很關心，搖著頭嘆道：「他太喜歡管閒事，什麼事都管，不該管的也

要管，卻忘了替自己打算打算，一個人到了三十歲還沒有成家，心情怎麼會好得起來？」

鷹眼老七只有苦笑；

臥雲樓主人沉吟著，道：「你知不知道他會到什麼地方去？」

鷹眼老七的臉色一下子就已變得蠟黃：「你是說他要出海去？」

臥雲樓主人遙望著窗外的一朵白雲，緩緩道：「現在他想必已到了海上。」

鷹眼老七開始喝酒，一口氣喝了八大碗，站起來就走。

臥雲樓主也留他不住，只有送到門口：「他秋深的時候就會回來的，一定還會到我這裡吃

月餅，你有什麼事，我可以轉告他。」

鷹眼老七道：「到了那時候，我只有一件事找他做了。」

臥雲樓主道：「什麼事？」

鷹眼老七道：「找他去抬棺材。」

臥雲樓主人皺了皺眉，道：「抬誰的棺材？」

鷹眼老七道：「我的。」

二　狐狸窩

一

陸小鳳沒有出海，他怕暈船，他選了條標準的海船，這條船卻還在裝貨。

已收了他五百兩銀子的船主人，是條標準的老狐狸，口才尤其好！

「貨裝得愈多，船走起來愈穩，就算你沒有出過海，也絕不會暈船的，反正你又不急，多等兩天有什麼關係？」

他用長滿了老繭的手，用力拍著陸小鳳的肩：「我還可以介紹個好地方給你，到了那裡，說不定你就不想走了。」

陸小鳳忍不住問：「那地方有什麼？」

老狐狸朝他霎了霎眼睛：「只要你能想得出來的，那地方都有。」

陸小鳳笑了：「那地方是不是你開的？」

老狐狸也笑了，大笑道：「你是個聰明人，所以我第一眼看見你，就已開始喜歡你。」

那地方當然是他開的，所以就叫做「狐狸窩」。

所以陸小鳳只有在狐狸窩等著他裝貨，已足足等了三天。

在人們心目中，狐狸總是最聰明狡猾的動物，而且很自私，所以牠們的窩，至少總該比其他動物的窩舒服些。

事實上也如此。

終年漂浮在海上的人們，只要提起「狐狸窩」這三個字，臉上就會露出神秘而愉快的微笑，心裡也會覺得火辣辣的，就好像喝了杯烈酒。

只要男人們能想得到的事，在狐狸窩都可以找得到。

男人們想的，通常都不會是什麼好事。

用木板搭成的屋子，一共有二十多間，前面四間比較大的平房就算是前廳，屋子雖然已破舊，但是大家都不在乎。

到這裡來的人，不是來看房子的。

溫暖潮濕的海風從窗外的海洋吹來，帶著種令人愉快的鹹味，就像老爸爸身上的汗水。

屋子裡是煙霧騰騰，女人頭上的刨花油香味，和烤魚的味道混合在一起，足以激起男人們的各種慾望。

大家賭錢都賭得很兇，喝酒也兇，找起女人來更像是餓虎。

只有一個人是例外。

他年紀還很輕，黝黑英俊的臉上，帶著幾分傲氣，又帶著幾分野氣，眼睛黑得發藍，薄薄的嘴唇顯得堅強而殘忍。

開始的時候女人們都對他很有興趣，然後立刻就發現他外表看來像一頭精力充沛的豹子，

其實卻冷得像是一塊冰。

陸小鳳一走進來就看見了他，他正在剝一個雞蛋的殼子。

他只吃煮熟了的帶殼雞蛋，只喝純淨的白水。

陸小鳳並不怪他，他們本是從一條路上來的，陸小鳳親眼看見，就在短短的半天之中，他已經有三次幾乎送了命。若不是他反應特別快，現在已死過三次。

他當然不能不特別小心。

一個胸脯很高，腰肢很細，年紀卻很小的女孩子，正端著盤牛肉走過去，眼睛裡充滿了熱情，輕輕的說：「這裡難得有牛肉，你吃一點。」

他根本沒有看她，只搖了搖頭。

她還不死心：「這是我送給你的，不用錢，你不吃也不行。」

看來她年紀雖小，對男人的經驗卻不少，臉上忽然露出種很職業化的媚笑，用兩根並不算難看的手指，撿起塊牛肉往他嘴裡塞。

陸小鳳知道要糟了，用對付別的男人的手段來對付這少年，才真的不行。

就在他開始這麼想的時候，整盤牛肉已蓋在她臉上。

牛肉還是熱的，湯汁滴落在她高聳的胸脯上，就像是火山在冒煙。

屋子裡的人大笑，有的人大叫，這女孩子卻已大哭。

少年還是冷冷的坐在那裡，連看都沒有看她一眼。

兩個臉上長著水鏽的壯漢，顯然是來打抱不平了，帶著三分酒意衝過來。

陸小鳳知道又要糟了。也就在他開始這麼想的時候，兩條海象般的大漢已飛了起來，一個

飛出窗外才重重的跌下，另一個卻看著就要掉在陸小鳳的桌子上。

陸小鳳只有伸手輕輕一托，將這個人也往窗外送了出去。

少年終於抬起頭，冷冷的瞪了他一眼，陸小鳳笑了笑，正想走過去跟他一起吃雞蛋，這少

年卻已沉下臉，又開始去剝他的第二個雞蛋。

陸小鳳一向是很容易能交到朋友的人，可是遇著這少年，卻好像遇見了一道牆壁，連一點

反應都沒有。

陸小鳳無疑也是個很能讓女孩子感興趣的男人，剛找到位子，已有兩個打扮得花枝招展的

女人來了，頭上刨花油的香味，香得令人作嘔。

只不過陸小鳳在這一方面一向是君子，君子是從不會給女人難看的。

可是他也不想嗅著她們頭上的刨花油味喝酒。

他只有移花接木，想法子走馬換將：「剛才那個小姑娘是誰？」

「這裡的小姑娘有好幾十個，我怎麼知道你說的是哪一個？」

「就是臉上有牛肉湯的那個。」

付出了一點「遮羞費」之後，兩個頭上有刨花油的，就換來了一個臉上有牛肉湯的。她臉

上當然已沒有牛肉湯，卻也沒有笑容，對這個長著兩道眉毛般怪鬍子的男人，她顯然沒有太大

的興趣。

幸好陸小鳳的興趣也不在她身上，兩個人說了幾句比刨花油還無味的話之後，陸小鳳終於轉入了他感興趣的話題。

「那個只吃煮雞蛋的小伙子是誰？姓什麼？叫什麼？」

那少年在客棧裡賬簿上登記的名字是岳洋，山岳的岳，海洋的洋。

「我只希望他被雞蛋活活噎死。」這就是她對他的最後結論。

只可惜他暫時已不會被噎死了，因為他已連蛋都不吃。他站起來準備要走。

就在這時，窗外忽然「格」的一響，一排九枝弩箭飛進來，直打他的背後。

箭矢破空，風聲很尖銳，箭上的力道當然也很強勁。

陸小鳳正在喝酒，兩根手指一彈，手裡的酒杯就飛了出去，一個酒杯忽然碎成了六七片，每一片都正好打在箭矢上。

一片破酒杯打落一根箭，「叮，叮，叮」幾聲響，七根箭掉在地上。

剩下的兩根當然傷不了那少年，陸小鳳已箭一般竄出去，甚至比箭還快。

可是等他到了窗外，外面已連人影都看不見，他再回來時，少年岳洋也不見了。

「他回房睡覺去了，每天他都睡得很早。」說話的正是那臉上已沒有牛肉湯的小姑娘，她好像忽然對陸小鳳有了興趣。

年輕的女孩子，有幾個不崇拜英雄？

她看著陸小鳳，眼睛裡也有了熱情，忽然輕輕的問：「你想不想吃牛肉？」

陸小鳳笑了，也壓低聲音，輕輕的說：「我也想睡覺去。」

後面的二十多間屋子更舊，可是到這裡來的就不在乎。

對這些終年漂泊在海上的男人來說，只要有一張床就已足夠。

牛肉湯拉著陸小鳳的手。

「我外婆常說，要得到一個男人的心，最快的一條路就是先打通他的腸胃。」她嘆了口氣：

「可是你們兩個為什麼對吃連一點興趣都沒有？」

「因為我怕發胖。」

他們已在一間房的門口停下，她卻沒有開門。

陸小鳳忍不住問：「我們不進去？」

「現在裡面還有人，還得等一下。」她臉上帶著不屑之色：「不過這些男人都像餓狗一樣，用不了兩下就會出來的。」

在餓狗剛啃過骨頭的床上睡，這滋味可不太好受。

陸小鳳已準備開溜了，可是等到她說岳洋就住在隔壁一間房時，他立刻改變了主意。

他對這少年顯然很有興趣，這少年的樣子，幾乎就跟他自己少年時一樣，唯一不同的是，

他從來不會將牛肉蓋到女孩子們臉上去。

房門果然很快就開了，一條猩猩般的壯漢，帶著個小雞般的女孩子走出來。

奇怪的是，小雞還在鮮蹦活跳，猩猩卻好像兩條腿已有點發軟了。

兩個女孩子吃吃的笑著，偷偷的擠眼睛。

「你嘴上的這兩條東西，究竟是眉毛？還是鬍子？」小雞好像很想去摸摸看。

陸小鳳趕緊推開了她的手，突聽「砰」的一響，隔壁的房門被撞開，「啪」的一聲，一條東西被重重的摔在地上，赫然竟是條毒蛇。

女孩子尖叫著逃了，陸小鳳竄了過去，就看見岳洋還站在門口，臉色已有點發白。

床上的被剛掀起，這條毒蛇顯然是他從被窩裡拿出來的。

這已是第五次有人想要他的命了。

陸小鳳已忍不住嘆了口氣，道：「你究竟做了些什麼事？是搶了人家的飯碗？還是偷了人家的老婆？」

岳洋冷冷的看著他，擋在門口，好像已決心不讓他進去。

陸小鳳也擋住了門，決心不讓他關門：「別人想要你的命，你一點都不在乎？」

岳洋還是冷冷的看著他，不開口。

陸小鳳道：「你也不想知道暗算你的人是誰？」

岳洋忽然道：「我只在乎一件事。」

陸小鳳道：「什麼事？」

岳洋道：「若有人總喜歡管我的閒事，我就會很想讓他以後永遠管不了別人的閒事。」

他忽然出手，彷彿想去切陸小鳳的咽喉，可是手一翻，指尖已到了陸小鳳眉心。

陸小鳳只有閃避，剛退後半步，房門「砰」的一聲關起。

接著屋裡也發出「砰」的一響，他好像將窗子都關上了。

陸小鳳站在門口怔了半天，忽然轉過身，從地上把那條死蛇拿了起來，就著走廊上的一盞

燈籠看了半天，又輕輕的放了下去。

蛇的七寸已斷，是被人用兩根手指捏斷的，這條蛇不但奇毒，而且蛇皮極堅韌，連快刀都

未必能一下子斬斷。這少年兩根手指上的功夫，居然也好像跟陸小鳳差不多。

陸小鳳只有苦笑：「幸好他也有二十左右了，否則別人豈非要把他當做我的兒子？」

也許連他自己都會認為這少年是他的兒子。

二

夜終於靜了。

剛才外面還有人在拍門，陸小鳳只有裝作已睡著，堅持了很久，才聽見那熱情的小姑娘狠

狠在門上踢了一腳，恨恨的說：「原來兩個人都是死人。」然後她的腳步聲就漸漸遠去。

現在外面已只剩下海濤拍岸聲，對面房裡男人的打鼾聲，左面房裡女人的喘息聲。

右面岳洋的房裡卻連一點聲音都沒有。

這少年不但武功極高，而且出手怪異，不但出手怪，脾氣更怪。

他究竟什麼來歷，為什麼有那些人要殺他？

陸小鳳的好奇心已被他引了起來，連睡都睡不著。

睡不著的人，最容易覺得餓，他忽然發覺肚子餓得要命。

雖然夜已深，在這種地方總算可以找到點東西吃，誰知房門竟被牛肉湯反鎖住。

幸好屋裡還有窗戶。

這麼熱的天氣，他當然不會像那少年一樣把窗子關上睡覺。

屋裡既然沒有別的人，他也懶得一步步走到窗口，一擰身就已竄出窗戶。

一彎上弦月正高高的掛在天上，海濤在月下閃動著銀光。

他忽然發現岳洋的窗外竟有一個人蹲在那裡，手裡拿著個像仙鶴一樣的東西，正對著嘴往窗裡吹氣。

陸小鳳從十來歲時就已闖江湖，當然認得這個人手裡拿的，就是江湖中只有下五門才會用的雞鳴五鼓返魂香。

這個人也已發現旁邊有人，一轉臉，月光正好照在臉上。

一張又長又狹的馬臉，卻長著個特別大的鷹鉤鼻子，無論誰只要看過一眼就很難忘記。

陸小鳳凌空翻身，撲了過去。

誰知這個人不但反應奇快，輕功也高得出奇，雙臂一振，又輕煙般掠過屋脊。

一個下五門的小賊，怎麼會有如此高的輕功？

陸小鳳沒有仔細去想，現在他只擔心岳洋是不是已被迷倒。

他落下地時，就發現窗子忽然開了，岳洋正站在窗口，冷冷看著他。

岳洋沒有被迷倒。

有人在窗外對著自己吹迷香，這少年居然還能沉得住氣，等人走了才開窗戶。

陸小鳳實在不明白他究竟是怎麼樣的一個人。

岳洋忽然冷笑道：「我實在不明白你究竟是怎麼樣的一個人，三更半夜的，為什麼還不睡

覺?」

陸小鳳只有苦笑：「因為我吃錯了藥。」

這一夜還沒有過去，陸小鳳的麻煩也還沒有過去。

他回房去時，才發現牛肉湯居然已坐在床上等著他！

「你吃錯了什麼藥？春藥？」她瞪著陸小鳳：「就算你吃了春藥，也該來找我的，為什麼

去找男人？你是不是有什麼毛病？」

陸小鳳也只有苦笑：「我的毛病還不止一種。」

「你還有什麼病？」

「餓病！」

「這種病倒沒關係。」她已經在笑：「我剛好有種專治這種病的藥。」

「牛肉？」

「饅頭夾牛肉，再用一大壺吊在海水裡凍得冰涼的糯米酒送下去，你看怎麼樣？」

陸小鳳嘆了口氣：「我看天下再也找不出比這種更好的藥了。」

三

喝得太多，睡得太少，陸小鳳醒來時還覺得肚子發脹，頭疼如裂。

還不到中午，前面的廳裡還沒有什麼人，剛打掃過的屋子看來就像是口剛洗過的破鍋，油

煙煤灰雖已洗淨，卻更顯得破舊醜陋。

他想法子找來壺開水，泡了壺茶，剛坐下來喝了兩口，就看見岳洋和另外一個人從外面新鮮明亮的陽光下走了進來。

兩個人止在談著話，岳洋的神情顯得很愉快，話也說得很多。

令他愉快的這個人，卻赫然竟是昨天晚上想用雞鳴五更返魂香對付他的，那張又長又狹的馬臉，陸小鳳還記得很清楚。

陸小鳳傻了。真正有毛病的人究竟是誰？事實上，他從來也沒有見過任何人的毛病比這少年更大。

看見了他，岳洋的臉立刻沉下，兩個人又悄悄說了幾句話，岳洋居然走了過來，在他對面坐下。

陸小鳳簡直有點受寵若驚的樣子，忍不住問道：「那個人是你朋友？」

他問的當然就是那長臉，現在正沿著海岸往西走，走得很快，彷彿生怕陸小鳳追上去。

岳洋道：「他不是我朋友。」

陸小鳳吐出口氣，這少年總算還能分得出好壞善惡，還知道誰是他朋友，誰不是。

岳洋道：「他是我大哥。」

陸小鳳又傻了，正想問問他，知不知道這位大哥昨天晚上在幹什麼？

岳洋卻不想再談論這件事，忽然反問道：「你也要出海去？」

陸小鳳點點頭。

岳洋道：「你也準備坐老狐狸那條船？」

陸小鳳又點點頭，現在才知道這少年原來也是那條船的乘客。

岳洋沉著臉，冷冷道：「你最好換一條船。」

陸小鳳道：「為什麼？」

岳洋道：「因為我付了五百兩銀子，把那條船包下來了。」

陸小鳳苦笑道：「我也很想換條船，只可惜我也付了五百兩銀子把那條船包下了。」

岳洋的臉色變了變，宿醉未醒的老狐狸正好在這時出現。

他立刻走過去理論，問老狐狸究竟是怎麼回事？

在老狐狸口中說來，這件事實在簡單得很：「那是條大船，多坐一個人也不會沉的，你們兩位又都急著要出海。」

他又用那隻長滿了老繭的大手，拍著少年的肩：「船上的人愈多愈熱鬧，何況，能同船共渡，也是五百年修來的，你若想換條船，我也可以把船錢退給你，可是最多只能退四百兩。」

岳洋一句話都沒有再說，掉頭就走。

老狐狸瞇著眼睛，看著陸小鳳，笑嘻嘻的問：「怎麼樣？」

陸小鳳抱著頭，嘆著氣道：「不怎麼樣。」

老狐狸大笑：「我看你一定是牛肉湯喝得太多了。」

午飯的時候，陸小鳳正準備勉強吃點東西到肚子裡，岳洋居然又來找他，將一大包東西從

桌上推到他面前：「這是五百兩銀子，就算我賠你的船錢，你一定要換條船。」

他寧可賠五百兩給陸小鳳，卻不肯吃一百兩的虧，收老狐狸的四百兩，這是為什麼？

陸小鳳不懂：「你是不是一定要坐老狐狸那條船？卻一定不讓我坐？」

岳洋回答得很乾脆：「是的。」

陸小鳳道：「為什麼？」

岳洋道：「因為我不喜歡多管閒事的人。」

陸小鳳看看他，伸出一根手指，又把包袱從桌上推了回去。

岳洋變色道：「你不肯？」

陸小鳳的回答也很乾脆：「是的！」

岳洋道：「為什麼？」

陸小鳳笑了笑，忽然道：「因為那是條大船，多坐一個人也不會沉下去！」

岳洋瞪著他，眼睛裡忽然露出種奇怪的表情：「你不後悔？」

陸小鳳淡淡道：「我這一輩子從來也沒有後悔過一次。」

他做事的確從不後悔，可是這一次，他倒說不定真會後悔的。只不過當然也是很久以後的事了。

從中午一直到晚上，日子都過得很沉悶，每件事都很乏味。

頭一天晚上喝多了，第二天總會覺得情緒特別低落的。

船。」

四

第二天凌晨，天還沒亮陸小鳳就已起來，牛肉湯居然一晚都沒有來找他麻煩，倒是件很出他意外的事。

這一晚上他雖然也沒有睡好，可是頭也不疼了，而且精神抖擻，滿懷興奮。

多麼廣闊壯觀的海洋，那些神秘的、綺麗的海外風光，正等著他去領略欣賞。

經過那麼多又危險、又可怕、又複雜的事後，他總算還活著，而且總算已擺脫了一切。

現在他終於已將出海。

他要去的那扶桑島國，究竟是個什麼地方？島國上的人，和中土有什麼不同？是否真的是為秦皇去求不死藥的方士徐福，從中土帶去的四百個童男童女生下的後代？

聽說那裡的女孩子，不但美麗多情，對男人更溫柔體貼，丈夫要出門的時候，妻子總是跪在門口相送，丈夫回家時，妻子已跪在門口等著替他脫鞋。

一想到這件事，陸小鳳就興奮得將一切煩惱憂愁全都拋到九霄雲外。

一個嶄新的世界正等著他去開創，一個新的生命已將開始。

天雖然還沒有亮，可是他推門出去時，岳洋已在海岸上，正面對著海洋在沉思。

這少年究竟有什麼心事？為什麼要出海去？

第一線陽光破雲而出，海面上金光燦爛，壯闊輝煌。

他忽然轉過身，沿著海岸慢慢的走出去。

陸小鳳本來也想追過去，想了想之後，又改變了主意。

反正他們還要在一條船上飄洋過海，以後的機會還多得很。

風中彷彿有牛肉湯的香氣。

陸小鳳嘴角不禁露出微笑，上船之前，能喝到一碗熱熱的牛肉湯，實在是件令人愉快的事。

岳洋沿著海岸慢慢的向前走，海濤拍岸，打濕了他的鞋子，也打濕了他的褲管。

他好像完全沒有感覺到。他的確有心事，他的心情遠比陸小鳳更興奮、更緊張。

這一次出海，對他的改變更大，昨天晚上他幾乎已準備放棄，連夜趕回家去，做一個安份守己的孝順兒子，享受人間的榮華富貴。

只要他聽話，無論他想要什麼，都可以得到。

可惜他要的並不是享受，而是一種完全獨立自主的生活，完全獨立自主的人格。

想到他那溫柔賢慧，受盡一生委屈的母親，他今晨醒來時眼中還有淚水。

可是現在一切都已太遲了。

他決心不再去想這些已無法改變的事，抬起頭，就看見胡生正在前面的一塊岩石下等著他。

胡生一張又長又狹的馬臉，也在旭日下發著光。

看著這少年走過來，他心裡有種說不出的得意和驕傲。

這是個優秀的年輕人，聰明、堅強、冷靜，還有種接近野獸般的本能，可以在事先就嗅得出災難和危險在哪裡。

他知道這少年一定可以成為完美無暇的好手，這對他和他的朋友們都極有價值。

現在的少年們愈來愈喜歡享受，能被訓練成好手的已不多了。

他目中帶著讚許之色，看著這少年走到他面前：「你睡得好不好？」

岳洋道：「不好，我睡不著。」

他說的是實話，在他這大哥面前，他一向都只說實話。人們都通常只因尊敬才會誠實。

對這點胡生顯然也很滿意：「那個長著四條眉毛的人還有沒有來找你麻煩？」

岳洋道：「沒有。」

胡生道：「其實你根本就不必擔心他，他根本就是個無足輕重的人。」

岳洋道：「我知道。」

在別人眼中，陸小鳳變成了無足輕重的人，這只怕還是第一次。

胡生從懷中拿出個密封著的信封，交給了岳洋：「這是你上船之前的最後一次指示，做完之後，就可以上船了。」

岳洋接過來，拆開信封，看了一眼，英俊的臉上忽然露出種恐懼的表情，一雙手也開始發

抖。

胡生問道：「指示中要你做什麼事？」

岳洋沒有回答，過了很久，才漸漸恢復鎮定，將信封和信紙撕得粉碎，一片片放在嘴裡咀嚼，再慢慢的吞下去。

胡生目中又露出讚許之色，所有的指示都是對一個人發出的，除了這個人和自己之外，絕不能讓任何第三者看見。

這一點岳洋無疑也確實做到。

胡生又在問：「這次是要你做什麼？」

岳洋直視著他，又過了很久，才一字一字道：「要我殺了你。」

胡生的臉突然扭曲，就好像被抽了一鞭子……「你能有今天，是誰造成的？」

岳洋道：「是你！」

胡生道：「但你卻要殺我！」

岳洋目中充滿痛苦，聲音卻仍冷靜：「我並不想殺你，可是我非殺不可！」

胡生道：「反正也沒有人知道的，你難道就不能抗命一次？」

岳洋道：「我不能。」

胡生看著他，眼色已變得刀鋒般冷酷，緩緩道：「那麼你就不該告訴我。」

岳洋道：「為什麼？」

胡生冷冷道：「你若是乘機暗算，也許還能得手，現在我既然已知道，死的就是你。」

岳洋閉上嘴，薄薄的嘴唇顯得更殘酷，忽然豹子般躍起。

他知道對方的出手遠比他更兇狠殘酷，他只有近身肉搏，以體力將對方制伏。

胡生顯然沒有想到這一著，高手相搏，本來絕不會用這種方式。

等到他警覺時，岳洋已撲到他身上，兩人立刻滾在一起，從尖銳崢嶸的岩石上滾入海中，

像野獸般互相廝咬。

胡生已開始喘息。他年紀遠比這少年大得多，體力畢竟要差些，動作看來也不比這少年野

蠻。

他想去扼對方脖子時，岳洋忽然一個肘拳撞在他軟脅上，反手猛切他的咽喉，接著就翻身

壓住了他，揮拳痛擊他的鼻樑。

這一拳還沒有打下去，胡生忽然大呼：「等一等，你再看看我身上的另一指示！」

岳洋微一遲疑，這一拳還是打了下去，等到胡生臉上濺出了血，無力再反抗時，他才從胡

生懷中取出另一封信，身子騎在胡生身上，用一隻手拆開信來看了看。

他神色又變了，慢慢的站起來，臉上的表情也不知是欣慰？還是悲傷？

胡生也掙扎著坐起來，喘息著道：「這不過是試探你的，看你是不是能絕對遵守命令。」

他滿面鮮血，鼻樑已破裂，使得他的臉看來歪斜而可怕。

但是他卻在笑：「現在你已通過了這一關，已完全合格。快上船去吧。」

岳洋立刻轉過身，大步向前走。

他轉過身的時候，目光中似乎又有了淚光，可是他勉強忍耐住。

他發誓絕不再流淚。這一切都是他自己選擇的，他既不能埋怨，也不必悲傷。

對他來說，「感情」已變成了件奢侈的事，不但奢侈，而且危險。危險得足以致命！

他一定要活下去，如果一定有人要死，死的一定是別人！

開船的時候又改了，改在下午，因為最後一批貨還沒有完全裝上。

本已整裝待命的船伕水手們，又開始在賭錢，喝酒，調戲女人，把握著上船前的最後機會，盡情歡樂，然後就要開始過苦行僧的日子，半夜醒來發現情慾勃起時，也只有用手解決。

陸小鳳肚子裡的牛肉湯也已快完全消化完了，正準備找點事消遣消遣，就看見衣服破碎，滿身鮮血的岳洋，從海岸上走回來。

他怎麼會變成這樣子的？剛才他去幹什麼去了？是不是去跟別人拚命？去跟誰拚命？是不是他那長著馬臉的大哥？

這次陸小鳳居然忍住了沒有問，連一點驚訝的樣子都沒有露出來，就好像什麼都沒有看見。

岳洋正在找水喝。無論誰乾吞下兩個信封和兩張信紙後，都會忍不住想喝水的。

屋裡的櫃台上，恰巧有壺水，那裡本來就是擺茶杯水壺的地方，只不過一向很少有人光顧，這裡的人寧可喝酒。

這壺水還是剛才一個獨眼的老漁人提來的，一直都沒有人動過。

現在岳洋正需要這麼樣滿滿一壺水，甚至連茶杯都沒有找，就要對著壺嘴喝下去。

一個人在剛經過生死的惡鬥後，精神和體力都還在虛脫的狀況中，對任何的警戒都難免鬆懈，何況他也認為自己絕對安全了。

陸小鳳卻忽然想到一件事。

那個獨眼的老漁人，這兩天來連一滴水都沒喝過，為什麼提了壺水來？

這個想法使得陸小鳳又注意到一件事。

在狐狸窩裡喝水的，本就只有這少年一個人，他喝水並不是件值得看的事，那個獨眼的老漁人卻一直在偷偷的看著他，就好像恨不得他趕快將這壺水完全喝光。

岳洋的嘴已對上了水壺的嘴，陸小鳳突然從懷中伸出手，兩根手指一彈，將一錠銀子彈了出去，「叮」的一聲，打在壺嘴上。

壺嘴立刻被打斜，也被打扁了。

岳洋只覺得手一震，水壺已掉在地上，壺水傾出，他手上也濺上幾滴水珠，湊近鼻尖嗅了嗅，臉色立刻改變。

陸小鳳用不著再問，已知道水中必定有毒。

那個獨眼的老漁人轉過身，正準備悄悄的開溜，陸小鳳已竄過去。

老漁人揮拳反擊，出手竟很快，力量也很足，只可惜他遇著的是陸小鳳。

陸小鳳更快，一伸手，就擰住了他的臂，另一隻手已將他整個人拿了起來，送到岳洋面前：

「這個人已經是你的了！」

岳洋看著他，竟似完全不懂，冷冷道：「我要這麼樣一個人幹什麼？」

陸小鳳道：「你難道不想問是誰想害你？」

岳洋道：「我用不著問，我知道是誰想害我！」

陸小鳳道：「是誰？」

岳洋道：「你！」

陸小鳳又傻了。

岳洋冷冷道：「我想喝水，你卻打落我的水壺，是誰害我？」

那老漁人慢吞吞的站了起來，道：「你不但害了他，也害了我，我這條膀子已經快被你捏斷了，我得要你賠。」

陸小鳳忽然笑了：「賠，我賠，這錠銀子就算我給你喝酒的！」

老漁人居然一點都不客氣，從地上撿起銀子就走，連看都沒看岳洋一眼。

岳洋居然也沒有再看他，狠狠的盯著陸小鳳，忽然道：「你能不能幫我一個忙？」

陸小鳳道：「你說。」

岳洋道：「離我遠一點，愈遠愈好。」

陸小鳳坐下來，現在陸小鳳已離他很遠，事實上，他已連陸小鳳的影子都看不到。

這個天生喜歡多管閒事的人，不知道又去管誰的閒事了。

那個獨眼的老漁人，也走得蹤影不見。

岳洋忽然跳起來，衝出去。

他一定要阻止陸小鳳，絕不能讓陸小鳳去問那老漁人的話。

他沒有猜錯，陸小鳳的確是在找那老漁人，他們幾乎是同時找到他的。

因為他們同時聽見了海岸那邊傳來一聲驚呼，等他們趕過去時，這個一輩子在海上生活的老漁人竟活活的被淹死了。

善泳者溺於水，每個人都會被淹死的。

可是他明明要去喝酒，為什麼忽然無緣無故，穿得整整齊齊的跳到海水裡去？

陸小鳳看著岳洋，岳洋看著陸小鳳，忽聽遠處有人在高呼！

「開船了，開船了。」

三　海上驚魂

一

「起錨！」

「揚帆！」

「順風！」

嘹亮的呼聲此起彼落，老狐狸的大海船終於在滿天夕陽下駛離了海岸。

船身吃水很深，船上顯然載滿了貨，狐狸唯一的弱點就是貪婪，所以才會被獵人捕獲。

看來老狐狸也一樣。

陸小鳳也很想抓住這條老狐狸來問問，船上究竟載了些什麼貨？又會不會因為載貨太重而發生危險？他沒有抓住老狐狸，卻險些撞翻了牛肉湯。

主艙的門半開，他想進去的時候，牛肉湯正從裡面出來。

陸小鳳吃驚的看著她：「你怎麼會上船來的？」

牛肉湯眨了眨眼：「因為你們上船來了。」

陸小鳳道：「我們上了船，你就要上船？」

牛肉湯反問道：「我問你，你們在船上，是不是也一樣要吃飯？」

當然要，人只要活著，隨便在什麼地方都一樣要吃飯，要吃飯就得有人煮飯。

牛肉湯指著自己的鼻子，道：「我就是煮飯的，不但燒飯，還煮牛肉。」

陸小鳳道：「你什麼時候改行的？」

牛肉湯笑了，笑得很甜：「我本來就是燒飯的，只不過偶爾改行做做別的事而已！」

主要的艙房一共有八間，雕花的門上嵌著青銅把手，看來豪華而精緻。

牛肉湯道：「聽說乘坐這條船的，都是很有身分的人。」

陸小鳳嘆了口氣，苦笑道：「這點我倒能想得到，否則怎麼付得起老狐狸的船錢。」

牛肉湯用眼角瞟著他，道：「你有沒有身分？」

陸小鳳道：「沒有！」

牛肉湯道：「你只有錢？」

陸小鳳道：「也沒有，付了船錢後，我就已幾乎完全破產。」

他說的是實話。

牛肉湯又笑了：「沒有錢也沒關係，如果你偶爾又吃錯了藥，我還是可以偶爾再改一次行的。」

陸小鳳只有嘆氣，他實在想不出這麼樣一個女孩子，怎麼會燒飯。

牛肉湯指著左面的第三間艙房道：「這間房就是你的，只吃雞蛋的那個混蛋住在右面第一間。」

陸小鳳道：「我能不能換一間？」

牛肉湯道：「不能！」

陸小鳳道：「爲什麼？」

牛肉湯道：「因爲別的房裡都已住著人。」

陸小鳳叫了起來：「那老狐狸勸我把這條船包下來，可是現在每間房裡都有人？」

牛肉湯淡淡道：「不但這裡八間房全都有人，下面十六間也全都有人，老狐狸一向喜歡熱鬧，人愈多他愈高興。」

她帶著笑，又道：「只不過住在這上面的才是貴客，老狐狸還特地叫我爲你們燒幾樣好菜，今天晚上你想吃什麼？」

陸小鳳道：「我想吃烤狐狸，烤得骨頭都酥了的老狐狸。」

「因爲我外婆常說，要得到男人的心，就得先打通他的腸胃，只有會燒一手好菜的女人，才能嫁得到好丈夫。」

她這麼樣說的時候，貴客們都笑了，只有陸小鳳笑不出。

他實在想不通老狐狸從哪裡把這些貴客們找出來的，竟一個比一個討厭。

晚飯雖然沒有烤狐狸，菜卻很豐富，牛肉湯居然真的能燒一手好菜。

而且岳洋也一直沒有露面，他進了艙房後，就沒有出來過。

好容易等到深夜人靜，陸小鳳一個人在船舷上，遼闊的海洋，燦爛的星光，天地間彷彿只

剩下他一個人，他才覺得比較自在些。

「孤獨」有時本就是種享受，卻又偏偏要讓人想起些不該想的事。

太多傷感的回憶，不但令人老，往往也會令人改變。陸小鳳還是那個熱情、衝動，有時傻得要命，有時卻又聰明絕頂，自己對什麼事都不在乎，卻偏偏喜歡管別人閒事的陸小鳳。

幸好陸小鳳並沒有變得太多。

岳洋是個什麼樣的人呢？他的衣著不但質料很好，而且裁剪亦很考究，對於銀錢並不在乎，隨隨便便就可以給人五百兩銀子。他的一雙手雖然長而有力，卻絕不像做過一點粗事的樣子，一舉一動氣派都很大，好像別人天生就應該受他指揮。

從這幾點看來，他應該是個生在豪門的世家子，可是他又偏偏太精明，太冷酷，世家子通常都不會這樣的。

他連連遭人暗算，都幾乎死於非命，可是他自己非但一點都不在乎，而且也不想追究。

那獨眼的老漁人明明想毒死他，他明明知道，卻偏偏要裝糊塗。

這是不是因為他本就在逃亡中，早已知道要對付他的是些什麼人？

但是他偏偏又沒有掩飾自己的行藏，並不像在逃避別人追蹤的樣子。他反而像是在逃避陸小鳳，一定不願和陸小鳳同船，可是陸小鳳卻連一點傷害他的意思都沒有，只不過想跟他交個朋友。

這些疑問陸小鳳都想不通。

他正在想的時候，突聽「格嚓」一響，一根船板向他壓了下來，接著又是一陣勁風帶過，

又有一條船櫓掃他的腰。

他的人在船舷上，唯一的退路就是往下面逃。

下面就是大海。等到他自己再聽到「噗通」一聲響的時候，他的人已落在大海裡。

冰冷的海水，鹹得發苦。

他踩著水，想借力躍起，先想法子攀住船身再說。可是上面的長櫓又向他沒頭沒臉的打了下來。

船舷很高，他看不見上面的人，海水反映星光，上面的人卻能看得見他。

他只有向後退，船卻在往前走，人與船之間的距離愈來愈遠，他就算有水上飛那樣的水性，也沒有法子再追上去，就算暫時還不會淹死，也一定支持不了多久，明天太陽昇起時，他一定已沉了下去。

一向無所不能，無論什麼困難都能解決的陸小鳳，怎麼會忽然就糊裡糊塗的被淹死？

他當然不會這麼容易就被淹死的。一個人掉進大海裡，並不一定非淹死不可。

就在這一瞬間，他已想到了好幾種法子來渡過這次危機。

——盡量放鬆全身，讓自己漂浮在海上，只要能捱過這一夜，明天早上，很可能還有出海的船隻經過，這裡離海口還不太遠，又在航線上。

——想法子抓魚，用生魚的血肉來補充體力，再用魚泡增加浮力。

這些法子雖未必能行得通，可是他至少要試試，只要還有一線希望，他就絕不放過。

他相信自己對於痛苦的忍受力和應變的力量，總比別人強些。

最重要的是，他有種不屈不撓的求生意志，也許就因為這種堅強的意志，才能使他度過無數次危機，活到現在。他還要活下去。

誰知這些法子他還都沒有用出來，水面上又有「啪噠」一聲響，一樣東西從船舷上落下來，竟是條救生的小艇。

將他打落水的人，好像並不想要他死在海裡，只不過要迫他下船而已。

除了岳洋外，還有誰會做這種事？

小艇從高處落下來，並沒有傾覆，將小艇拋下來的人，力量用得很巧妙。

陸小鳳從海水中翻上去，更確定了這個人就是岳洋。

艇上有一壺水，十個煮熟了的雞蛋，還有很沉重的包袱，正是那天岳洋從桌上推給他的，裡面包著的當然是補償他的五百兩船錢。

這少年做出來的事真絕，非但完全不想隱瞞掩飾，而且還好像特地要告訴陸小鳳：「我就是不要你坐這條船，你能怎麼樣？」

陸小鳳嘆了口氣，又不禁笑了。

他喜歡這年輕人，喜歡這種做法，但是現在看起來，他很可能已永遠見不到他了。

大海茫茫，四望無際，是拚命去追趕老狐狸的大海船，還是從原來的方向退回去？

計較遠近，當然是從原來的方向退回去，比較聰明。

他們的船出海才不過三四個時辰，若是肯拚命的划，再加上一點運氣，天亮前後，他就又可以坐在狐狸窩裡喝酒了。

只可惜他忘了兩點：

船出海時是順風，兩條槳的力量，絕不能和風帆相比。

而且他最近的運氣也不太好。

還在太陽露出海面之前，他兩條手臂已因用力划船而僵硬麻木，這種單調而容易的動作，做起來竟比什麼事都吃力。

他就著白水吃了幾個蛋，只覺得嘴裡淡得發苦，想躺下去休息片刻，誰知一倒下去就睡著了，等他醒來時，陽光刺眼，太陽已昇得好高，那壺比金汁還貴重的水，竟已被他在睡夢中打翻，被太陽曬乾。

他的嘴唇也已被曬得乾裂，一眼望過去，天連著海，海連著天，還是看不見陸地的影子。

但是他卻看見了一點帆影，而且正在向他這個方向駛過來。

他幾乎忍不住要在小艇上連翻八十七個筋斗表示慶祝，就算乞兒忽然看見天上掉下個大元寶來，也絕沒有他現在這麼高興。

船來得很快，他忽又發現這條船的樣子看來很面熟，船頭上迎面站著個人，樣子看起來更面熟，赫然竟是老狐狸。

老狐狸也有雙利眼，遠遠就在揮動著手臂高呼，海船與小艇之間的距離，已近得連他臉上的皺紋都可以看得見。

陸小鳳忽然發覺這個老狐狸這張飽經風霜的臉，實在比小姑娘還可愛。

他幾乎忍不住要跳起來大叫，可是他偏偏忍住，故意躺在小艇上，作出很悠閒的樣子。

老狐狸卻在大叫：「我們到處找你，你一個人溜到這裡來幹什麼？」

陸小鳳悠然道：「我受不了牛肉湯做的那些菜，想來釣幾條魚下酒。」

老狐狸怔住：「你釣到幾條？」

陸小鳳道：「魚雖然沒釣著，卻釣著條老狐狸。」

老狐狸也笑了，笑得就正像是條標準的老狐狸：「我也是回來釣魚的。」

他還是忍不住要問：「你們明明已出海，又回來幹什麼？」

陸小鳳道：「那邊海上沒有魚？」

老狐狸笑道：「那邊雖然也有魚，卻沒有一條肯付我五百兩船錢的。」

陸小鳳立刻道：「我這條魚也不肯付的，我上次已經付過了。」

老狐狸道：「上次是上次，這次是這次，上次是你自己要走的，我又沒有把你推下去，所以這次若是還想上船，就得再付我五百兩！」

陸小鳳忍不住叫了起來：「你這人的心究竟有多黑？」

老狐狸又笑了，悠然道：「只不過比你釣起來的那條狐狸黑一點。」

他當然不是回來釣魚的。

船上的貨裝得太多，竟忘了裝水，在大海上，就連老狐狸也沒法子找到一滴可以喝的淡水。

他們只有再回來裝水。

也許這就是命運，陸小鳳好像已命中注定非坐這條船不可。這究竟是好運？還是壞運？

誰知道？

二

船已靠岸。陸小鳳和老狐狸一起站在船頭，不管怎麼樣，能夠再看到陸地，總是愉快的。

遠處的岩石旁，有個人正在向這邊眺望，一張又長又狹的馬臉上，帶著種很驚訝的表情。

陸小鳳假裝沒有看見，從另一邊悄悄的溜下船，岩石旁的人一直都在注意這船的動靜，沒有注意他。

他繞了個圈子，悄悄的溜過去，忽然在這人面前出現，大聲道：「你好。」

他以為這個人一定會大吃一驚的，誰知這人只不過眼睛眨了眨，目光還是同樣鎮定冷酷，冷冷的看著他，道：「你好！」

這人全身上下每一根神經都好像是鐵絲。

陸小鳳反而有點不安了，勉強笑道：「你是不是在奇怪，我們為什麼又回來了？」

胡生並不否認。

陸小鳳道：「我們回來找你的。」

胡生道：「為什麼找我？」

陸小鳳道：「因為你要運的那批貨太重，我們怕翻船，只有回來退給你！」

他虛放了一槍，想刺探刺探這個人的虛實。

誰知這次胡生連眼睛都沒有眨，冷冷道：「貨不是我的，船也不是你的，這件事跟你和我都沒有關係，你找我幹什麼？」

陸小鳳這一槍顯然是刺到石壁上了，但他卻還不死心，又問道：「如果貨不是你的，你是到這裡來幹什麼的？特地來用雞鳴五更返魂香對付你的兄弟？」

胡生冷酷的目光刀鋒般盯在他臉上，身子卻忽然躍起，旱地拔蔥，鷂子翻身，魚鷹入水，霎眼間換了三種輕功身法，噗通一聲，躍入了海水中，一身輕功竟不在名滿天下的獨行俠盜司空摘星之下。

無論誰身懷這樣的絕頂輕功，都一定是個大有來頭的人。

陸小鳳看著一層層捲起又落下的浪濤，心裡想了幾百個問題，轉過頭，就發現岳洋一雙冷酷的眼睛也在刀鋒般瞪著他。

他索性走過去，微笑道：「奇怪吧？我們居然又碰面了。」

岳洋冷冷道：「我奇怪的只不過是連十個蛋你都吃不完。」

陸小鳳道：「所以你下次若還想打我落水時，最好記住一件事。」

岳洋道：「什麼事？」

陸小鳳道：「我不喜歡吃白水煮蛋，我喜歡黃酒牛肉。」

岳洋道：「下次你再落水時，恐怕已只有一樣東西可吃。」

陸小鳳道：「什麼東西？」

岳洋道：「你自己的肉。」

陸小鳳大笑，海岸上卻有人在驚呼，有個人被浪濤捲起來，落在岸上，赫然發現竟是個死人。

他們趕過去，立刻發現這死人竟是剛才躍入水中的那位朋友。

他的輕功那麼高，水性竟如此糟，怎麼會一下就淹死了？

「這個人不是被淹死的。」發現他的屍身的漁人說得很有把握：「因為他肚子裡還沒有水。」

可是他全身上下也連一點傷痕血跡都找不到。

「他是怎麼死的？」

陸小鳳轉臉去看岳洋：「他死得好像跟那個獨眼老頭子差不多。」

岳洋卻已轉身走了，低著頭走了，顯得說不出的疲倦悲傷。

要殺胡生並不容易。

殺他的當然不是岳洋。

這附近一定還有可怕的殺人者，用同樣可怕的手法殺了胡生和那老漁人。

這兩個人之間唯一相同之處，就是他們都曾經暗算過岳洋。

難道這就是他們致死的原因？

那麼這殺人者和岳洋之間又有什麼關係？

陸小鳳嘆了口氣，拒絕再想下去，現在他只想痛痛快快的洗個澡。

無論誰在鹹水裡泡過一陣子之後，都一定會想去洗個澡的。

無論他是不是殺過人都一樣。

三

洗澡的地方很簡陋，只不過是用幾塊破木板搭成的一排三間小屋，倘若存心想偷看人洗澡，隨便在哪塊木板上都可以找出好幾個洞來。

除了這些大洞小洞之外，裡面就什麼都沒有了，想洗澡的人，還得自己提水進去。

陸小鳳提了一桶水進去，隔壁居然已有人在裡面，還在低低的哼著小調，竟是個女人。

平時到這裡洗澡的人並不多，有勇氣來的女人更少，知道自己洗澡的時候隨時都可能有人偷看，這種滋味畢竟不好受。

幸好陸小鳳並沒有這種習慣，令他想不到的是，木板上的一個小洞竟有一雙眼睛在偷看他。

他立刻背轉身，偷看他的人噗哧一聲笑了，笑聲居然很甜。

「牛肉湯！」陸小鳳叫了起來，他當然聽得出牛肉湯的聲音。

牛肉湯吃吃的笑道：「想不到你這人還滿喜歡乾淨的，居然還會自己來洗澡。」

陸小鳳道：「不自己來洗，難道還去找個人抱著洗？」

牛肉湯道：「你是不是為了想偷看我洗澡，才來洗澡的？」

陸小鳳道：「喜歡偷看別人洗澡的，好像並不是我。」

牛肉湯道：「我可以偷看你，你可不能偷看我——」

這句話還未說完，木板忽然垮了，牛肉湯的身子本來靠在木板上，這下子就連人帶板一起

倒在陸小鳳身上，兩個人身上可用來遮掩一下的東西，加起來還不夠做一塊嬰兒的尿布。

所以他們現在誰也用不著偷看誰了。

過了很久，才聽見牛肉湯輕輕的嘆了口氣，道：「你實在不是好東西。」

「你呢？」

「我好像也不是！」

兩個不是好東西的人，擠在一間隨時都會倒塌的小屋裡，情況實在不妙。

更不妙的是，這時遠處又有人在高呼：「開船了，開船了！」

四

船行已三日。這三天日子居然過得很太平，海上風和日麗，除了每天跟那些貴客吃頓飯是件苦差外，陸小鳳幾乎已沒有別的煩惱。

所有的麻煩都似已被海風吹得乾乾淨淨，血腥也被吹乾了。

岳洋好像已沒有再把他打下水的意思，他也不會再給岳洋第二次機會。

船上的貨，只不過是些木刻的佛像和唸經用的木魚。他已問過老狐狸，而且親自去看過。

「扶桑島的人，近來篤信佛教，所以佛像和木魚都是搶手貨。」老狐狸解釋道：「他們那裡雖然也有人刻佛像，卻沒有這麼好的手藝。」

佛像的雕刻的確很精美，雕刻本就是種古老的藝術。當然不是那些心胸偏狹，眼光短淺的倭兒們能夠領會的。

他們喜歡這些精美的藝術品，也許只不過因為一種根深柢固的民族自卑感，只要能從炎黃子孫手裡拿去一點東西，無論是買、是偷、是搶，他們都會覺得光榮愉快。

這種事陸小鳳並不太了解，也並不太想去了解，因為在那時候，還沒有人將那縮肩短腿，自命不凡的暴發戶看在眼裡。

這些佛像和木魚的貨主，就是那幾位俗不可耐的「貴客」，願意和暴發戶打交道的人，本身當然也不會很討人喜歡。幸好陸小鳳可以不理他們，他想聊天的時候，寧可去找老狐狸和牛肉湯。

他不想聊天的時候，就一個人躺在艙房裡，享受他很少能享受的孤獨寧靜。

就在他心情最平靜的時候，這條船忽然變得很不平靜。

他本來好好的躺在床上，忽然一下子被彈了起來，然後就幾乎撞上船板。

這條船竟然忽然變得像個篩子，人就變得像是篩子裡的米。

陸小鳳好不容易才站穩，一下子又被彈到對面去，他只好先抓穩把手，慢慢的打開門，就聽見了外面的奔跑驚呼聲。

平靜無波的海面上，竟忽然起了暴風雨。

沒有親身經歷過的人，實在很難想像到這種暴風雨的可怕。

海水倒捲，就像是一座座山峰當頭壓下來，還帶著淒厲的呼嘯聲，又像是一柄巨大的鐵鎚在敲打著船身，只要有一點破裂，海水立刻倒灌進去，人就像是在洪爐上的沸湯裡。

龐大堅固的海船，到了這種風浪裡，竟變得像是孩子們的玩具！

無論怎麼樣的人，無論他有多大的成就，就在這種風浪裡，也會變得卑賤而脆弱，對自己完全失去了主意和信心。

陸小鳳想法子抓緊每一樣可以抓得到的東西，總算找到了老狐狸。

「這條船還捱得過去？」

老狐狸沒有回答，這無疑是他第一次回答不出別人問他的話。

可是陸小鳳已知道了答案，老狐狸眼中的絕望之色，已經說明了一切。

「你最好想法子抓住一塊木板。」這就是他最後聽到老狐狸說的話。

又是一陣海浪捲來，老狐狸的人竟被彈丸般的拋了出去，一轉眼就連影子都看不見了。

也可惜陸小鳳並沒有好好記住他的話。

陸小鳳現在抓住的不是木板，而是一個人的手，他忽然看見岳洋。

岳洋也在冷冷的看著他，眼睛裡卻又帶著很難明瞭的表情，忽然說了句很奇怪的話！

「你現在總該知道，我爲什麼一定不讓你坐這條船了吧？」

「難道你早就知道這條船要沉？」

岳洋也沒有回答，因爲這時海船上的主桅已倒了下來。

一層巨浪山峰般壓下來，這條船就像玩具般被打得粉碎。

陸小鳳眼前忽然什麼都看不見了，然後他才發現自己竟已沉入海水中。

漆黑的海水。

四 劫後餘生

一

暴風雨終於過去，海面又恢復平靜，就像是什麼都沒有發生過，但卻已不知有多少無辜的生命被它吞了下去。

海面上漂浮著一塊塊破碎的船板，還有各式各樣令人想像不到的東西，卻全都像是它吐出來的殘骨，看來顯得說不出的悲慘絕望。

又過了很久，才有一個人慢慢的浮了上來，正是陸小鳳，他還活著。

這並不是因為他運氣特別好，而是因為他這個人早已被千錘百煉過，他所能忍受的痛苦和打擊，別人根本無法想像。

一樣閃閃發光的東西從他眼前漂過，他伸手抓住，竟是個青銅鑄成的夜壺。

他笑了。在這種時候居然還能笑得出，實在也是件令人無法想像的事。

可是不笑又能怎麼樣？哭又能怎麼樣？若是能救活那些和他同患難的人，他寧願從現在一直哭到末日來臨的時候。

現在海上卻連一個人都看不見，連死人也看不見，就算所有人都已死在這次災禍中，他們的骸骨還應該漂浮在附近的。

「也許他們還沒有浮上來！」

陸小鳳也希望他還能找到幾個劫後餘生的人，希望找到老狐狸、牛肉湯、岳洋……可是他找不到。海船上的人都像是已完全被大海吞沒，連骨頭都吞了下去。

剛才他的身子恰巧撞在船身殘存的木板上，而且還曾經暈迷過一陣，難道就在那短短的片刻中，所有的人都已被救走？

他希望如此，他寧願一個人死，只可惜他也知道這是絕不可能的事。

沒有人會預料到暴風雨的來臨，更沒有人能預料到這條船會遇難。

在那樣的風雨中，也沒有人能停留在附近的海面，等著救人。

陸小鳳忽然想起了岳洋，想起他眼睛裡那種奇怪的表情。

「現在你總該已明白，我為什麼一定不讓你坐這條船了。」

難道他真的早已知道這條船會翻？所以要救陸小鳳，因為陸小鳳也救過他。可是他為什麼偏偏要坐這條船？難道他本來就在找死？他若是真的想死，早就可以死了，至少已死過八次。

這些疑問只怕已永遠沒有人能回答了，陸小鳳只有自己為自己解釋：「那小子一定是故意這麼說來氣我的，他又不是神仙，怎麼能在三天前就已知道這條船會翻？」

現在陸小鳳能夠思想，只因為他已坐在一樣完全可靠的東西上。他坐在一尊佛像上。

一丈高的佛像，恰巧是仙佛中塊頭最大的彌勒佛，倒臥在海面，就像是條小船。

只可惜這條船上非但沒有黃酒牛肉，連白水煮蛋都沒有。

「下次你若再掉下海，唯一能吃到的，就是你自己的肉。」

陸小鳳真想把自己身上的肉割一塊來嚐嚐，他忽然發現自己餓得要命。

放眼望過去，海天相接，一片空濛。

這種意境雖然很美，只可惜無論多美的意境都填不飽肚子。

經過了那場暴風雨後，附近的海面上，連一條魚都沒有。

他唯一能看見的一種魚，就是木魚，大大小小，各式各樣的木魚，也在順著海流向前漂動。

只可惜他並不想唸經。

——若是和尚們看見這些木魚，心裡不知會有什麼感覺？是不是同樣的希望這些木魚是有血有肉的活魚？

海洋中彷彿有股暗流，帶動著浮在海面上的木魚和佛像往前走。

前面是什麼地方？

前面還是海，無邊無際的無情大海，就算海上一直這麼樣平靜無波，就算這笑口常開的彌勒佛能渡到彼岸，陸小鳳也不行了。

他不是用木頭刻成的，他要吃，不吃就要餓死，不餓死也要渴死。

四面都是水，一個人卻偏偏會渴死，這豈非也是種很可笑的諷刺？

陸小鳳卻已連笑都笑不出，他的嘴唇已完全乾裂，幾乎忍不住要去喝海水。

黃昏過去，黑夜來臨，慢慢的長夜又過去，太陽又昇起。

也不知過了多久，他的人已幾乎完全暈迷，忍不住喝了口海水，然後就開始嘔吐，又不知

吐了多久，好像連腸子都吐了出來。

暈暈迷迷中，彷彿落入一面大網中，好大好大的一個，正在漸漸收緊，吊起。

他的人彷彿也被懸空吊了起來，然後就真的完全暈了過去。

他實在無法想像，這次暈迷後，他會不會再醒，更不可能想像自己萬一醒來時，人已到了

哪裡？

二

陸小鳳醒來時已到了仙境。

陽光燦爛，沙灘潔白柔細，海水湛藍如碧，浪濤帶著新鮮而美麗的白沫輕拍著海岸，晴空

萬里無雲，大地滿眼翠綠。

這不是仙境是哪裡？人活著怎麼會到仙境？

陸小鳳還活著，人間也有仙境，但他卻沒法子相信這是真的，從他在床上被彈起的那一

間，直到此刻發生的事，現在想起來都像是場噩夢。

那笑口常開的彌勒佛也躺在沙灘上，經過這麼多災難後，還是雙手捧著肚子，呵呵大笑。

陸小鳳恨恨的瞪著它：「跟你同船的人都已死得乾乾淨淨，你躺在這裡大笑，你這算是哪

一門的菩薩？」

菩薩雖然是菩薩，卻只不過用木頭刻出來的，別人的死活，它沒法子管，別人要罵它，它

也聽不見。

陸小鳳又嘆了口氣：「你對別人雖然不義，卻總算救了我，我不該罵你的。」

災難已過去，活著的卻只剩下他一個人，他心裡是欣慰還是悲傷？別人既不知道，他自己也無法訴說，竟彷彿將這木偶當作了唯一曾經共過患難的朋友。

你若經歷過這些事，也一定會變成這樣子的。

現在他雖然還活著，以後是不是還能活得下去，卻連他自己都沒有把握。

天地茫茫，一個人到了這完全陌生的地方，就算這裡真是仙境，他也受不了。

他掙扎著，居然還能站起，第一件想到的就是水，若是沒有水，仙境也變成了地獄。

他拍了拍彌勒佛的大肚子，道：「你一定也渴了，我去找點水來大家喝。」

看來這地方無疑是個海島，島上的樹木花草，有很多都是他以前很少見到的，芭蕉樹上的果實纍纍，看起來就像是一個個大饅頭。

吃了根芭蕉後，渴得更難受，拗下根樹枝，帶著把芭蕉再往前走，居然找到一灣清泉。

直到現在他才知道，原來水的滋味竟是如此甜美，遠比最好的竹葉青還好喝。

吃飽了喝足了之後，他才想到一件可怕的事——

「若是沒有船隻經過，難道我就要在這荒島上過一輩子？」

沒有船隻經過。

他在海岸邊選了塊最大的岩石，坐在上面守望了幾天，也沒看見一點船影。

這荒島顯然不在海船經過的路線上，他只有看著彌勒佛苦笑。

「看來我們已只有在這地方耽一陣子了，我們總不能就這麼樣像野狗一樣活下去，我們好歹也得像樣子一點。」

他身上從不帶刀劍利器，幸好那個銅夜壺居然也跟著他漂來了，將夜壺剖開，用石頭打平，夾上兩片木頭做柄，再就著泉水磨上一兩個時辰，居然變成了一把可以使用的刀。

他並不想用這把刀去殺人。

現在他才知道，除了殺人外，原來刀還有這麼多別的用處。

他砍下樹枝作架，用棕櫚芭蕉的葉子作屋頂，居然在泉水旁搭了間還不算太難看的屋子，再去找些柔軟的草葉鋪在地上，先讓他唯一的朋友彌勒佛舒舒服服的躺下去。

然後他自己躺在旁邊，看著月光從蕉葉間漏下來，聽著遠處的海濤拍岸聲，忽然覺得眼睛濕濕的，一滴眼淚沿著面頰流了下來。

二年來，這還是他第一次流淚。

無論遇著什麼樣的災禍苦難他都不怕，他忽然發現世上最可怕的，原來是寂寞。

他決心不讓自己再往這方面去想，他還有很多事要做。

第二天一早他就沿著海灘去找，將一切可以找得到的東西都帶回來，其中有佛像，有木魚，還有各式各樣的貝殼。

下午他的運氣比較好，潮退的時候，他在沙灘上找到個樟木箱子。

他小心翼翼的扛回去，先吃了幾根芭蕉，喝飽了水，才舉行開箱大典。

打開箱子看時，他只覺得自己的一顆心像小鹿般亂撞，從來也沒有這麼興奮緊張過。

箱子裡還有個小小的珍珠寶箱，裝滿了珍珠首飾，只可惜現在卻一點用都沒有。最有用的是一把梳子、幾根金簪，還有兩本坊間石刻的通俗小說，一本是玉梨嬌，一本是俠義風月錄。

箱子裡當然還有衣服，卻全是花花綠綠的女人衣服。

這些東西平時陸小鳳連看都不會看一看，現在卻興奮得像個孩子剛得到最心愛的玩具，興奮得連覺都睡不著。

木魚剖開可以當作碗，用不著用手捧水喝，金簪可以當作針，再用麻搓一點線，就可以把這些衣服改成窗簾、門簾，亂得像稻草一樣的頭髮，也可以梳一梳了，還有那兩本書，若是慢慢的看，也可以打發很多空虛寂寞的日子。

他躺在用草葉做成的床上，翻來覆去，想著這些事，忽然跳起來，用力給了自己兩個耳刮子。

笑口常開的彌勒佛若有知，一定會認為這個人又吃錯了藥。

他打了自己兩耳光還嫌不夠，噼噼啪啪，又給了自己四下，指著自己的鼻子大罵。

「陸小鳳，陸小鳳，你幾時變成這樣沒出息的？只會像女人一樣盤算這些婆婆媽媽的事，難道你真想這樣過一輩子？」

天還沒有亮，他就選了個最大的木魚，在上面打了個洞，裝滿了水，再用一條花綢長裙，包了兩紮芭蕉，一起繫在身上，拍了拍彌勒佛的肚子，道：「我可不像你一樣，整天躺在這裡，從今天開始，我也不能整天陪著你了。」

他已決定去探險,去看看島上有沒有人?有沒有出路?

就算他明知那些濃密的叢林到處都有危險,也改變不了他的決心。

他每天早上出去,晚上回來,腳底已走破,身上也被荊棘刺傷。

叢林裡到處都有致命的毒蛇蟲蟻,甚至還有會吃人的怪草。

有幾次他幾乎送了命,可是他不在乎。

他相信一個人只要有決心,無論在什麼地方,都可以打出一條出路來的。

時光易逝,匆匆一個月過去,他幾乎將這個島上每一片地方都找遍了。

除了一雙又痛又腫的腳,和滿身傷痕外,他什麼都沒有找到。

這島上非但沒有人,連狐兔之類的野獸都沒有,若是別的人,一定早已絕望。可是他沒

有。

他雖已筋疲力盡,卻還是絕不灰心,就在第三十三天的黃昏,他忽然聽見一面長滿了藤蘿的山崖後,彷彿還有流水聲。

撥開藤蘿,裡面竟有條裂隙,僅容一人側身而過。可是再往裡走,就漸漸寬了。

山隙後彷彿若有光,本已幾乎聽不見的流水聲,又變得很清晰。

他終於找到一條更清澈的泉水,沿著流泉往上走,忽然發現一樣東西從泉上流了下來,卻只不過是一束已枯萎了的蘭花。

他還是將蘭花從水中撈了起來,他從來沒有在這裡看見過蘭花,只要有一點不尋常的現象,他就絕不肯放過。這次他果然沒有失望。

蘭花雖已枯萎，卻仍然看得出葉子上有經過人修剪的痕跡。

他興奮得連一雙手都在發抖，這島上除了他之外一定還有人，他忽然想起了陶淵明的桃花源記。

一口氣再往前走了半個時辰後，山勢竟真的豁然開朗，山谷裡芬芳翠綠，就像是個好大的花園，其間還點綴著一片亭台樓閣。

他倒了下去，倒在柔軟的草地上，心裡充滿了歡愉和感激，感激老天又讓他看見了人。

只要還能看得見人，就算被這些人殺了，他也心甘情願的。住在這種世外桃源中的當然不會是殺人的人！

三

現在無論誰都已想到這島上是一定有人的了，但是無論誰只怕都想不到，陸小鳳在這島上第一個看見的人竟是岳洋。

岳洋非但沒有死，而且衣著華麗，容光煥發，看來竟比以前更得意。

綠草如茵的山坡下，有條彩石砌成的小徑，他就站在那裡，冷冷的看著陸小鳳。

陸小鳳一看見岳洋就跳了起來，就好像看見了個活鬼一般的驚奇，尖聲道：「你怎麼也會在這裡的？」

岳洋冷冷道：「我不在這裡在哪裡？」

陸小鳳道：「翻船的時候你到哪裡去了？我怎麼找不到你？」

岳洋道：「翻船的時候你到哪裡去了？我怎麼找不到你？」

他問的話，竟和陸小鳳問他的一模一樣，翻船的時候，陸小鳳的確沒有立刻浮上來。

陸小鳳只好問別的：「是誰救了你？」

岳洋道：「是誰救了你？」

陸小鳳道：「這些日子來，你一直都在這裡？」

岳洋道：「這些日子來，你一直都在這裡？」

他還是一字不改，將陸小鳳問他的話反問陸小鳳一遍。

陸小鳳笑了。

岳洋卻沒有笑，他們大難不死，劫後重逢，本是很難得的事。

但是他卻連一點愉快的樣子都沒有，竟好像覺得陸小鳳死了反而比較好。

幸好陸小鳳一點都不在乎，他早就知道這少年是個怪物。

現在他最關心的只有一件事：「這裡還有什麼人？老狐狸、牛肉湯他們是不是也到了這裡？」

岳洋道：「這些事你都不必問。」

現在他最關心的只有一件事：「這裡還有什麼人？老狐狸、牛肉湯他們是不是也到了這裡？」

陸小鳳道：「我既然已經來了，怎麼能不問？」

「你是不是本就要到這裡來的？根本就沒有打算要到扶桑去？可是你怎麼會知道老狐狸的船會在那裡遇難？怎麼會來到這裡？」

這些話就算問了出來，一定也得不到答覆的，陸小鳳索性連提都不提。

岳洋道：「你還可以從原路退回去，現在還來得及。」

陸小鳳笑道：「你就算殺了我，我也絕不會退回去的！」

岳洋沉下臉，道：「那麼我就殺了你！」

他右掌上翻，左掌斜斜劃了個圈，右掌突然從圈子裡穿出，急砍陸小鳳左頸。

他的出手不但招式怪異，而且又急又猛，就在這短短三十多天裡，他的武功竟似又有了精湛的進步。

武學一道，本沒有僥倖，但他卻實在進步得太快，簡直就像是奇蹟。

就只這一招，已幾乎將陸小鳳逼得難以還手。

陸小鳳這一生中也不知遇見過多少高手，當真可以算是身經百戰，久經大敵，卻還很少見到武功比這少年更高的人。

這種變化詭異的招式，他以前居然也從來沒有見到過。

他凌空一個翻身，後退八尺。

陸小鳳道：「你不後悔？」

岳洋道：「我早就說過，我這一輩子從來也沒有後悔。」

岳洋冷笑，再次出手，立刻就發現陸小鳳的武功也遠比他想像中高得多。

無論他使出多怪異的招式，也沾不到陸小鳳一點衣袂，有時他明明已將得手，誰知陸小鳳

岳洋居然沒有追擊，冷冷道：「你退回去，我不殺你。」

陸小鳳道：「你殺了我，我也不退。」

身子一閃，就躲了開去！

陸小鳳本來明明有幾次機會可以擊倒他的，卻一直沒有出手，彷彿存心要看看他武功的來歷，又彷彿根本就不想傷害他。

岳洋卻好像完全不懂，出手更凌厲，突聽花徑盡頭一個人帶著笑道：「貴客光臨，你這樣就不是待客之道了。」

花徑盡頭是花，一個人背負著雙手，站在五色繽紛的花叢中，圓圓的臉，頭頂已半禿，臉上帶著很和氣的笑容，若不是身上穿的衣服質料極好，看來就像是個花匠。

一看見這個人，岳洋立刻停手，一步步往後退，花徑的兩旁也是花，他退入花叢中，身子一轉，忽然就無影無蹤。

那和和氣氣的小老頭卻慢慢的走了過來，微笑道：「青年人的禮貌疏慢，閣下千萬莫要怪罪。」

陸小鳳也微笑道：「沒關係，我跟他本就是老朋友。」

小老頭撫掌道：「老友重逢，那是再好也沒有的了，少時我一定擺酒為兩位慶賀。」

他又笑道：「山居寂寞，少有住客，只要有一點小事可以慶賀，我們都不會錯過的，何況是這種事？」

他輕描淡寫的說著，一種安樂太平滿足的光景，不知不覺的從言語之間流露出來，聽在飽經憂患的陸小鳳耳裡，真是羨慕得要命。

小老頭又問道：「卻不知貴客尊姓大名。」

陸小鳳立刻說出了姓名，在這和和氣氣的小老頭面前，無論誰都不會有戒心。

小老頭點點頭，道：「原來是陸公子，久仰得很。」

他嘴裡雖然在說久仰，其實卻連一點久仰的意思都沒有。

陸小鳳少年成名，名滿天下，可是在他聽起來，卻和張三李四，阿貓阿狗全無分別，這倒也是陸小鳳從來沒有遇見過的。

小老頭又笑道：「今天我們這裡恰巧也有小小的慶典，卻不知貴客是否願意光臨？」

陸小鳳當然願意，卻還是忍不住要問：「今天你們慶賀的是什麼？」

小老頭道：「今天是小女第一次會自己吃飯的日子，所以大家就聚起來，將那天她吃的菜飯再吃一次。」

連這種雞毛蒜皮的事都要慶賀，世上值得慶賀的事也未免太多了。

陸小鳳心裡雖然在這麼想，嘴裡卻沒有說出來，只希望她女兒那天吃的不是米糊稀粥，這些日子來他嘴裡實在已淡得出鳥來。

小老頭笑道：「陸公子心裡一定好笑，連這種雞毛蒜皮的事都要慶賀，世上值得慶賀的事也未免太多了，可告慰的是，小女自幼貪吃，所以自己第一次吃飯，就要人弄了一大桌酒菜。」

他雖然說出了陸小鳳的心事，陸小鳳倒也並不驚奇，他的想法本是人情之常，無論誰聽到這種事，都難免會這麼樣想的。

小老頭又笑道：「這裡多年未有外客，今日陸公子忽然光臨，看來倒是小女的運氣。」

陸小鳳笑道：「等我吃光了你們的酒肉時，你們就知道這是不是運氣了。」

小老頭大笑，拱手揖客。

陸小鳳道：「主人多禮，我若連主人的尊姓大名都未曾請教，豈非也不是做客之道？」

小老頭道：「我姓吳，叫吳明，口天吳，日月明。」

他大笑又道：「其實我最多只不過有張多嘴而又好吃的口而已，說到日月之明，是連一點都沒有的。」

他笑，陸小鳳也笑。

經過了那些艱苦的日子後，能遇見這麼好客多禮，和氣風趣的主人，實在是運氣。

陸小鳳心裡實在愉快得很，想不笑都不行。

走出花徑又是條花徑，穿過花叢還是花叢，四面山峰滴翠，晴空一碧如洗，前面半頃荷塘上的九曲橋頭，有個朱欄綠瓦的水閣。

他們去的時候，小閣裡已經有十來個人，有的站著，有的坐著，年紀有老有幼，性別有男有女，有的穿著莊嚴華麗的上古衣冠，有的卻只不過隨隨便便披著件寬袍。

大家的態度都很輕鬆，神情都很愉快，彷彿紅塵中所有的煩惱和憂傷，都早已被隔絕在四面的青山外。

這才是人生，這才是真正懂得享受生命的人，陸小鳳心裡又是感慨，又是羨慕，竟似看呆

了。

小老頭道：「這裡大家都漫不拘禮，陸公子也千萬莫要客氣才好。」

陸小鳳道：「既然大家都漫不拘禮，為什麼要叫我陸公子？」

小老頭大笑，拉起他的手，走上九曲橋。

一個穿著唐時一品朝服，腰纏白玉帶，頭戴紫金冠的中年人，手裡拿著杯酒，搖搖晃晃的走過來，將手裡金杯交給陸小鳳。

小老頭笑道：「他姓賀，只要喝了點酒，就硬說自己是唐時的賀知章轉生，所以大家就索性叫他賀尚書，他卻喜歡自稱四明狂客。」

陸小鳳也笑道：「難怪他已有了醉意，既然是飲中八仙，不醉就不對了。」

他嘴裡說話的時候，眼睛卻在注意著一個女人。

值得注意的女人，通常都不會難看的。

她也許太高了些，可是修長的身材線條柔和，全身都散發著一種無法抗拒的魅力，臉部的輪廓明顯，一雙貓一般的眼睛裡閃動著海水般的碧光，顯得冷酷而聰明，卻又帶著種說不出的懶散之意，對生命彷彿久已厭倦。

現在她剛剛離開水閣中的一群人，向他們走過來，還沒有走得太近，陸小鳳就已覺得喉頭發乾，一股熱力自小腹間升起。

她彷彿也看了他一眼，貓一樣的眼睛中充滿輕蔑譏誚的笑意。

然後她就立刻轉過臉，直視著小老頭，慢慢的伸出手。

小老頭在嘆息，道：「又輸光了？」

她點點頭，漆黑柔軟的長髮微微波動，就像是黑夜中的海浪。

小老頭道：「你還要多少？」

她伸出五根手指，纖長有力的手指，表現出她內心的堅強。

小老頭道：「你什麼時候還給我？」

她說：「下一次。」

小老頭道：「好，用你的首飾做抵押，還給我的時候再付利息。」

她立刻同意，用兩根手指從小老頭手中抽出張銀票，頭也不回的便走了，連看都不再看陸小鳳一眼。

小老頭卻在看著陸小鳳微笑，道：「我們這裡並沒有什麼規矩，可是大家都能謹守一個原則。」

陸小鳳眼睛還盯在她後影上，隨口問道：「什麼原則？」

小老頭道：「自食其力。」

他又解釋著道：「這裡有世上最好的酒和最好的廚子，無論哪一種享受都是第一流的，可是收費也很高，沒有能力賺大錢的人，很難在這裡活得下去。」

陸小鳳的目光已經從她身上移開了，他忽然想到自己身上唯一的財產就是那把用夜壺改成的刀。

小老頭又笑道：「今天你當然是客人，只要不去跟他們賭，完全用不著一文錢。」

今天是客人，明天呢？

陸小鳳忽然問道：「他們在賭什麼？」

小老頭道：「在賭骰子，他們喜歡賭得痛快。」

陸小鳳道：「我可不可以看看？」

小老頭道：「當然可以。」

他笑得更愉快：「只不過你若要賭，就一定要小心沙曼。」

沙曼，多麼奇怪的名字。

陸小鳳笑道：「沙曼就是剛才來借錢的那個？」

小老頭笑道：「她輸得快，贏得也快，只要一不小心，你說不定連人都輸給她。」

陸小鳳也笑了。

若是能將人人輸給那樣的女孩子倒也不壞，只不過他當然還是希望贏的。

四

桌子上堆滿了金珠和銀票，沙曼的面前堆得最多，陸小鳳一走過去，她就贏了。

他們賭得果然簡單而又痛快，只用三粒骰子，點數相同的「豹子六」當然統吃，

「四五六」也不小，「么二三」就輸定了。

除去一對外，剩下的一粒骰子若是六點，就幾乎已可算贏定。

她居然一連擲出了五次六點，貓一樣的眼睛已發出綠玉般的光。

輸錢的莊家是個開始發胖的男人，看來和你平日在茶樓酒館看見的那些普通人完全沒什麼兩樣，但卻出奇鎮定，一連輸了五把，居然還是面不改色，連汗珠都沒有一滴。

他們賭得比陸小鳳想像中還要大，但是賭得並不太精，既不會找門子，更不會用手法。

只要懂得最起碼的一點技巧，到這裡來賭，就一定可以滿載而歸。

陸小鳳的手已經開始癢了。

五　滿載而歸

一

最近幾年來陸小鳳都沒有賭過錢，他本是個賭徒，六七歲的時候已經會玩骰子。

到了十六七歲時，所有郎中的手法，他都已無一不精，鉛骰子、水銀骰子、碗下面裝磁石的鐵骰子，在他眼中看來，都只不過小孩玩的把戲。

普普通通的六粒骰子，到了他手裡，就好像變成了活的，而且很聽話，他若要全紅，骰子絕不會現出一個黑點來。

賭就跟酒一樣，對浪子們來說，不但是種發洩，也是他們謀生方法的一種。

最近他沒有賭，並不是因為他贏得太多，已沒有人敢跟他賭，而是因為他自己覺得這種事對他已完全沒有刺激！

他當然也用不著靠這種方法來謀生，所以他能去尋找更大的刺激。

可是現在的情況卻不同了，他想留在這裡，就得要有賺大錢的本事。

現在他好像已不能不留在這裡，而這裡唯一能賺到大錢的機會好像就在這三粒骰子上。

莊家反抓起骰子，在大碗邊敲得叮叮直響，大聲叫：「快下注，下得愈大愈好。」

陸小鳳忽然道：「這一注我押五百兩。」

他雖然沒有五百兩，可是他有把握一定不會輸的。

可惜別人對他卻沒有這麼大的信心，莊家冷冷的瞟了他一眼，道：「我怎麼還沒有看見你的五百兩？」

陸小鳳道：「因為我還沒有拿出來。」

莊家道：「我們這裡的規矩，要看見銀子才算數。」

陸小鳳只有拿出來了，拿出了那柄用夜壺改成的刀。

莊家道：「你用這把刀押五百兩？」

陸小鳳道：「嗯。」

莊家道：「我好像看不出這刀能值五百兩。」

陸小鳳道：「你看不出，只因為你從來沒有看見過這樣的刀。」

莊家道：「這把刀很特別？」

陸小鳳道：「特別極了。」

莊家道：「有什麼特別？」

陸小鳳道：「這把刀是用夜壺改成的。」

他自己忍不住笑了，別的人卻沒有笑，在這裡賭錢的六個人，身分性別年紀雖然都不同，卻有一點相同的地方！每個人都顯得出奇的冷靜，連笑都不笑。

大家都冷冷的看著他，眼色就像是在看著個小丑一樣。

羞刀難入鞘，陸小鳳再想將這把刀收回去也很難了。

他正不知道該怎麼下台，忽然看見一隻手，推著五百兩銀子過來，拿起了他的刀。

一隻很好看的手，手指纖長而有力，雖然有點像男人的手，卻還是很美。

陸小鳳吐出口氣，感激的看了她一眼，笑道：「總算有人識貨的。」

沙曼冷冷道：「我若識貨，就不會借這五百兩給你了。」

她臉上全無表情：「我借給你，只不過你好像替我帶來點運氣，這一注我又押得特別多，所以不想讓你走而已。」

賭徒們本是最現實的，她看來正是個標準的賭徒。

莊家低喝一聲：「統殺！」

骰子擲在碗裡，兩個都是六點，還有一點仍在不停的滾。

莊家叫「六」，別的人叫「么」，陸小鳳卻知道擲出來的一定是三點。

因為他已將兩根手指按在桌面下，他對自己這兩根手指一向很有信心。

他實在希望莊家輸一點。

骰子停下來，果然是三點。

三點已不算太少，居然有兩個人連三點都趕不出，輪到沙曼時，擲出來的又是六。

她輸不起，她已經連首飾都押了出去。

陸小鳳這兩根手指，不但能挾住閃電般刺來的一劍，有時也能讓一粒滾動的骰子在他想要的那個點子上停下來。

他對自己這種做法並不覺得慚愧！讓能輸得起的人，輸一點給輸不起的人，這並沒有什麼

不對。

現在骰子已到了他手裡，他只想要一對三，一個四。

四點贏三點，贏得恰到好處，也不引人注意。

他當然用不著別人的手在桌下幫忙，雖然他已久疏練習，可是骰子一定還會聽他話的。

他有把握，絕對有把握。

叮噹一聲響，骰子落在碗裡，頭一粒停下的是三，第二粒也是三，第三粒當然是四。

他看著這粒滾動的骰子，就好像父母們看著一個聽話的孩子。

現在他已經可以看見骰子面上的四點了，紅紅的，紅得又嬌艷，又好看，就像是五百兩白花花的銀子那麼好看。

骰子已將停下來，銀子已將到手。

誰知就在這最後的節骨眼上，骰子突又一跳，停下來竟是兩點。

陸小鳳傻了。他做夢也想不到，這賭桌上居然還有高手，很可能比他還要高些！

沙漫冷冷的看了他一眼：「你雖然為我帶來點運氣，你自己的運氣卻不好。」

在那粒骰子上做手腳的人當然不會是她，她本來已經輸了很多，是陸小鳳幫她贏回來的。

莊家正在收錢。

這個人不但輸了，而且輸得不少，若是能夠控制骰子的點數，就不會輸了。

別的人看來也不像，陸小鳳實在看不出誰是這位高手。

他就好像啞巴吃了黃蓮，有苦也說不出，又像是瞎子在吃餛飩，肚裡有數。

只要再來一次，他就一定可以看出來了，只要注意一點，就絕不會輸。

他還是很有把握。只可惜他已沒有賭本了，那個又客氣、又多禮的小老頭，忽然已蹤影不見，就好像生怕陸小鳳要找他借錢一樣。

一個年紀還很輕，卻留著兩撇小鬍子的人忽然笑道：「我們都是小鬍子，我們交個朋友。」

他居然「仗義勇為」，真的撿出張五百兩銀票。

陸小鳳大喜，正想接過來，誰知道這小鬍子的手又收了回去，道：「刀呢？」

「什麼刀？」

「像你剛才那樣的刀。」

沒有刀，沒有銀子，所以陸小鳳只有苦笑：「像那樣的刀，找遍天下恐怕也只有一把。」

小鬍子嘆了口氣，又將銀票壓了起來，莊家骰子已擲出來，竟是「么二三」，統賠。

陸小鳳只覺得嘴裡發苦，正想先去找點酒喝再說，一回頭，就發現那小老頭正站在擺著酒菜的桌子旁，看著他微笑。

桌上有各式各樣的酒，陸小鳳自己選了樽竹葉青，自斟自飲，故意不去看他。

小老頭卻問道：「手氣如何？」

陸小鳳淡淡道：「還不算太壞，只不過該贏的沒有贏，不該輸的卻輸了。」

小老頭嘆了口氣，道：「世上有很多事都是這樣子的，倘若是對一樣事情太有把握了，反而會疏忽，所以該贏的會輸，但是只要還有第二次機會，就一定可以把握住了。」

這正是陸小鳳心裡的想法，又被他說中。

陸小鳳眼睛亮了，道：「你若肯投資，讓我去賭，贏了我們對分。」

小老頭道：「若是輸了呢？」

陸小鳳道：「輸了我賠。」

小老頭道：「怎麼賠？用你那把天下無雙的夜壺刀來賠？只可惜夜壺刀現在也已不是你的。」

陸小鳳道：「不管怎麼樣，我反正一定不會輸的，你借給我壹萬兩，這場賭散了之後，我一定還你壹萬五千兩。」

他本不是這種窮兇極惡的賭鬼，賣了老婆都要去賭，可是他實在太不服氣，何況這區區一萬兩銀子，在他看來，根本就不算什麼。他一向揮金如土，從來也沒有將錢財看在眼裡。

奇怪的是，愈是這種人，借錢反而愈容易，連小老頭的意思都有點動了，遲疑著道：「萬一你還不出怎麼辦？」

陸小鳳道：「那麼就把我的人賠給你。」

小老頭居然什麼話都不再說，立刻就給了他一萬兩銀子。

陸小鳳大喜道：「你放心，我絕不會讓你後悔的。」

小老頭嘆了口氣，道：「我只怕你自己會後悔。」

莊家還沒有換人，陸小鳳走了後，他連擲了幾把大點，居然又扳回去一點。

沙曼卻每況愈下，幾乎又輸光了，看見陸小鳳去而復返，那張冷若冰霜的臉上，居然露出了微笑來：「老頭子借了賭本給你？他信得過你？」

陸小鳳道：「他倒並不是相信我這個人，只不過相信我這次一定會轉運的。」

沙曼道：「我也希望你轉運，把你的刀贖回去，這把刀五分銀子別人都不要。」

莊家已經在叫下注，陸小鳳道：「等我先贏了這一把再說。」

他本想把銀票疊個角，先押一千兩的，可是到了節骨眼上，竟忽然一下子將整張銀票都押下去。

賭鬼們輸錢，本就輸在這麼一下子。

莊家冷冷的看了他一眼，隨手一擲，擲出了個兩點，居然還是面不改色。

幾個人輪流擲過去，有的贏，有的輸，沙曼一擲成六，忍不住看著陸小鳳一笑，道：「你好像又替我帶來了運氣。」

她不笑的時候陸小鳳都動心，這一笑陸小鳳更覺得神魂顛倒，忽然握住她的手，道：「我帶給你的好運氣，你能不能借給我一點？」

她想掙脫他的手，怎奈陸小鳳握得太緊，她立刻沉下臉道：「我的手又不是骰子，你拉住我幹什麼？」

這句話雖然是板著臉說的，其實誰都看得出她並沒有真的生氣。

陸小鳳慢慢的鬆開她的手，一把抓起骰子，本來也許只有八分信心的，現在已變成了十分，大喝一聲：「豹子。」

要殺兩點根本用不著豹子，真正的行家要殺兩點，最多也只不過擲出個四點就夠了，就算

不用手法，要贏兩點也不難。可是陸小鳳現在卻好像忽然變成了個孩子，只要有自己喜歡的人

在旁邊看著，孩子們無緣無故也要去翻兩個跟斗的。

現在陸小鳳的心情也差不多，一心要在她面前賣弄賣弄，擲出個三個六的豹子來。

叮鈴鈴一聲響，骰子擲在碗裡，他的手已伸入桌下。

這一次就算有人想弄鬼，他也有把握可以把點子再變回來。

兩粒骰子已停下，當然是兩個六點，第三粒骰子卻偏偏還在碗裡打轉。

莊家眼睛瞪著骰子，冷冷道：「這骰子有鬼。」

陸小鳳笑道：「鬼在哪裡，我們大家一起找看。」

他的手一用力，桌子忽然離地而起。

剛才想跟陸小鳳交個朋友的小鬍子，一雙手本來按在桌上，桌子離地，只聽「噗」的一

響，兩塊掌形木板落在地上，他的一雙手竟嵌入桌面。

碗卻還在桌上，骰子也還在碗裡打轉。

一陣風吹過，落在地上的那兩塊木板，竟變成了一絲絲的棉絮，眨眼就被風吹走。

陸小鳳眼睛本該盯著那粒骰子的，卻忍不住去看小鬍子兩眼，他實在看不出這個打扮得像

花花大少一樣的年輕人，手上竟有武林中絕傳已久的「化骨棉掌」功夫。

「棉掌」是武當絕技，內家正宗，可是「棉掌」上面再加上「化骨」二字，就大大不同

了。

這種掌力不但陰毒可怕，而且非常難練，練成之後，一掌打在人身上，被打的人渾如不覺，可是兩個時辰後掌力發作，全身骨骼就會變得其軟如棉，就算神仙也萬萬救不活，比起西藏密宗的「大手印」、西方星宿海的「天絕地滅手」都要厲害得多。

自從昔年獨闖星宿海，夜入朝天宮，力殺黃教大喇嘛的化骨仙人故去後，江湖中就已沒有再出過這種掌力，卻不知這小鬍子是怎麼練成的。

陸小鳳想不出，也沒空去想。

那粒骰子竟然還在碗裡打轉，每當快要停下來時，坐在陸小鳳身旁一個白髮老翁的手輕輕一彈，骰子就轉得更急。

這人滿頭白髮，道貌岸然，看來就像是個飽讀詩書的老學究，一直規規矩矩的坐在陸小鳳身旁，在座的人，只有他從未正視過沙曼一眼。

直到這次骰又將停下，陸小鳳忽然聽見「嘶」的一響，一縷銳風從耳邊劃過，竟是從這老人的中指發出來的。

他的手枯瘦蠟黃，留著一寸多長的指甲，想必用藥水泡過，十根指甲平時都是捲起來的，可是只要他手指一彈，捲成一圈的指甲就突然伸得筆直，晶瑩潔白，閃閃發光，就像是刀鋒一樣。

難道這就是昔年和張邊殷氏的「一陽指」、華山「彈指神通」並稱的「指刀」？

這也是武林中絕傳已久的武功，甚至連陸小鳳都沒有見過。

他自己的靈犀指也是天下無雙的絕技，忽然伸出兩根手指來，隔空往那粒骰子上一挾，滾轉不息的骰子竟然停下，上面黑黝黝的一片點子，看來最少也有五點。

誰知就在這一剎那間，大家沒有看清上面的點子，莊家忽然撮唇作勢，深深吸了口氣，骰子就忽然離碗而起。

白髮老翁中指又一彈，「啵」的一聲，這粒骰子竟變得粉碎，一片粉末落下來，還是落在碗裡，卻已沒有人能看得出是幾點了。

陸小鳳大賭小賭，也不知賭過多少次，這件事倒還是第一次遇見，這一來是算不分輸贏？還是算莊家輸的？連他也不知道如何處理。

沙曼忽然轉臉看著陸小鳳道：「兩個六點，再加上一個點，是幾點？」

陸小鳳道：「還是一點。」

沙曼道：「為什麼還是一點？」

陸小鳳道：「因為最後一粒骰子的點數，才算真正的點子。」

沙曼道：「最後一粒骰子若是沒有點呢？」

陸小鳳道：「沒有點就是沒有點。」

沙曼道：「是沒有點大，還是一點大？」

陸小鳳道：「當然是一點大。」

沙曼道：「兩點是不是比一點大？」

陸小鳳嘆了口氣，道：「兩點當然比一點大，也比沒有點大。」

其實她一開口問他第一句，他已明白是什麼意思了，若是別人問他，他至少有幾十種法子可以對付。

陸小鳳的機智伶俐花樣之多，本是江湖中人人見了都頭疼的，可是在這個長著雙貓一般眼睛的女孩子面前，他卻連一點也使不出來。

因為他根本就不願意在她面前使出來，她若一定要他輸這一把，他就是輸了又何妨！

區區一萬兩銀子，又怎能比得上她的一笑？

沙曼果然笑了：「兩點既然比沒有點大，這一萬兩銀子你就輸了。」

陸小鳳道：「我本來就輸了。」

沙曼道：「你輸得心不心疼？」

陸小鳳笑道：「莫說只輸了一萬兩，就算輸上十萬八萬，我也不會心疼的。」

這句話本來並不是吹牛，他說出來之後，才想起自己現在連十兩八兩都輸不起。

只可惜，莊家早已將他的銀票掃了過去，居然還是面不改色，冷冷道：「有銀子的下注，沒有銀子走路。」

陸小鳳只好走路。

那小老頭子好像完全沒有注意到這邊的賭局，還坐在那裡低斟淺啜，一臉自得其樂的樣子，好像正在等著收陸小鳳的一萬五千兩。

陸小鳳只有硬著頭皮走過去，搭訕著問道：「你在喝什麼？」

小老頭道：「竹葉青。」

陸小鳳道：「你也喜歡喝竹葉青？」

小老頭道：「我本來不常喝的，現在好像受了你的傳染。」

陸小鳳道：「好，我敬你三杯。」

小老頭道：「三杯只怕就醉了。」

陸小鳳道：「一醉解千愁，人生難得幾回醉，來，喝。」

小老頭道：「你年紀輕輕的，有什麼愁？」

陸小鳳苦笑道：「我輸的雖然是別人的錢財，心裡還是難免有點難受。」

小老頭笑了笑，道：「那可不是別人的錢財，是你的。」

小老頭笑道：「慷他人之慨，本就算不了什麼，只不過⋯⋯」

陸小鳳又驚訝、又歡喜，道：「真是我的？」

小老頭道：「我既然已將銀子借給了你，當然就是你的。」

陸小鳳大喜道：「想不到你竟是個如此慷慨的人。」

他慢吞吞的接著道：「銀子雖然是你的，你的人卻已是我的。」

陸小鳳叫了起來：「我姓陸，你姓吳，你既不是我兒子，我也不是你老子，我怎麼會是你的？」

小老頭淡淡道：「因為你還不出一萬五千兩，就只好將你的人賠給我，丈夫一言，快馬一鞭，為了成全你的信譽，我想不要都不行。」

陸小鳳又傻了，苦笑道：「我這人又好酒，又好色，又好吃，又好賭，花起錢財來像流水

一樣，我若是你的，你就得養我。」

小老頭道：「我養得起。」

陸小鳳嘆了口氣，道：「可是我倒想不通，你要我這麼樣一個大混蛋幹什麼？」

小老頭笑道：「我的銀子太多，正想找個人幫我花花，免得我自己受罪。」

陸小鳳道：「你認爲花錢是在受罪？」

小老頭正色道：「怎麼不是受罪？若是喝得太多，第二天頭疼如裂，就像生了場大病，若是賭得太兇，非但神經緊張，如坐針氈，手氣不來時，說不定還會被活活氣死，若是縱情聲色……」

他嘆了口氣，接道：「這種對身體有傷的事，像我這種年紀的人，更是連提都不敢提。」

陸小鳳道：「除了花錢外，你還準備要我幹什麼？」

小老頭道：「你年紀輕輕，身體強健，武功又不錯，我可以要你做的事，也不知有多少。」

他說到了「武功又不弱」這句話時，口氣裡彷彿帶著種說不出的輕蔑之意，不管他是真有此意也好，是陸小鳳疑心也好。反正總有這麼點意思。

陸小鳳少年成名，縱橫江湖，雖然不能說天下無敵，真能擊敗他的人，他倒也從來沒有遇見過，就好像他賭骰子從來沒有輸過一樣，若有人說他不行，他當然一萬個不服氣。可是今天他擲了兩把骰子，就輸了兩把，若說那只不過因爲別人在玩手法，他自己又何嘗沒有玩手法？

那小鬍子的「化骨棉掌」，白髮老翁的「指刀」，本都已是江湖罕見的武功絕技，最後莊

家撮口一吸，就能將七尺外的一粒骰子吸起，旁邊的兩粒骰子卻還是紋風不動，這一手氣功更是不可思議。

這看來一片祥和的世外桃源，竟是個藏龍臥虎之地。

還有這和和氣氣的小老頭，看來好像誠懇老實，其實別人的心事，他一眼就可看透，正是大智若愚，扮豬吃老虎的那種人。說不定這賭局本就是他早就佈好的圈套，現在陸小鳳已一跤跌了下去，還不知道他有什麼稀奇古怪的事要陸小鳳去做。

無論那是什麼事，都一定不會是什麼好事。

陸小鳳想來想去，愈想愈不是滋味，心裡已經開始覺得自己根本不該來的。

小老頭笑道：「現在你心裡一定已經在後悔，覺得自己不該來的，卻又偏偏猜不出我們究竟在玩什麼花樣，難免動了好奇，所以又捨不得走。」

他又一語道破了陸小鳳的心事，陸小鳳卻笑了，大聲道：「不對不對，完全不對。」

小老頭道：「什麼事不對？」

陸小鳳道：「你說的完全不對。」他將酒一飲而盡，拈起塊牛肉，開懷大嚼，又笑道：「這裡有酒有肉，又有天仙般的美女，還有準備給銀子讓我花的人，我還有什麼不滿意的？為什麼要後悔？」

小老頭含笑看著他，道：「因為你心裡還在嘀咕，猜不透我究竟要你幹什麼？」

陸小鳳大笑道：「像我這樣的人，還有什麼不能幹的？就算要我去殺人，我也一刀一個，而且還絕不管埋。」

小老頭道：「真的？」

陸小鳳道：「當然是真的！」

小老頭看著他，眼睛裡忽然露出種奇怪的表情，微笑著道：「只要你能記住今天的話，我保證你一輩子平安快樂。」

他雖然在笑，口氣卻很認真，就好像真想要陸小鳳替他殺人一樣。

可是這裡藏龍臥虎，高手如雲，「化骨棉掌」和「指刀」更都是絕頂陰毒的功夫，用這種功夫去殺人，本是再好也沒有的了，又何必捨近求遠，再去找別人？

陸小鳳總算又想開了，他已嚐過三樣菜，一盤切得薄薄的牛肉片子，一碗燉得爛爛的紅燒牛腩，一碟炒得嫩嫩的蠔油牛肉，誰知一筷子挾下去，第四樣還是牛肉，是樣帶點辣味的陳皮牛肉。

湯是用整個牛腩清蒸出來的，一味燜牛肚絲細軟而不爛，火候恰到好處，還有樣水鋪牛肉，是用稍帶肥甘的薄頭回片，用作料拌好，放在湯裡一攪，撒上胡椒即吃，湯鮮肉嫩，更是少見的好菜。

其餘紅燒牛舌、生炒毛肚、火爆牛心、牛肉丸子、紅燜牛頭、清燉牛尾、枸杞牛鞭，還有雞蛋炒腦花，味道也全都好得很。只不過每樣菜都是牛身上的，滋味再好，也會吃得厭煩。

陸小鳳道：「這裡的牛是不是也跟你的銀子一樣多？」

小老頭道：「今天做的本是全牛宴，因為小女特別喜歡吃牛肉。」

陸小鳳終於想起，今天這些菜，都是他女兒第一天會自己吃飯時吃過的。

那時她最多也只不過三五歲，就弄了這麼大一桌子牛肉吃。

陸小鳳心裡嘆了口氣，看來這小老頭的女兒，無疑也是個怪物。

小老頭道：「其實她別的地方也並不怪，只不過每飯非牛肉不歡，吃了十幾年，也吃不膩，若有人認為她是怪物，那就錯了。」

小老頭笑道：「這種察言觀色的本事，我倒也不敢妄自菲薄。」

小老頭笑道：「這種察言觀色的本事，我倒也不敢妄自菲薄。」

陸小鳳眼珠子轉了轉，道：「你知道我現在心裡在想什麼？」

小老頭道：「你本來想故意去想些稀奇古怪的事，好來難倒我，可是你又偏偏忍不住想要看看我那專吃牛肉的女兒。」

陸小鳳大笑道：「不對不對，你女兒又不嫁給我，我去看她幹什麼？」他嘴裡雖然在說不對，其實心裡卻不能不佩服，忍不住又問道：「今天她是主客，為什麼反而一直蹤影不見？」

小老頭道：「她是誰？」

陸小鳳道：「她就是你女兒。」

小老頭道：「你既然連看都不想看她，問她幹什麼？」

陸小鳳說不出話來了。

原來這小老頭外表雖然和氣老實，其實卻老奸巨猾，比那老狐狸還厲害幾百倍。

小老頭道：「只可惜你就算真的不想看見她，遲早還是會看見她的。」

陸小鳳道：「我不想看見她都不行？」

小老頭道：「不行。」

陸小鳳道：「為什麼？」

小老頭道：「因為你現在只要一回頭，就已看見她了。」

陸小鳳一回頭，就看見了牛肉湯。

現在牛肉湯臉上當然已沒有牛肉湯。若不是因為陸小鳳看她看得比別人都仔細，現在也絕對看不出她就是可憐兮兮，到處受人欺負的牛肉湯。

她現在已完全變了個樣子，從一個替人燒飯的小丫頭，變成了個人人都想找機會替她燒飯的小公主，而且是公主中的公主，無論誰看見她，都會覺得自己只要能有機會替她燒飯，就是天大的光榮。

人都會變的。

陸小鳳認識的人之中，有很多變了，有的從赤貧變成豪富，從君子變成小人，從英雄變成狗熊，也有的從豪富變成赤貧，從小人變成君子，從狗熊變成英雄，但卻從來沒有任何人變得像她這麼快，這麼多。

她簡直好像已完全脫胎換骨。

陸小鳳若不是因為看她看得特別仔細，連她身上最不能被人看見的地方都看過，簡直不能相信她就是那個牛肉湯。

牛肉湯冷冷的盯著他，卻好像根本從來都沒有見過這個人。

小老頭道：「你認得她？」

陸小鳳道：「本來我以前是認得她的。」

小老頭道：「現在呢？」

陸小鳳嘆道：「現在看起來，她也不認得我，我也不認得她。」

牛肉湯既不承認，也不否認，這些話她似已聽見，又似根本沒聽見。

小老頭也不再睬陸小鳳，走過去拉起她的手，目中充滿慈愛，道：「我叫你早點去睡的，你怎麼偏偏又要溜出來？」

牛肉湯道：「我聽丫頭說，剛才外面有人回來，卻不知有沒有九哥的消息？」

小老頭道：「你猜呢？」

牛肉湯眼睛立刻發出了光，道：「我知道一定有，九哥絕不會忘了我的。」

小老頭道：「我本來想明天早上再告訴你，老九不但有消息帶回來，還叫他新收的隨從木一半帶了些禮物回來給你。」

牛肉湯笑靨如花，眼睛發光，好像又變了個人，道：「這個木一半的人呢？趕快叫他來，把九哥的禮物也帶來。」

小老頭微笑揮手，手指一彈，九曲橋上就有十六個赤膊禿頂，只穿著條牛皮褲的崑崙奴，抬著八口極大的箱子走過來。

走在他們前面的還有個人，獨臂單足，拄著根鐵枴，右腿齊根而斷，右臂也被人連肩削掉，臉上一條刀口，從右眼上直掛下來，不但右眼已瞎，連鼻子都被削掉一半，耳朵也不見

了。

這個人本來也不知是醜是俊，現在看起來，卻顯得說不出的詭秘可怖。

牛肉湯看見他好像很開心，帶著笑道：「我聽九哥說起過，你一定就是木一牛了。」

木一牛左腿彎曲，恭恭敬敬的行了個大禮，道：「小人木一牛，參見公主。」

他還沒有跪下去，牛肉湯已伸手扶起了他，對這個又醜又怪的殘廢，遠比對陸小鳳客氣得多，想必是看在她九哥的面子上愛屋及烏。

陸小鳳遠遠的看著，心裡實在有點不是滋味，只見她的手在陽光下看來潔白柔美，和以前手上滿是油垢的樣子已大不相同，想到那天在狐狸窩沖涼房裡發生的事，又不禁有點心動。

木一牛已監督那些滿身黑得發光的崑崙奴打開了五口箱子，箱子裡裝滿了綾羅綢緞，胭脂花粉，第五口箱子打開來，珠光寶氣，耀眼生花，裡面竟裝滿了各式各樣的翡翠瑪瑙，金珠寶玉。

這些東西沒有一樣不是女人們最心愛的，平常的姑娘看見，只怕早已歡喜得暈了過去。

牛肉湯卻連正眼都沒有去看一眼，反而嘟起了嘴，道：「九哥又不是不知道我不稀罕這些東西，爲什麼巴巴的叫你送來？」

木一牛笑道：「公主再看看這三口箱子裡面是什麼？」

他笑得彷彿很神秘，連陸小鳳都不禁動了好奇心，怎麼想也想不出，世上還有什麼能比珠寶首飾更能討女孩子歡心的東西。

等到這三口箱子打開，陸小鳳簡直忍不住要叫了起來。

箱子裡面裝的竟是人，一口箱子裡裝著一個人，三個人之中陸小鳳倒認認得兩個。

第一個人頭髮花白，像貌威武，雖然被裝在箱子裡面關了很久，一站起來腰桿仍然筆直，竟是群英鏢局的總鏢頭「鐵掌金刀」司徒剛。這人的鐵砂掌力已練得頗有火候，一柄金背砍山刀，施展著五虎斷門刀法，江湖中更少有對手，怎麼會被人裝進箱子的？

第二個人精悍瘦削，兩邊太陽穴高高凸起，看來無疑也是個內外兼修的武林高手。真正讓陸小鳳吃驚的，還是第三個人。

這人赤足草鞋，穿著件舊得發膩的破布袈裟，圓圓的臉居然還帶著微笑，赫然竟是「四大高僧」中名排第三的老實和尚。

誰也不知道這和尚究竟是真老實還是假老實，但是人人都知道，他武功之高，確是一點不假，若有什麼江湖匪類惹到了他，他雖然總是笑嘻嘻的一點都不生氣，可是這個人卻往往會在半夜裡不明不白的送掉性命。

所以近來江湖中敢惹這和尚的人已愈來愈少了，就連陸小鳳看見他也頭疼得很。

最近半年來他忽然蹤影不見，誰也不知道他幹什麼去了，卻想不到會在這口箱子裡忽然出現，能把他裝進箱子的這個人，武功之高，簡直已駭人聽聞，陸小鳳若非親眼看見，簡直無法相信。

老實和尚好像並沒有看見他，雙手合什，笑嘻嘻的看著牛肉湯。

看見這三個人，牛肉湯果然開心極了，也笑道：「怪事年年有，今年特別多，箱子裡怎麼會忽然鑽出個和尚！」

老實和尚道：「小姑娘受了氣，大和尚進箱子，阿彌勒佛！善哉善哉！」

木一半道：「九少爺知道這三個人得罪過公主，所以要小人趕緊送來，好讓公主出氣。」

他一口一聲公主，牛肉湯居然也受之無愧，就好像真的是公主一樣。

木一半又道：「卻不知公主想怎麼樣出氣？」

牛肉湯眨了眨眼睛，道：「我一時倒還沒有想起來，你替我出個主意怎麼樣？」

木一半道：「這就要看公主是想大出氣，還是小出氣了。」

牛肉湯彷彿覺得他這名詞用得很有趣，吃吃的笑道：「小出氣怎麼樣？」

木一半道：「脫下他們的褲子來，重重的打個七八十板，也就是了。」

牛肉湯道：「大出氣呢？」

木一半道：「割下他們的腦袋來，醃乾了賞給小人下酒。」

牛肉湯笑道：「好主意，真是好主意，難怪九哥喜歡你。」

木一半的主意確實陰毒，腦袋被割下倒也罷了，知道自己的腦袋被割下來還要被人醃乾下酒，已經很不是滋味，若是真的被脫掉褲子打屁股，那更是比死還難受。

高瘦精悍的黑衣人臉上已全無血色，老實和尚卻還是笑嘻嘻的滿不在乎。

司徒剛性如烈火，脾氣最剛，厲聲道：「我們既然已落在你手裡，要殺要剮，絕不皺一皺眉頭，你若是故意羞侮我，我……我死了也不饒你！」

司徒剛縱橫江湖，本不是那種輕易就會示弱認輸的人，可是這句「我死了也不饒你」，卻說得洩氣得很，顯然已自知他不是牛肉湯的對手，情願認命了。

牛肉湯嫣然道：「你活著也不能對我怎麼樣，死了又能怎麼樣不饒我？難道想變成個大頭鬼，牛夜來扼我脖子？」

司徒剛咬緊牙齒，滿頭冷汗雨點般落下，忽然大吼一聲，反手一掌重重的向自己天靈拍下。

他的手五根手指幾乎同樣長短，指甲全禿，掌心隱隱發黑，鐵砂掌至少已練就到八成火候，這一掌拍下，雖然是拍在自己頭頂上，也同樣致命。

誰知牛肉湯身子一閃，纖長柔美的手指蘭花般輕輕一拂，司徒剛的手臂立刻垂了下去，連動都不能動了。

木一牛立刻大聲喝采：「好功夫！」

牛肉湯淡淡道：「這只不過是如意蘭花手中最簡單的一著，算不了什麼好功夫！」

她說得輕描淡寫，陸小鳳聽了卻大吃一驚，這如意蘭花手名字雖美，卻是武林中最可怕的幾種功夫之一，分筋錯脈，傷人於無形，司徒剛現在看來好像傷得並不重，其實這條手臂已永遠廢了，一個對時後傷勢發作，更是疼苦不堪，除了把這條手臂齊根砍斷，絕沒有第二種解救的法子。

司徒剛面如死灰，大聲道：「你……你連死都不讓我死？」

他雖然在大聲呼喝，聲音還是不免發抖，顯見心裡恐懼已極。

牛肉湯嘆了口氣，道：「好死不如歹活，你為什麼偏偏想死？就算你自知得罪了我，犯了死罪，也可以找個人來替你死的。」

司徒剛怔了怔，忍不住問道：「怎麼替我死？」

牛肉湯道：「這裡的人你可以隨便挑一個，只要能勝得了他一招半式，我就要他替你死。」

木一半道：「這裡的人我看他連一個都不敢找。」

牛肉湯笑道：「一個人他不敢找，半個人呢？」

木一半嘆了口氣，道：「我算來算去，他最多也只能找我這半個人。」

司徒剛大喝道：「不錯，我正是要找你。」

喝聲中他已出掌。

群英鏢局威名遠播，總鏢頭的年俸五萬石，幾乎已經跟當朝的一品大員差不多。

他的妻子溫柔賢慧，臨行的晚上還跟他親密宛如新婚。他的子女聰明孝順，長女已許配給他舅父中原大俠熊天健的長孫，門當戶對，親上加親。只要能活著，他當然不想死，他雖然右臂已不能動，幸好他練的本就是雙掌，這一掌擊出，招沉力猛，不愧是金刀百勝，鐵掌無敵。

木一半卻已只剩下半個人，身子斜斜一穿，脅下鐵枴斜刺，竟以這根鐵枴當作了長劍，一招「笑指天南」，正是嫡傳的海南派劍法。

海南劍術專走偏鋒，他只剩下半個人，恰巧將海南劍術的精髓發揮得淋漓盡致，只聽「嗤，嗤，嗤」三聲響，一聲慘呼，四尺長的鐵枴自司徒剛左脅刺入，右背穿出，一股鮮血箭一般標了出來，化做了滿天血雨。

牛肉湯拍手笑道：「好劍法。」

木一斗笑道：「這只不過是天殘十三式中簡單的三招，算不了什麼好劍法。」

他學著牛肉湯剛才的口氣，故意說得輕描淡寫，陸小鳳卻又吃了一驚。

天殘十三式本是海南派鎮山劍法，可惜三十年前就已絕傳，連海南派當代的掌門人也只練成其中兩式，這半個人卻隨隨便便就使出了三招，將司徒剛立斃於劍下。

這半個人究竟是從哪裡來的？以他的武功劍法，為什麼要屈身為奴，做那位九少爺的隨從？

那高瘦精悍的黑衣人顯然也認出了他的劍法，正吃驚的看著他，目中充滿恐懼。

木一斗笑道：「羅寨主的『燕子飛雲縱』和一著『飛燕去來』，縱橫天下，殺人無數，我也久仰得很了，卻不知羅寨主是否也看上了我這半個人？」

這黑衣人竟是十二連環塢第一寨的寨主黑燕子羅飛，此人以輕功成名，一招「飛燕去來」，的確是武林少見的殺手絕技。

他眼睛看著木一斗，腳下卻在往後退，突然轉身掠起，向醉臥在九曲橋頭欄杆下的一個人撲了過去。這一招正是他的絕技「飛燕去來」，身法巧妙，姿勢優美，就算一擊不中，也可以全身而退。

欄杆下這個人卻已爛醉如泥，頭上一頂紫金冠也幾乎掉了下來，口水沿著嘴角往下直滴，看來簡直就像是個死人。死人當然比半個人更好對付，羅飛顯然早就看準了他。

陸小鳳在心裡嘆了口氣，不管怎麼樣，這位賀尚書剛才總算給了他一杯酒，現在若是糊裡糊塗的在醉夢中死了，他倒有些不忍。

只聽一聲慘呼，接著又是噗通一響，水花四濺，一個人落入池水中，蹤影不見，過了很久，才有一縷血水從荷花綠葉間浮起，一個人的臉就像是花瓣般在荷葉間露出，卻是羅飛。

賀尚書翻了個身，又睡著了，頭上的紫金冠終於落下。

木一半立刻走過去，恭恭敬敬的將這紫金冠又爲他戴在頭上，道：「醉臥流雲七殺手，唯有飲者得真傳，賀尚書真好功夫。」

牛肉湯笑道：「木一半真好眼力，連絕傳已八十年的醉中七殺手都能看得出。」

老實和尚嘆了口氣，道：「一殺就已要了命，又何必七殺？」

牛肉湯道：「和尚也想試試？」

老實和尚道：「和尚還清醒得很，爲什麼要去跟醉鬼糾纏？」

牛肉湯道：「你準備找誰？」

木一半道：「是不是想找我？」

老實和尚道：「和尚至少還是一個人，不跟半個人鬥。」

牛肉湯道：「我是一個人。」

老實和尚道：「和尚至少還是個大男人，不跟女人鬥。」

牛肉湯道：「我爹爹是個男人。」

老實和尚道：「和尚還年輕力壯，不跟老頭子鬥。」

那邊幾個人還在聚精會神的擲著骰子，這裡人已死了兩個，他們卻連看都沒有往這裡看過一眼，這種事他們好像早已司空見慣。別人的性命，在他們眼中看來，好像還不及一粒骰子重

要。

牛肉湯道：「你看那幾個人怎麼樣？」

老實和尚道：「和尚四大皆空，看見賭鬼們就害怕。」

牛肉湯笑道：「你左挑右選都看不中，倒不如讓我來替你選一個。」

老實和尚道：「誰？」

牛肉湯隨手向前一指，道：「你看他怎麼樣？」

她的纖纖玉手，指著的正是陸小鳳。

陸小鳳的心一跳，老實和尚已回頭看著他，笑道：「和尚說老實話，和尚若是想活命，好像也只有選他了。」

牛肉湯大笑，道：「原來和尚的眼力也不差。」

陸小鳳立刻搖頭，大聲道：「差差，簡直差上十萬八千里。」

牛肉湯道：「差在哪裡？」

陸小鳳道：「我跟這和尚是朋友，他絕不會想要我的命，我也不想要他的命。」

老實和尚道：「我本來的確不想要你命的，可是現在……」

他嘆了口氣，道：「別人的性命再珍貴，總不如自己的性命重要，和尚這條命再不值錢，好歹總是和尚自己的。」

這確實也是老實話，老實和尚說的都是老實話。

陸小鳳道：「可是和尚既然四大皆空，若連朋友的命都要，豈非大錯特錯，大差特差？」

老實和尚道：「好死不如歹活，活狗也能咬死獅子幾口，到了性命交關時，就算差一點，也說不得了。」

陸小鳳嘆了口氣，道：「你為什麼不去找別人，偏偏要找上我？」

老實和尚道：「因為你差。」

陸小鳳道：「我差在哪裡？」

老實和尚道：「你既不會『天殘十三式』，又不會『如意蘭花手』，豈非大差特差？」

陸小鳳道：「可是我並不想要你的命。」

老實和尚道：「你不想要和尚的命，和尚卻想要你的命，所以你更差得厲害，非死不可。」

牛肉湯冷冷道：「他這樣的人，多死一個少一個，你還不動手？」

老實和尚道：「姑娘說的是，和尚這就動手。」

他居然說動手就動手，破布袈裟的大袖一捲，一股勁風直捲陸小鳳的面目。

原來陸小鳳那兩根手指他還是害怕的，生怕自己身上一樣東西被捏住，就算不被捏死，也是萬萬受不了的。

可是一隻破布袈裟的袖子，隨便他怎麼捏，都沒關係了，何況衣袖上真力貫注，利如刀鋒，能捏住他這一著的人，江湖中已不多。

小老頭一直袖手旁觀，忽然道：「陸小鳳，你是要替這和尚死，還是要替自己留著這條命，你可得仔細想清楚。」

其實這問題陸小鳳早已想過無數遍，他雖然不忍看著老實和尚死在這裡，卻也不願讓老實

和尚看著他死。

小老頭這句話剛說完，只聽「嘶」的一聲，老實和尚一隻衣袖已被撕了下來，露出條比女

人還白的手臂，顯然已多年沒有曬過太陽。

人影閃動間，彷彿有無數隻蝴蝶飛舞，他身上一件破布袈裟，轉眼間已被撕得七零八落。

陸小鳳大聲道：「和尚若是再不住手，小和尚只怕就要露出來了。」

這句話說得實在不雅，可是要想讓老實和尚住手，就只有說這種話讓他聽了難受。

誰知老實和尚居然一點也不在乎，嘴裡喃喃道：「小和尚露面，總比大和尚挺屍好。」

一句話沒說完，腳下忽然被司徒剛的屍體一絆，幾乎跌倒。

這正是陸小鳳的大好機會，陸小鳳卻似還在考慮，是不是應該乘機出手。

老實和尚卻不考慮，乘著這一絆之勢，忽然抱住了陸小鳳的腰，自己先在地上一滾，忽然

間已壓到陸小鳳身上。

牛肉湯拍手笑道：「想不到和尚還會蒙古人摔跤的功夫。」

老實和尚道：「這不是蒙古摔跤，這是扶桑島上的柔道，除了和尚外，會的人倒真還不

多，陸小鳳只怕連見都沒有見過，所以才會被和尚制住。」

這也是老實話，陸小鳳的確已被壓得死死的，連動都不能動。

小老頭卻道：「這句話不老實。」

「老實和尚從來不說不老實的話。」

小老頭道：「他就算沒見過這種功夫，本來也不會被你制住的，若不是因為他不忍殺你，現在和尚只怕連老實話都不能說了。」

老實和尚想了想，道：「就算他真的讓了和尚一手，和尚也可以裝作不知道。」

小老頭嘆了口氣，道：「這倒真是老實話。」

陸小鳳伏在地上，腰眼被他膝蓋抵住，手臂也被反摔過去，想到自己剛才痛失良機，再聽見這種老實話，幾乎要被活活氣死。

真的被氣死倒也痛快，現在他還不知道自己要怎麼死法。

那邊的賭局終於散了，彷彿有人在問。

「我輸了七萬兩，你呢？」

「我比你只多不少。」

既然有人輸了這麼多，當然也有人要滿載而歸了。只可惜這個滿載而歸的並不是他。

他非但早已將自己的人輸了出去，連這條命都要賠上！

六　木頭人陣

一

幾個人從那邊走過來，只有一個人的腳步聲比較重，身上想必已裝滿了金珠銀票。

陸小鳳很想看看這人是誰，卻連頭都抬不起，只聽牛肉湯道：「你們都來見見九哥這位新收的隨從，他叫木一牛，好像是海南孤雁的門下，九哥還特地要他帶了好多好多禮物回來給我。」

她的聲音中充滿歡悅，立刻就有人問：「這幾天老九又到哪裡去了？什麼時候回來？最近他身子可還安好？有沒有喝醉過？」

木一牛立刻恭恭敬敬的一一答覆，可是這位九少爺的行蹤，卻連他也不清楚。

聽見九少爺歸期無定，大家都彷彿很失望，聽見他身體康健，大家又很開心。

對這個遠在天涯，行蹤不定的浪子，大家都顯得說不出的關懷；可是對這個剛剛還跟他們賭過錢，而此刻就躺在他們面前的陸小鳳，卻根本沒有人問。這個人的死活，他們根本就不放在心上。

就連沙曼也沒有看他一眼，牛肉湯正在問她：「九哥這次有沒有送你什麼？」

沙曼淡淡道：「他知道我對這些身外之物一向沒有興趣，又何必多此一舉？」

牛肉湯道：「你對他的身外之物沒興趣？是不是只對他的人有興趣？」

沙曼居然默認。

牛肉湯冷笑道：「只可惜他也絕不會把自己的人送給你的。」

兩個人言來語去，彷彿都帶著很濃厚的醋意，陸小鳳聽了更不是滋味。

他一向是江湖中的寵兒，認得他的人都以他爲榮，無論走到哪裡都極受歡迎，臥雲樓主人珍藏多年的名酒，只有他才能喝得到，就連孤僻高傲的苦瓜大師，看見他來了，都會親自下廚房燒幾樣素菜給他吃。

女孩子們見到他，簡直完全無法抗拒，連冰山都會溶化。

可是到了這裡，他卻好像忽然變得不值一文，連替那位九少爺擦鞋都不配。

一個人活到這種地步，倒真的不如死了算了，老實和尚卻偏偏還不動手。

牛肉湯似已不願再跟沙曼說話，回頭瞪著老實和尚，道：「你還不動手？」

老實和尚道：「動手幹什麼？」

牛肉湯道：「動手殺人。」

老實和尚道：「你們真的要殺他？」

牛肉湯道：「當然不假。」

老實和尚道：「好，你們隨便找個人來殺吧，和尚只要贏了一招半式就夠了，和尚不殺人。」

他拍了拍手，站起來就走，轉眼間就走出了九曲長橋，居然沒有人攔阻，看來這裡的人雖

然行事詭秘，倒還都是言而有信的好漢。

牛肉湯冷笑道：「要找殺人的還不容易，你們誰殺了這個人，我給他一萬兩。」

陸小鳳躺在地上，索性連站都懶得站起來，要殺這麼一個人，看來並非難事，牛肉湯卻出

手就是一萬兩，也不知是因為她的銀子來得太容易，還是因為在這裡要人殺人，本就得付這種

價錢。

隨隨便便殺個人就有一萬兩，陸小鳳本來以為會有很多人搶著動手。

誰知大家連一點反應都沒有。

沙曼冷冷道：「你要殺人，為什麼不自己殺？難道你沒有殺過人？」

牛肉湯也不理她，瞪著那些抬箱子來的崑崙奴道：「你們辛辛苦苦抬幾天箱子，最多也只

不過賺個百兒八十的，殺個人就有一萬兩，這種好事你們都不幹？」

一個個崑崙奴還是像木頭人般站在那裡，原來竟完全聽不懂她的話。

牛肉湯道：「木一牛，你怎麼樣？」

木一牛嘆了口氣，道：「我本來是想賺這一萬兩的，只可惜九少爺吩咐過我，每天最多只

能殺一個人，我可不敢不聽九少爺的話。」

牛肉湯顯然也不敢不聽九少爺的話，冷冷道：「我知道你們嫌太少，我出五萬兩，先付後

殺。」

陸小鳳忽然一躍而起，道：「我來。」

牛肉湯道：「你來幹什麼？」

陸小鳳道：「不管誰殺了我，你都肯先付他五萬兩？」

牛肉湯道：「不錯。」

陸小鳳道：「我來賺這五萬兩。」

牛肉湯道：「你要自己殺自己？」

陸小鳳道：「自己殺自己並不是難事，五萬兩銀子卻不是小數目。」

牛肉湯道：「你的人已死了，還要銀子幹什麼？」

陸小鳳道：「還債。」

他嘆了口氣，道：「現在我已欠了一屁股債，若不還清，死了做鬼也不安心。」

牛肉湯冷冷的看著他，忽然冷笑道：「好，這五萬兩讓你賺了。」

她隨隨便便從懷裡抓出一把銀票，面額最小的也有五千兩。

陸小鳳選了幾張，正好五萬兩，先交給小老頭一張，道：「這裡是一萬五千兩，一萬兩還給你，五千兩算利錢。」

小老頭喜笑顏開，道：「這利錢倒真不小。」

陸小鳳道：「所以你本該多借點給我的，我這人出手一向大方。」

小老頭嘆道：「實在大方，大方得要命。」

陸小鳳又在找沙曼，道：「這裡是五千五百兩，五百兩贖刀，五千兩算利錢！」

沙曼道：「五百兩的利錢也有五千兩？」

陸小鳳道：「反正五百兩和一萬兩都是一把就輸了，利錢當然一樣！」

沙曼看著他，冷漠的眼睛裡似有了笑意，道：「現在我才知道你爲什麼這麼窮了，像你這

麼樣花錢，怎麼會不窮！」

陸小鳳笑道：「反正這錢也來得容易，現在我才知道，天下間只怕再也沒有比殺人更容易

賺錢的事。」

沙曼臉上又變得冰冰冷冷，全無表情，拿出了他那把夜壺刀，道：「你是不是準備用這把

刀殺你自己？」

陸小鳳立刻搖頭，道：「這把刀不行，這把刀上有點騷氣。」

他看了看手上銀票，喃喃道：「還了兩萬零五百，還剩兩萬九千五，銀子還沒有花光，死

了豈非冤枉？」

牛肉湯道：「那麼你就快花！」

陸小鳳想了想，又去找小老頭，道：「剛才你說這裡有天下最好的酒，只不過價錢很

高？」

小老頭道：「我也說過，今天你是我的客人，喝酒免費。」

陸小鳳冷笑道：「你女兒出錢要殺我，我還喝你的酒？來，這九千五百兩拿去，我要最好

的酒，能買多少就買多少。」

那小鬍子忽然笑了笑，道：「又花了九千五，好像還剩兩萬？」

陸小鳳道：「剛才你輸了多少？」

小鬍子道：「我是大贏家。」

陸小鳳道：「我們再來賭一把怎麼樣？索性輸光了反而痛快。」

小鬍子大笑道：「好，我就喜歡你這樣的痛快人。」

牛肉湯冷冷道：「他不但痛快，而且很快就要痛了，無論抹脖子還是砍腦袋，都很痛的。」

陸小鳳笑道：「我倒知道有種死法一點都不痛。」

牛肉湯道：「怎麼死？」

陸小鳳道：「輸死。」

骰子又擺在碗裡，酒也送來了，整整十大罈酒，有女兒紅，也有竹葉青。

九千五百兩買了十罈酒，價錢未免太貴了些，陸小鳳卻不在乎，先開了罈竹葉青，對著嘴灌下了小半罈，大聲道：「好酒。」

小鬍子笑道：「像這麼樣牛飲，居然還能分得出酒的好壞，倒真不容易。」

陸小鳳道：「其實我也未必真能分得出，只不過價錢貴的酒，總是好的，好酒無論喝多少，第二天頭都不會痛。」

牛肉湯冷冷道：「頭若是已經掉下來了，還管他痛不痛。」

陸小鳳不理她了，拿起骰子，在碗邊敲了敲，道：「你賭多少？」

小鬍子道：「一萬兩如何？」

陸小鳳道：「一萬太少，最好兩萬，咱們一把就見輸贏。」

小鬍子道：「好，就要這麼樣才痛快。」

他的銀票還沒有拿出來，陸小鳳的骰子已擲了下去，在碗裡只滾了兩滾，立刻停住，三粒骰子都是六點，莊家統吃，連趕的機會都沒有。

陸小鳳大笑道：「一個人快死的時候，總會轉運的。」

小鬍子手裡拿著銀票，大聲道：「可是我的賭注還沒有押下去。」

陸小鳳笑道：「沒關係，我信得過你，反正我已快死了，你當然絕不會賴死人賬的。」

小鬍子心裡雖然一萬個不願意，嘴裡卻連一個字都說不出。

陸小鳳接過他的銀票，又問：「還賭不賭？」

小鬍子道：「賭當然還要賭的，只不過這一把卻得讓我來做莊。」

陸小鳳道：「行，大家輪流做莊，只要你能擲出三個六，見錢就吃，用不著客氣。」

他將剛贏來的兩萬銀票也押了下去，笑道：「反正我看你也擲不出三個六來。」

小鬍子眼睛亮了，一把抓起骰子，卻回頭去問站在他身旁的白髮老學究：「你看我這把能不能擲得出三個六？」

白髮老人微笑道：「我看你是應該擲得出的，若是擲不出，就是怪事了。」

小鬍子精神抖擻，大喝一聲，骰子一落在碗裡，就已經看得出前面都是六點，誰知其中卻有粒骰子突然跳起，在空中打了個轉，又彈起好幾尺，落下來時，竟變成了一堆粉末。

碗裡的骰子已停下來，正是兩個六點。

陸小鳳忽然問沙曼：「兩個六點，再加上個一點，是幾點？」

沙曼道：「還是一點，因為最後一粒骰子的點數，才算真正的點數。」

陸小鳳道：「最後一粒骰子若是沒有點呢？」

沙曼道：「沒有點就是沒有點。」

陸小鳳道：「是沒有點大，還是一點大。」

沙曼道：「當然是一點大。」

陸小鳳道：「既然連一點都比沒有點大，莊家擲出個沒有點來怎麼辦？」

沙曼道：「莊家統賠。」

陸小鳳大笑，道：「三十年風水輪流轉，想不到你這次也擲出個沒有點來。」

小鬍子一句話都不說，立刻賠了他四萬兩，把碗推給了陸小鳳道：「這次又輪到你做莊，

只希望你莫要再擲出個沒有點來。」

他嘴裡雖然這麼說，心裡卻在想：「這次你擲的不是沒有點才怪。」

別人的想法當然也跟他一樣，就算陸小鳳換上三粒鐵打的骰子，他們要捏毀其中一粒，也

比捏倒隻螞蟻還方便。

賭錢弄鬼，本是偷偷摸摸，見不得人的事，現在卻好像已經變得光明正大。

那白髮蒼蒼的老學究搶著先押了三萬兩，道：「可惜莊家的賭本只有八萬。」

小鬍子道：「我是輸家，他賠完了我的，你們才有份。」

他已將身上銀票全部掏出來，一個人押的已不止八萬兩，這一把除非他沒有輸贏，才能輪

得到別人，可是大家都看準陸小鳳是非輸不可的。

那老學究嘆了口氣，道：「看來我們這一把都只有喝湯了。」

輪到要賠自己時，莊家無錢可賠，就叫做喝湯，在賭徒們眼中看來，天下只怕再也沒有比喝湯更倒楣的事了。

他正想把三萬兩收回來，突然一個人道：「這一把我幫莊，有多少只管押上來，統殺統賠。」

說話的竟是那小老頭，將手裡拿著的一大疊銀票，「吧」的摔在陸小鳳面前，道：「這裡有一百三十五萬兩，就算我借給你的，不夠我還有，要多少有多少。」

陸小鳳又驚又喜，道：「你幾時變得這麼大方的？」

小老頭笑道：「你借錢不但信用好，付的利息又高，我不借給你借給誰？」

陸小鳳道：「這一把我若輸了，人又死了，你到哪裡要債去？」

小老頭道：「無論做什麼生意，都得要擔些風險的！」

牛肉湯道：「這一次的風險未免太大些，只怕要血本無歸了。」

小老頭淡淡道：「我的銀子早已多得要發霉，就算真的血本無歸，也沒什麼關係。」

賭本驟然增加了一百三十五萬兩，不但陸小鳳精神大振，別的人更是眉開眼笑，就好像已經將這疊銀票看成了自己的囊中物，七八隻手一起伸出來，金珠銀票立刻押滿了一桌子，算算至少也已有百把萬兩。

旁邊一個紙匣裡，整整齊齊的擺著幾十粒還未用過的骰子。

陸小鳳抓起了三粒，正要擲下去，忽然又搖搖頭，喃喃自語：「這裡的骰子有點邪門，就

像是跳蚤一樣，無緣無故的也會跳起來，再大的點子也禁不起它一跳，我可得想法子才好。」

他忽然從後面拿起個金杯，將杯中酒一飲而盡，右手的骰子擲下去，左手的金杯也蓋了下去，只聽骰子在金杯下骨碌碌的直響，陸小鳳道：「這次看你還跳不跳得起來？」

老學究、小鬍子，你看著我，我看著你，誰也沒有提防到他這一著。

等到金杯掀起，三粒骰子已停了下來，果然又是三個六點。

陸小鳳大笑，道：「三六一十八，統殺！」

七個字說完，桌上的金珠銀票已全都被他掃過去了。

小鬍子嘆了口氣，苦笑道：「這一次你倒真的統殺了，我連本帶利已被你殺得乾乾淨淨。」

陸小鳳道：「有賭不算輸，再來。」

小鬍子又嘆了口氣，道：「今天我們連賭本都沒有了，怎麼賭？」

他用眼角瞟著陸小鳳，嘆氣的聲音也特別重，雖然沒有說下去，意思卻已很明顯。

一個像陸小鳳這樣慷慨的人，在這種情況下，本該把贏的錢拿出來，每個人借一點，讓大家可以再繼續賭下去。

誰知陸小鳳卻完全不通氣，一把掃光了桌上的銀票，立刻就站起來，笑道：「今天不賭，還有明天，只要我不死，你們總有機會翻本的。」

小鬍子道：「你若死了呢？」

陸小鳳也嘆了口氣，道：「我若死了，這些銀票只怕就得跟我進棺材了。」

他先抽出一百四十萬兩，還給小老頭，算算自己還剩下九十多萬兩。

小老頭眉開眼笑，道：「一下子就賺了五萬兩，這種生意下次還可以做。」

陸小鳳把剩下的銀票又數了一遍，忽然問道：「你若有了九十三萬，還肯不肯為了五萬兩銀子殺人？」

小老頭道：「那就得看殺的是誰？」

陸小鳳道：「殺的若是你自己呢？」

小老頭道：「這種事誰也不會幹的。」

陸小鳳道：「所以我也不會幹！」

他又將已準備好的一張五萬兩銀票還給牛肉湯：「你還是另請高明吧！」

這句話還沒有說完，他的人已到了橋頭，大笑道：「不管你們是想要我的錢，還是想要我的命，隨時都可以找得到，反正我也跑不了的。」

這句話說完，他的人早已鑽入花叢裡，連看都看不見了。

大家眼睜睜的看著他揚長而去，居然都沒有阻攔。

夕陽滿天，百花燦爛。

陸小鳳心裡實在愉快得很，不管怎麼樣，今天他總算還是滿載而歸了。

至於以後別人是不是還會去找他？他是不是能跑得了？那已都是以後的事，就算吃烙餅還難免會被噎死的，以後的事誰管得了那麼多？

他本已看準了出路，可是在花叢中七轉八轉，轉了十來個圈子，還是沒有找到他進來的那

條花徑，抬起頭一看，暮色卻已很深。

夕陽早已隱沒在西山後，山谷裡一片黑暗，連剛才那九曲橋都找不著。

他停下來，定定神，認準了一個方向，又走了半個時辰，還是在花叢裡，躍上花叢，四面一看，花叢外還是花，除了花之外，什麼都看不見，就連花影都已漸漸模糊。

山谷裡竟連一點燈光都沒有，也沒有星光月色，花氣襲人；雖然芬芳甜美，可是他已被薰得連頭都有點發暈。

這地方的人晚上難道都不點燈的？

如果就這麼樣從花叢中一路掠過去，那豈非等於盲人騎瞎馬，不知道什麼時候一下子掉進個陷阱去，死了也是白死。

無論誰都應該看得出這地方絕不是隨便讓人來去自如的。

他要走，別人就讓他走，那也許只不過因為別人早就準他根本走不了。

這地方的人，除了那小老頭外，每個人都是身懷絕技的武林高手，卻偏偏都從來沒有在江湖中露過面。

就算他們在江湖中走動過，一定也沒有人能看出他們的武功來。

陸小鳳的眼力一向不錯，可是這一次他遇見牛肉湯的時候，就看走了眼。

那獨眼的老漁翁和那個馬臉的人，很可能都是死在牛肉湯手下的！

馬臉人死在海水裡之後，陸小鳳去洗澡的時候，牛肉湯豈非也正好在那裡洗澡？

老狐狸的船隨時都可能要走，船上的人就算有空下來溜溜，也絕不會在那種時候去洗澡

的，除非她恰巧剛在海水裡殺過人。

那獨眼的老漁人淹死時，也恰巧只有牛肉湯有機會去殺人。

陸小鳳現在雖然總算已明白了很多事，卻還是有很多事不明白。

她為什麼要殺那兩個人？那兩人為什麼暗算岳洋？岳洋和她之間又有什麼關係？又怎麼會知道老狐狸那條船一定會翻？

陸小鳳嘆了一口氣，只覺得武當後山那柴房裡醃蘿蔔的味道，都比這裡的花香好嗅些。

他心裡已經開始有點後悔了，也許他真該聽岳洋的話，不要上老狐狸的船，那麼他現在很可能已經在扶桑島上，摟著那裡又溫柔、又聽話的女孩子們喝特級清酒了。

聽說那裡的「月桂冠」和「大名」這兩種酒都不錯，就像那裡的女孩子一樣，入口甜絲絲的，後勁卻很足。

陸小鳳又不禁嘆了口氣，正準備在花叢裡找個地方先睡一覺再說，忽然看見前面亮起了一盞燈。

在無邊無際的黑暗中，忽然亮起的一盞燈，實在比骰子上的六點還可愛得多。

陸小鳳立刻就像是隻飛蛾般朝燈光撲了過去，就算要被燈上的火燄燒死，他也不在乎。

能死在光明中，至少總比永遠活在黑暗裡好得多。

二

燈光是從一扇雕花的窗戶裡露出來的！

有窗戶，當然就有屋子。

一棟三明兩暗的花軒，朱欄迴廊，建築得極華美精緻。

一扇窗戶斜斜支起，遠遠看過去，就可以看見屋裡有九個人。

一個人坐著，八個人站著。

坐著的人白面微鬚，錦袍珠冠，正在燈下看一幅畫。

站著的八個人神態恭謹，肅立無聲，顯然是他的門下侍從。

這九個人剛才都不在那水閣裡，裝束風範，看來都比那裡的人高貴得多。

陸小鳳卻還是看不出他們的來歷，當然也不敢隨便闖進去。

院子有個水池，水清見底，燈光照過來，水波反映，池底竟似有個人動也不動的躺在那裡。

陸小鳳忍不住走過去看看，下面果然有個人，兩眼翻白，也在直乎乎的朝上看。

除了死魚外，誰也不會這麼樣看人的！

陸小鳳先吃了一驚，又鬆了口氣，這個人已是個死人！

「他是什麼人？怎麼會死在這裡的？」

陸小鳳想了想，忽然又發覺不對了，人死了之後，一定會浮起來，怎麼會一直沉在水底？

看來這地方的怪事實在不少。

「不管他是活人也好，是死人也好，跟我又有什麼關係？」

陸小鳳決定不管這件事，正準備走開，突聽噗通一聲，一樣東西遠遠飛過來，落入池水

中，竟是條黑貓。

水花剛激起，池底下的人也突然游魚般竄起來，手裡竟拿著把薄刀，無聲無息的劃開水波。

刀光一閃，已刺入了黑貓的腹下。

這條貓「咪嗚」一聲還沒有叫出來，就已送了命，這個人又沉入池底，動也不動的躺著，看來又完全像是個死人！

殺這貓雖然並不是什麼了不起的事，可是這人的出手實在太快，而且行跡太怪異、太詭秘，看得陸小鳳都忍不住機伶伶打了個寒噤。

池水中一雙死魚般的眼睛又在瞪著他，好像也將他看成條黑貓。

陸小鳳忽然轉身，掠入窗戶。

不管怎麼樣，坐在燈下看畫的人，總比躺在池底等著殺貓的人可愛些。

燈光並不太亮，這個人還是聚精會神的坐在那裡，還是在看那幅畫！

陸小鳳實在也早就想去看看畫上究竟畫的是什麼，能讓一個人聚精會神看這麼久的畫，多少總有些看頭的。

他早已算準了部位，一掠進窗戶，凌空翻身，剛好落在這個人的案前。

他也早就想好了幾句讓人聽了愉快的客氣話，只希望這個人一高興起來，非但不趕他走，還拿出好酒來招待招待他。

誰知道這些話他連一句都沒有說出來，他根本沒有機會開口。

就在他身子落地的一剎那間，站著的八個人已同時向他撲了過來。

這八個人動作雖然並不十分敏捷，可是配合得卻天衣無縫，滴水不漏。

八個人有的揮拳，有的踢腿，有的劈掌，有的橫臂，四面八方的撲過來，霎眼間就將陸小鳳圍在中央，八招齊擊，都是致命的殺手。

陸小鳳讓過了六招，接著了一拳一掌，正想解釋解釋，叫他們且慢動手。

可是他剛接住其中一個人的手掌，就發現無論怎麼解釋都一定沒有用的，因為這八個人一定聽不見他的說話！

這八個人竟赫然全都是木頭人。

木人也有很多種，有一種木人甚至比人還可怕。

陸小鳳雖然沒有打過少林寺的木人巷，可是在木人巷中受傷殘廢的少林弟子，他卻是見過的，其中有的武功已練得很不錯。

他一直很奇怪，為什麼活生生的人竟會傷在木人手裡？

若不是鐵肩大師再三勸阻，他早就想去少林寺領教領教那些木人的厲害。

現在他總算領教到了。

這八個人，無疑也是根據少林木人巷的原理造出來的，比諸葛征蠻時所用的木牛流馬更精巧，也更霸道，不但銅臂鐵骨，招猛力沉，而且機括一發動，竟施展出少林神拳，佈下了羅漢

陣。

這種羅漢陣本就是少林的鎮山絕技，昔年魔教血神子獨上嵩山，連敗少林七大高僧，卻被困在羅漢陣中，苦鬥三日三夜都沒有闖出去，到最後竟筋疲力竭，被活活的累死。

自此之後，羅漢陣的威名天下皆知，江湖中也不再有人敢輕犯少林。

這種陣法在木人手中施展開來，威力甚至更大，因為木人是打不死的，你就算打斷它一條手臂，拗斷它一條大腿，它也不會倒下去，對陣法也毫無損傷。

可是它一拳打在你身上，你卻是萬萬受不了的，所以它出拳發招之間，可以全無顧忌，你既難閃避，也不能硬拆硬拚，若想闖出去，更是難如登天。

陸小鳳忽然發現自己竟只有挨打的份，打死為止。

你打它，它一點也不疼，你打它，你卻疼得要命，你打不死它，它卻可以打死你。

這種打法實在不是生意經，就好像強盜們打官司，有輸無贏。

何況他就算打贏了，也算不了什麼本事，就算把這八個木人都打得七零八落，劈成一片片做柴燒也沒有什麼意思。

這種愚蠢的事，陸小鳳一向是不肯做的，只可惜現在他想不打都不行。

木人的拳風虎虎，桌上的燈火被震得閃爍不定，隨時都可能熄滅。

在黑暗中跟幾個木頭人拚命，更是愚蠢之極。

那錦袍珠冠的白面書生，一雙眼睛轉來轉去，好像也忍不住要笑出來了。

這人也是個木頭人，木頭人的眼珠子怎麼會轉來轉去？而且竟像是跟著它八個侍從的拳腳

在轉，難道它也看得懂少林的拳法？

陸小鳳看得發呆，想得出神，一雙眼睛也不由自主跟著打轉，突聽「砰」的一聲，腦袋上已挨了一拳，幾乎連腦漿都被打了出來。

他腦漿雖然沒有被打出來，靈機卻被打了出來。

拳頭打在他頭上的時候，木頭書生的眼珠子竟停了一停，拳頭再動時，它眼珠子就又跟著動了。

這八個人的拳腳和它的眼珠之間，竟似有根看不見的線串連著。

陸小鳳忽然出手，用他的兩根手指，挾斷了木頭人的兩節手指。

只聽「嗤」的一聲，兩節木指從他手指上彈出去，「噗噗」兩響，已打在木頭書生的兩眼上。

木頭人當然不會叫痛的，它還是四平八穩的坐在那裡動也不動，另外八個木人卻忽然全都倒了下去。

陸小鳳掠出了窗戶。

八個木人稀裡嘩啦倒成一片，他卻絕不回頭去看一眼。

他並不想欣賞自己的輝煌戰績，就算打倒了八千八萬個木頭人，臉上也不會增半分光彩，只要能完完整整的走出這間屋子，已經是上上大吉了。

這一架打下來，他身上總算沒有缺少什麼，卻多了幾樣東西——肩頭背後多了幾塊青腫，頭上多了個大瘤。

除此之外，這件事還給了他一個很好的教訓——

就在他從窗口掠出來的這一瞬間，他已自己對自己發了幾百次誓，以後就算非跟人打架不可，至少也得先看清楚對方是什麼人才動手，若是活人，還可以招呼一陣，若是木頭人，就趕緊落荒而逃。

他心裡在想著這個教訓的時候，第二個教訓已跟著來了。

他忽然發現自己腳下就是那荷池。

被木頭人打得鼻青臉腫固然不好受，被人像殺貓一樣的一刀刺入胸膛豈非更冤枉？

他雖然沒有往下看，也可以感覺到那雙死魚般的眼睛正在瞪著他。

還有那柄比紙都薄的快刀。

一個人若是已經在往下墮，不管是身子往下墮，還是靈魂在往下墮，再想拔起來，都不是件容易事。

現在他一口氣已用完了，再換氣時一定已落入池水中。

就在他換氣的那一瞬間，那柄刀一定已刺入他肺葉裡。刀鋒拔出來時，他一定已像死貓般浮起，也就像那個獨眼的老漁翁和馬臉一樣，全身上下一定連一點血跡都沒有，別人一定還會以為他是喝醉了掉下池塘淹死的。

這種死法雖然又快，又不痛，卻還是冤枉得很。

誰知他還沒有掉進水裡，水裡已先有個人冒了出來。手中寒光閃動，赫然正是一柄短刀，鋒薄如紙的短刀。

這個人不但出手迅速狠毒，而且可以動也不動的躺在水底瞪著眼睛看人，水性之好，可想而知。

若是在陸地上，陸小鳳也許還能對付他這把刀，到了水裡，陸小鳳就完全不行了。

只可惜他這次動作太快了些。

陸小鳳雖然沒法子再騰身躍起，要快點沉下去，沉得深些，就不是太困難的事了，只聽噗通一聲，他的人一落入水池，就沉了下去，在水中一個鯉魚打挺，用力抱住了這個人的腿。

這個人居然完全沒有掙扎，那把刀也沒有回手刺下來。

陸小鳳在水裡的動作雖然慢些，也不能算太慢，就在這瞬息間，已捏住了這個人雙腿關節上的穴道，將他拖入了水底。

燈光從水面上隱隱透下來，這個人的臉痙攣扭曲，眼睛凸起，竟早已被人活活的扼死。

剛才陸小鳳以為他是個死人，誰知他卻是活的，現在陸小鳳以為他是活人，誰知他卻已死了。

他花了這麼多力氣，對付的竟只不過是個死人，這實在令他有點哭笑不得。

幸好池下沒有別人看見，他趕緊放開了這個人的腿，一頭鑽出水面，突聽有人拍手大笑，道：「好功夫，居然連死人都被你淹死了，佩服佩服。」

一個人坐在池旁，光光的頭顱，赤著雙足，竟是老實和尚。

他光頭上還帶著水珠，破爛的僧衣也是濕淋淋的，顯然也剛從水底出來。

陸小鳳狠狠瞪了他一眼，道：「原來和尚也一樣會殺人的。」

老實和尚笑道：「和尚不殺人，只不過錯把他當做了一條魚，所以才失了手。」

陸小鳳道：「這也是老實話？」

老實和尚嘆了口氣，道：「好像不是的。」

陸小鳳也笑了，躍出水池，在他身旁坐下，問道：「和尚為什麼還沒有走？」

老實和尚道：「你為什麼還沒有走？」

陸小鳳道：「我走不了。」

老實和尚嘆道：「連你都走不了，和尚怎麼走得了？」

陸小鳳道：「和尚為什麼走來？」

老實和尚道：「和尚不入地獄，誰入地獄！」

陸小鳳道：「你知道這裡是地獄？你是到地獄裡來幹什麼的？那位九少爺又是個什麼樣的人？怎麼會把你裝進箱子的？」

老實和尚不說話了。

陸小鳳道：「你既然知道，為什麼不說？」

老實和尚搖著頭，喃喃道：「天機不可洩漏，佛云：不可說，不可說。」

陸小鳳急了，忽然跳起來，出手如電，捏住了他的鼻子，道：「你真的不說？」

老實和尚鼻子被捏住，既不能搖頭，也說不出話來，只有指著自己的鼻子喘氣。

陸小鳳冷笑道：「你貪生怕死，出賣朋友，做的本來就是些不要鼻子的事，我不如索性把你這鼻子捏下來算了。」

他嘴裡說得雖兇，手下卻留了情。老實和尚總算吐出口氣，苦笑道：「和尚雖然怕死，出

賣朋友的事，卻不敢做的。」

陸小鳳道：「你為什麼要我替你死？」

老實和尚道：「因為我知道你一定死不了的。」

陸小鳳道：「為什麼？」

老實和尚道：「我看得出大老闆已有心收你做女婿。」

陸小鳳道：「大老闆是誰？」

老實和尚道：「你看站在那邊的不是大老闆是誰？」

他隨手往前面一指，陸小鳳不由自主隨著他手指往前面看過去，他的人卻已箭一般往後竄

出，凌空翻身，沒入黑暗中。

老實和尚的輕功，本就是江湖中數一數二的。

不過陸小鳳也不是省油的燈，一擰腰就追了過去。

夜色雖然很黑暗，他雖然遲了一步，可是依稀還能看得見老實和尚的人影在前面飛掠。

其實他也並不是真想捏老實和尚的鼻子，只不過在這種人地生疏的地方，能抓住個熟人在

身旁總比較安心些，就像是掉下水裡的人，看見塊破木板，也要緊緊抓住。

老實和尚逃得雖快，他追得也不慢，兩個人之間的距離已愈來愈近。

前面居然又有了燈光。

燈光是從一棟很高大的屋子裡透出來的，高脊飛簷，像是廟宇道觀，又像是氣派很大的衙

門。

這地方當然不會有衙門，老實和尚忽然一個飛燕投林，竟竄入了這廟宇中。

陸小鳳心裡好笑：「這下子你就真的跑了和尚，跑不了廟了。」

他不管三七二十一，也追了進去，院子裡冷冷清清，大殿裡燈火卻明亮，一個氣派很大的高官貴吏坐在一張氣派很大的桌子後，兩旁的蕭靜牌下，垂手蕭立著好幾個旗牌衛士，還有戴著紅纓帽，挎著鬼頭刀的捕快差役。

這地方竟不是廟宇，竟是衙門。

可是在這種地方怎麼會有朝廷的貴官駐紮？這衙門當然是假的，這些人當然也都是木頭人。

一看見木頭人，陸小鳳就已頭大如斗，不管老實和尚是不是躲在裡面，他都想溜了。

誰知公案後的那位高官卻忽然一拍驚堂木，大聲道：「陸小鳳，你既然來了，還想往哪裡走？」

兩旁的衛士差役也立刻吶喊助威：「你還想往哪裡走？」

原來這裡的人竟沒有一個是木頭人。

陸小鳳反而沉住了氣，在他看來，活人還是不及木頭人可怕的。

他居然真的不走了，大步走進去，仔細看了看，堂上的高官穿著身唐時的一品朝服，頭戴著紫金冠，竟是那位好酒貪杯的賀尚書。

只不過此刻他手裡拿著的已不是酒杯，而是塊驚堂木。

陸小鳳笑了：「原來是四明狂客賀先生，是不是又想請我喝酒？」

賀尚書的眼睛裡雖然還有醉意，但表情卻很嚴肅，板著臉道：「你到了刑部大堂，竟還敢如此放肆？」

陸小鳳道：「這裡是刑部大堂？」

賀尚書道：「不錯。」

陸小鳳笑道：「你不但錯了，而且大錯特錯。」

賀尚書道：「錯在哪裡？」

陸小鳳道：「賀知章是禮部尚書，怎麼會坐在刑部大堂裡？」

他對賀知章的事蹟本來也不太清楚，只不過想唬唬人而已，誰知竟歪打正著。

其實賀知章活著的時候，官職最高只做到禮部侍郎兼集賢院學士，後來又坐從工部，蕭宗為太子時，方遷賓客，授秘書監，老來時卻做了千秋觀的道士，連禮部尚書都是在他死後追贈的。

可是他一生未曾入過刑部，倒是千真萬確的事。

這位冒牌的賀尚書臉色果然已有些尷尬，竟惱羞成怒，重重的一拍驚堂木，道：「我這賀尚書就偏要坐在刑部大堂裡，你能怎麼樣？」

陸小鳳苦笑道：「我不能怎麼樣，你愛坐在哪裡，就坐在哪裡，跟我連一點關係都沒有。」

賀尚書道：「有關係！」

陸小鳳道：「跟我有什麼關係？」

賀尚書道：「我到這裡來，就是為了要審問你！」

陸小鳳又笑了，道：「我又沒犯罪，你審什麼？問什麼？」

賀尚書又用力一拍驚堂木，厲聲道：「到了這裡，你還不認錯？」

陸小鳳道：「我只知道我唯一做過的錯的事，就是走錯了地方，交錯了朋友。」

賀尚書怒道：「你得人錢財，失約反悔，又聚賭行騙，拐款而逃，你難道還不知罪？」

陸小鳳想了想，道：「失約反悔的事，好像倒是有的。」

賀尚書道：「當然有，你收了別人五萬兩銀子，就該完成合約，這件事鐵證如山，你想賴也賴不了。」

陸小鳳道：「我倒也不想賴，只不過唆使殺人的罪，豈非比我的罪更大？你為什麼不先把她抓來審問審問？」

賀尚書道：「我偏偏就要先審你，你能怎麼樣？」

陸小鳳苦笑道：「酒鬼坐刑堂，我當然是強盜打官司，有輸無贏的了。」

賀尚書道：「你失約反悔，是第一大罪，串賭行騙，是第二大罪，咆哮公堂，是第三大罪，現在三罪齊發，你是認打？還是認罰？」

陸小鳳道：「若是認打怎麼樣？」

賀尚書道：「若是認打，我就叫人重重的打，打死為止。」

陸小鳳道：「若是認罰呢？」

賀尚書道：「那麼我就判你三十年苦役，我叫你幹什麼，你就得幹什麼！」

陸小鳳道：「若是既不想認打，也不想認罰呢？」

賀尚書怔了怔，好像想不到他居然會有這樣的一問。

陸小鳳卻替他下了判決：「若是這麼樣，我當然只有趕快腳底抹油，溜之大吉。」

私設公堂，自封尚書，這些本都是很滑稽的事。

但陸小鳳卻知道，在這地方無論多滑稽的事，都可能變得很嚴重的，你若以為他們說要判

你三十年苦役，只不過是說著玩的，你就錯了。

可是他也看得出這些活人並不見得比木頭人容易對付，這位四明狂客雖然有些裝瘋賣傻，

無疑也是個身懷絕技的高手。

他唯一對付的法子，就是趕緊開溜，溜得愈快愈好，愈遠愈好。

陸小鳳的輕功，就連司空摘星都未必能比得上。在這方面，他也一向對自己很有信心。

幾個起落後，他已掠出了公堂，掠出了二三十丈，剛想停下來喘口氣，就聽見後面有人冷

冷道：「你的輕功很不錯，只可惜你就算真的能長出雙翅膀來，也萬萬跑不了。」

他聽得出這是賀尚書的聲音。

賀尚書竟一直都像影子般貼在他身後，距離他還不到一丈。

這位瘋瘋癲癲的四明狂客，輕功竟遠比他想像中還要高得多。

他用盡身法，無論往哪裡走，賀尚書還是像影子般在跟著他。

前面水波如鏡，他忽然發現自己又回到了剛才那水池，水中的屍身卻已不見了，也不知那

個人是不是又死而復活？還是根本就沒有死？

這地方的人，是活是死，是真是假，本來就不太容易分得清。

賀尚書忽然道：「就算你跳下水池去，我也一樣會追下去，就算你進入龍宮去，也一樣是逃不了的。」

陸小鳳本來並不想跳下水去的，水裡說不定又有個長雙魚眼的人，手裡拿著把薄刀在等著他。

可是聽了賀尚書這句話，他卻反而跳下去了，一個魚鷹入水式，就已沉入池底，等了半天，上面果然連一點反應都沒有。

兩個人吵架的時候，一個人若是說：「你有種就跟我打一架，看我怕不怕？」

那麼這個人心裡一定怕得要命，若是不怕，就早已動手了，就因為怕，才會這麼說。

賀尚書若是不怕他跳下水去，也絕不會忽然說那句話的。

這道理陸小鳳當然明白得很。

他又等了半天，才敢伸頭出水換口氣，立刻就發現賀尚書還在池旁等著他，也不知從哪裡弄了瓶酒來，正在那裡喝得高興，嘴裡還在喃喃自語：「你泡在冷水裡，我坐在上面喝酒，隨便你想耗到什麼時候，我都奉陪的。」

等到陸小鳳第二次出水去換氣的時候，他居然又找了條釣竿來，坐在那裡一面喝酒，一面釣魚，實在是件很風雅的事。

陸小鳳雖然並不太有耐性，但是叫他坐在那裡喝酒釣魚，釣上個三天三夜，他也不反對

的。

只可惜他並不是釣魚的人，而是條遲早要被人鉤上的魚。

更遺憾的是，他又偏偏不能像魚一樣在水裡呼吸。

等到他第三次出水換氣的時候，就有條帶著魚鉤的釣絲向他飛了過來，若不是他躲得快，就算不被鉤走，臉上的肉也要被鉤去一塊。

看來這位賀尚書不但輕功高明，內力也極深厚，竟能將真力貫注在釣絲上，傷人於百步之外。

這水池既不太深，又不太大，陸小鳳的頭無論從哪裡伸出去，釣絲都可能飛過來鉤住他。

釣絲上的魚鉤閃閃發光，就等於是件極厲害的外門兵器。

這次他雖然躲了過去，下次就未必有這麼好的運氣了。

一個人若是只能將腦袋伸出水面，實在就像是個箭靶子一樣，因為他整個人都在水裡，只有頭能動，隨便怎麼動都快不了的。

幸好他總算練過氣功，一口氣總憋得比別人長些，就在他又開始挺不住的時候，他忽然看見水池裡又多了一個人。

水面上一直沒有動靜，也沒有聽見落水的聲音，這個人絕不是從上面跳下來的。

那麼這個人是從哪裡來的？

陸小鳳躲在水池邊的一塊石塊後，這個人居然沒有看見他，好像也根本沒有想到水裡還會有別人，雙足一挺，已竄出水面，動作輕快，姿勢優美，看來也是水中的好手。

但是陸小鳳卻知道，只要他的頭一伸出去，就有苦頭吃了。

水波乍分，水面上果然立刻傳來一聲驚呼，這個游魚般生猛活躍的人，一雙腿忽然挺直，顯然已被釣絲勒住了脖子。

陸小鳳也沒工夫同情他，立刻向他出現的那個地方游了過去，果然找到了一個可以容人鑽進去的洞穴，洞穴上正有塊石板在往下沉。

石板一關，這洞穴就不見了。

洞穴裡究竟是什麼地方？為什麼做得如此隱秘？裡面是不是還有別的人？

陸小鳳也沒功夫去考慮，用盡平生之力，一下子竄了過去，鑽入了洞裡，只聽「格」的一聲響。

現在他才真的後悔，只可惜現在後悔已太遲。

陸小鳳本來以為自己總算找到條出路，誰知他雖然出了龍潭，卻進了地獄。

四面更黑暗，連自己的手都看不見了。

這地獄裡雖然沒有灼人的火燄，但四面卻是水，無論他往哪邊游，連換氣的地方都沒有，就這麼樣被活活的悶死在水裡，倒不如索性燒死反而痛快些。

他正在急得發瘋的時候，上面又是「格」的一響，一道亮光射下來，竟露出扇門戶。

就算這扇門是直達地獄的，他也不管了，一下子竄上去，上面竟是條用石板砌成的地道，連一滴水都沒有。

地道中雖然也很陰森可怖，在他說來，卻已無異到了天堂。

這一夜間他遇見的事，簡直就好像做夢一樣，他看見的死人是活人，活人卻是死人，真人是木頭人，木頭人卻是真人。

他簡直已暈頭轉向，現在才總算喘過一口氣來。

地道裡燃著燈，卻沒有人。

他擰乾了身上衣服，就開始往前走，走一步，算一步，不管走到哪裡去，他都已只有聽天由命。

地道的盡頭，是道鐵門。

門居然沒有鎖。

陸小鳳傻了。

大大小小、各式各樣的佛像和木魚。

他試探著敲了敲門，沒有回應，他就用力拉開門走進去，裡面是間很寬闊的石室，竟堆了

這麼隱秘的地方，原來只不過是堆木魚，這種事說來有誰相信？

更令人難以相信，這些木魚和佛像，竟都是老狐狸那條船運來的，他全都見過，船沉了之後，木魚和佛像怎麼會都到了這裡？

陸小鳳長長吐了口氣，在心裡警告自己，最好趕快走，走得愈遠愈好，就當作從來也沒有到過這裡，從來也沒有看過這些木魚。

他已看出這些木魚和佛像中，必定隱藏著一個極大的秘密。

他本來也許還能想法子活下去，別人若是知道他已發覺了這秘密，也許就不會再讓他有開

口說話的機會了。

他的想法很正確，只可惜他現在根本無路可退，何況他的好奇心早已被引起，叫他就這麼

樣退出去，他實在也有點不甘心的。

木魚裡究竟有什麼秘密？

他知道木魚裡面都是空的，他也曾從沙灘上撿過好幾個，都被他剖成了兩半，改成了木碗

和木杓子。

這地方的人，看來都是很有頭腦的人，為什麼會做這種事？

可是只要有點頭腦的人，都絕不會辛辛苦苦的從沉船中撈起這些空木魚，再辛辛苦苦運來

這裡，藏到如此隱秘的地方，還派個人睜大眼睛躲在外面的水池裡看守著，無論是人是貓，只

要一進水池，就給他一刀。

陸小鳳忍不住拾起個木魚，敲了敲，裡面也是空的，再搖了搖，這個木魚竟好像發出了一

連串很悅耳的響聲。

那把夜壺刀還在他身上，他立刻掏出來，將這木魚剖成兩半。

只聽嘩啦啦的一聲響，十幾樣東西從木魚裡掉下來，竟都是光華奪目的寶石和碧玉。

陸小鳳又傻了。

他一向識貨，當然看得出這些寶石和碧玉都是價值不菲的上等貨色。

你隨便從裡面挑一塊，隨便送給哪個女孩子，她一定都會變得很聽話的——像牛肉湯那種

不喜歡珠寶的女孩子，世上畢竟不多。

他再剖開一個木魚，裡面竟全都是小指那麼大的珍珠。

石室中至少有三四百個木魚，裡面若都是寶石珠玉，一共能值多少銀子？

陸小鳳簡直連算都不敢去算。

他並不是財迷，可是這麼大筆財富忽然到了自己面前，無論誰都難免會覺得有點心慌意亂的。

木魚裡是珠寶，佛像裡是什麼？

佛像也是空的，他找了個比人還大的佛像，先用他的夜壺刀將中間的合縫處撬開，心裡只希望裡面真是空的。

這麼一尊佛像裡，如果也裝滿了珠寶，那簡直就比最荒唐的夢還荒唐了。

「格」的一聲，佛像已被他扳開了一條縫，裡面並沒有珠寶漏出來。

他嘆了口氣，也不知是慶幸？還是失望？

忽然聽見佛像裡彷彿也有人嘆了一口氣。

這佛像是木頭做的，怎麼會有人嘆氣？

今天一夜間他遇見的怪事雖然已比別人八十年遇見的還要多，聽見了這聲嘆息，他還是不免大吃一驚。

就在這時，佛像中已有個人撲了出來，一下子扼住了他咽喉，一雙手冰冰冷冷，也不知是

妖怪，還是殭屍？

陸小鳳就算有天大大膽子，也幾乎被嚇得暈了過去。

他沒有暈過去，只因為這雙手剛扼住他咽喉，就變得軟軟綿綿的，一點力氣都沒有。

他定神，張開眼，就看見面前也有一雙眼睛在看著他。

眼睛下面當然還有鼻子，鼻子下面當然還有嘴。

這個人的嘴唇動了動，忽然說了三個字：「陸小鳳。」

佛像裡居然藏著個人，已經是不可思議的怪事。

這尊佛像被裝上老狐狸的船，等到船沉，再被運到這裡來，前後至少已有三四十天。

佛像裡藏著的這個人，居然還沒有死，居然還能夠說話，居然還認得他就是陸小鳳！

陸小鳳這一夜間遇見的怪事，加起來也沒有這一件奇怪。

更奇怪的是，他居然也認得這個人。

這個人竟是鏢局業中資格比「鐵掌金刀」司徒剛更老、實力更大、名氣也更響的大通鏢局的總鏢頭「大力神鷹」葛通。

淮南鷹爪的大力鷹爪功從來不傳外姓，葛通卻是唯一的例外。

七　原來如此

一

因為他不但是第三代鷹爪王的義子，也是王家的乘龍快婿，為人誠懇樸實，做事循規蹈矩，十八歲入大通鏢局，三十一歲已升為總鏢頭，在他手裡接下的鏢，從來沒有一次差錯。

「只要找到葛通，條條大路都通。」

有些人情願多一倍價錢，也非要找葛通保鏢不可。

陸小鳳連做夢也想不到，這麼樣一個人竟會藏在佛像裡。

葛通看見他卻更吃驚，嘴唇動了好幾次，彷彿有很多話說，怎奈體力太虛弱，嘴唇也已乾裂，連一個字都沒有說出來。

陸小鳳也有很多話要問他。

被人藏在佛像裡，為的是什麼？

這些疑問陸小鳳也連一句都沒有說出來，因為葛通已完全虛脫。

雖然只要一大碗營養豐富，煮得濃濃的牛肉湯，就可讓他元氣恢復，可是此時此刻，要找一碗牛肉湯，也難如登天。

陸小鳳看著他發了半天怔，心裡忽又想到一件可怕的事。

這裡至少有一百多尊佛像，假如每尊佛像裡都藏著一個人，那怎麼辦？

這問題陸小鳳連想都不敢想，再也沒有勇氣去看第二尊佛像。

就在這時，地道中忽然響起一陣很輕的腳步聲，陸小鳳一顆心又吊了起來。

來的人是誰？

他濕淋淋地走進來，地道中的足跡還沒有乾，不管來的是誰，想必都已發現這裡有了不速之客，賀尚書當然知道這不速之客是誰。

這個人既然敢進來，當然已有了對付他的法子。

陸小鳳嘆了口氣，索性坐下來等著。

腳步聲漸近，一個人端著一大鍋熱氣騰騰的牛肉湯進來，赫然是牛肉湯。

二

鍋裡的牛肉湯雖熱，端著鍋的牛肉湯臉上卻冷冰冰的全無表情。

現在她非但好像完全不認得陸小鳳，而且竟像是根本沒看見石室中還有陸小鳳這麼一個人，慢慢的走進來，將一鍋湯擺在地上，用一把長湯匙舀起了一杓，慢慢的倒入一尊伏虎羅漢的嘴裡。

木頭做的佛像居然也會喝牛肉湯！

牛肉湯喃喃道：「牛肉湯不但好味，而且滋補，你乖乖的喝下，就可以多活些時候。」

一杓牛肉湯倒下去，佛像中竟發出了一聲輕輕的呻吟。

牛肉湯道：「我知道你嫌少，可是牛肉湯只有一鍋，剛好每人一杓，連大肚的彌勒佛也只能分到一杓。」

剛好每人一杓，難道每一尊佛像裡都有人麼？

現在他當然已看出，佛像裡活人的嘴，剛巧就對著佛像的嘴，所以不但能喝湯，還能呼吸。

這些人能夠活到現在，就靠這每天一杓牛肉湯。

他們整個人都緊緊的被關在一尊釘得死死的佛像裡，連一根小指都不能動，每天只靠一杓牛肉湯維持活命。這麼樣的日子，他們竟過了三四十天，想到他們受的這種罪，陸小鳳再也忍耐不得，忽然跳起來衝過去，閃電般出手。

他實在很想將牛肉湯也關在佛像裡去，讓她也受這種罪。

牛肉湯沒有回頭，也沒有閃避，突聽「嗤」的一響，風聲破空，一根帶著魚鉤的釣絲從外面飛進來，閃閃發光的魚鉤飛向他的眼睛，好像想把他的眼珠子一下鈎出來。

幸好陸小鳳此刻並不在水裡，幸好他的手已經能夠動。

他忽然回身，伸出兩根手指一挾，就挾住了魚鉤。

牛肉湯冷冷道：「這兩根手指果然有點門道，我也賞你一杓牛肉湯吧！」

一柄長匙忽然已到了陸小鳳嘴前，直打他唇上鼻下的「迎香穴」，匙中的牛肉湯已先激起，潑向陸小鳳的臉。

這一著她輕描淡寫的使出來，其實卻毒辣得很，不但湯匙打穴，匙中的湯汁也變成一種極

厲害的暗器，陸小鳳要想避開已很難。

何況他雖然挾住了魚鉤，卻沒有挾住賀尚書的手，眼前人影一閃，賀尚書已撤開釣竿，輕飄飄的掠了過來。

那賀尚書的輕功身法如鬼魅，出手卻奇重，一掌拍向陸小鳳的肩頭，他用的竟是密宗大手印的功夫。

陸小鳳兩方受敵，眼見就要遭殃，誰知他忽然張口一吸，將濺起的牛肉湯吸進嘴裡，一下子咬住了湯匙。

賀尚書一掌拍下，突見一樣閃閃發光的東西劃向脈門，竟是他自己剛才用來鉤陸小鳳眼珠子的魚鉤。

這一著連消帶打，機靈跳脫，除了陸小鳳外，真還沒有別人能使得出來。

可惜他的牙齒只不過咬住了湯匙，並沒有咬著牛肉湯的手。

她一隻蘭花般的纖纖玉手，已經向陸小鳳左耳拂了過去。

如意蘭花手分筋錯脈，不但陰勁狠毒，手法的變化更詭秘飄忽。

陸小鳳一擰腰，她的手忽然已到了他腦後的「玉枕穴」上。

「玉枕穴」本是人身最重要的死穴要害，就算被普通人一拳打中，也是受不了的，陸小鳳暗中嘆了一口氣，勁力貫注雙臂，已準備使出只有在準備和人同歸於盡時才用得上的致命殺手。

誰知就在這間不容髮的瞬息之間，牛肉湯忽然一聲驚呼，整個人都飛了出去，撞上石壁，

賀尚書的人竟飛出門外，過了半晌，才聽見砰的一響，顯然也撞在石壁上，撞得更重。

陸小鳳面前已換了一個人，笑容親切慈祥，赫然竟是那小老頭。

剛才他用的究竟是什麼手法，竟在一瞬間就將賀尚書和牛肉湯這樣的高手摔了出去，竟連

陸小鳳這樣好眼力都沒有看清楚。

直到現在他才知道，這小老頭竟是他平生未遇的高手。

牛肉湯已站直了，顯得驚訝而憤怒。

小老頭微笑著，柔聲問道：「你跌疼了沒有？」

牛肉湯搖搖頭。

小老頭道：「那麼你一定也像賀尚書一樣，喝得太醉了，否則怎麼會忘記我說的話。」

他的聲音更溫柔，牛肉湯目中卻忽然露出了恐懼之色。

小老頭道：「喝醉了的人，本該躺在床上睡覺的，你也該去睡了。」

牛肉湯立刻垂著頭走出去，走過陸小鳳面前時，忽然笑了笑，笑得很甜。

無論誰看見她這種笑容，都絕對想不到她就是剛才一心要將陸小鳳置之於死地的人。

陸小鳳也想不到。

看著她走出去，小老頭忽又問道：「你知不知道她的外號是什麼？」

陸小鳳不知道。她的外號當然不叫牛肉湯。

小老頭道：「她叫蜜蜂！」

陸小鳳道：「蜜蜂？」

小老頭道：「就是那種和雄蜂交配過後，就要將情人吞到肚裡去的蜜蜂。」

陸小鳳的臉紅了。

小老頭卻還是笑得很愉快，道：「我也知道一個做父親的人，本不該用這種話來批評女兒的，可是我一定要讓你知道，她為什麼一定要殺你。」

他拍了拍陸小鳳的肩道：「現在你當然已明白這並不是我的意思。」

陸小鳳試探著問道：「就因為這不是你的意思，所以我才能活到現在？」

小老頭並不否認，微笑道：「殺人並不是一件困難的事，但是如果要殺得很技巧，那就很不容易了。」

他的手輕按石壁，立刻又出現了一道門，裡面的密室佈置得精雅而優美。

他帶著陸小鳳走進去，從壁櫃中取出個水晶酒樽，悠然道：「葡萄美酒夜光杯，這就是我特地叫人從波斯帶來的葡萄酒，你喝一點。」

他又拿出平底的方樽，裡面裝著一種暗黑的醬，微笑道：「這是蝶鯊的卵，在崑崙以北，有很多人都稱之為『卡維亞』，意思就是用魚子做成的醬，用來佐酒，風味絕佳。」

陸小鳳忍不住嚐了一點，只覺得腥鹹滿口，並沒有什麼好吃的地方。

小老頭道：「蝶鯊就是鱘，盛產於千萬年前，近來卻已絕跡，毛詩義疏中曾說起：『大者王鮪，小者末鮪，今宜都郡自京門以上江中通出鱘之魚。』本草綱目和呂氏春秋上也有關此魚的記載，你再嚐嚐就知道它的異味了。」

看來這小老頭不但飲食極講究精美，而且還是個飽讀詩書的風雅之士。

陸小鳳忍不住又嚐了一點，果然覺得在鹹腥之外，另有種無法形容的風味，鮮美絕倫。

小老頭道：「這還是我自己上次到扶桑去時帶回來的，剩下的已不多，看來我不久又必有扶桑之行了。」

陸小鳳道：「你常到那裡去？」

小老頭點點頭道：「現在扶桑國中是豐臣秀吉當政，此人一代梟雄，野心極大，對我國和朝鮮都久有染指之意。」他笑得更愉快，又道：「外面的那批珠寶，本是朝中一位要人特地去送給他的，卻被我半途接受了過來。」

陸小鳳道：「老狐狸那條船是你作翻的麼？」

小老頭正色道：「我怎會做那種粗魯事！我只不過湊巧知道那時海上會有風暴而已。」

小老頭道：「海上的風暴，本就可以預測，這小老頭對於天文氣象之學，顯然也極有研究。

陸小鳳愈來愈覺得這個人實在是不世奇才，武功文才都深不可測，忍不住又試探著問道：

「所以你就故意延阻老狐狸裝貨的速度，好讓他的船恰巧能遇上那場風暴？」

小老頭道：「只可惜我還是算錯了半天，所以不得不想法子叫他再回去裝一次水。」

老狐狸船上的船伕，都是經驗豐富的老手，怎麼會將食水那麼重要的東西忘記裝載？

陸小鳳到現在才明白其中蹊蹺。

小老頭道：「最難的一點是，要恰巧讓那條船在一股新生的暖流中遇難。」

陸小鳳道：「爲什麼？」

小老頭道：「因爲這股暖流是流向本島的，風暴之後，就會將覆船中的貨物載到這裡來，

根本用不著我們動手。」他微笑著，又道：「也就因為這股暖流，所以你才會到這裡來。」

陸小鳳道：「你為什麼要費這麼多事？自己劫船豈非反而方便些？」

小老頭淡淡道：「因為我不是強盜。劫貨越船，乃市井匹夫所為，我還不屑去做。」

陸小鳳嘆了口氣，這件本來彷彿絕對無法解釋的事，現在他總算明白了一半。

岳洋當然也是他的門下，早已知道那條船會遇險，所以再三攔阻他，不讓他乘坐那條船，甚至不惜將他打下船去。

小老頭又笑道：「這批珠寶若是運到扶桑，我國中土必將有一場大亂，我雖然久居化外，可是心存故國，做這件事，倒也並不是完全為了自己。」

陸小鳳道：「你怎麼會知道這件事的？要勾結豐臣秀吉的朝中要員是誰？」

小老頭淺淺的啜了口酒，又嚼了點蝶鯊的卵子，才緩緩道：「在我們這行業中，有四個字是絕不可忘記！」

陸小鳳道：「哪四個字？」

小老頭道：「守口如瓶。」

陸小鳳終於問出句他一直想問的話：「你做的是哪一行？」

小老頭道：「殺人！」

他說得輕鬆平淡，陸小鳳雖然已隱約猜出，卻還是不免吃了一驚。

小老頭道：「這本是世上第二古老的行業，卻遠比最古老的那一種更刺激，更多姿多采，更令人興奮！」他笑了笑，又道：「這一行的收入當然也比較好些。」

陸小鳳道：「最古老的是哪一行？」

小老頭道：「賣淫。」他微笑著又道：「自從遠古以來，女人就學會了賣淫，用各式各樣的方法賣淫，可是殺人的方法卻只有一種。」

陸小鳳道：「只有一種？」

小老頭道：「絕對只有一種。」

陸小鳳道：「哪一種？」

小老頭道：「絕對安全的一種。」他又補充著道：「殺人之後，不但絕對能全身而退，而且要絕對不留痕跡，所以殺人工具雖多，正確的方法卻絕對只有一種。」

他一連用了三次「絕對」來強調這件事的精確，然後才接道：「這不但需要極大的技巧，還得要有極精密的計劃、極大的智慧和耐心，所以近年來夠資格加入這行業的人已愈來愈少了。」

陸小鳳道：「要怎麼樣才算夠資格？」

小老頭道：「第一要身世清白。」

陸小鳳道：「殺人的人，為什麼要身世清白？」

小老頭道：「因為他只要在人們心目中留下了一點不良的記載，出手的前後，就可能有人懷疑到他。萬一他的行動被人查出來，我們就難免受到牽累。」

陸小鳳嘆了一口氣，道：「有道理。」

直到現在他才知道，原來只有身世清白的人才夠資格殺人。

小老頭道：「第二當然要有智慧和耐心，第三要能刻苦耐勞，忍辱負重，喜歡出風頭的人，是萬萬不能做這一行的。」

陸小鳳道：「所以做這一行的人，都一定是無名的人。」

小老頭道：「不但要是無名的人，而且還得是隱形的人。」

陸小鳳動容道：「隱形的人，人怎麼能隱形？」

小老頭道：「隱形的法子有很多種，並不是妖術。」

陸小鳳道：「我不懂。」

小老頭舉起酒杯，道：「你看不看得見這杯中是什麼？」

陸小鳳道：「是一杯酒。」

他當然看得見這是一杯酒。

小老頭道：「你若已看不見，這杯酒豈非就已隱形了？」

陸小鳳思索著，這道理他彷彿已有些明白，卻又不完全明白

小老頭道：「泡沫沒入大海，杯酒傾入酒樽，就等於已隱形了，因為別人已看不到它，更找不出它，有些人也一樣。」他微笑著道：「這些人只要一到人海裡，就好像一粒米混入了一石米中，無論誰要想把他找出來，都困難得很，他不是也已等於隱形了？」

陸小鳳吐出口氣，苦笑道：「平時你就算在我面前走來走去，我也絕不會看出你有什麼特別的地方。」

小老頭撫掌道：「正是這道理，我就知道你一定會明白的。」

陸小鳳道：「除此之外，還有一種法子。」

小老頭道：「哦？」

陸小鳳道：「如果你有另外一種身分，譬如說，如果你就是江南大俠，那麼你也等於隱形了，因為別人只看見你是大俠的身分，卻看不見你是殺人的刺客。」

小老頭道：「舉一反三，孺子果然可教！」他接著又道：「可是一個人就算完全具備這些條件，也還不夠。」

陸小鳳道：「還得要什麼條件？」

小老頭道：「要做這一行，還得要有一種野獸般的奇異本能，要反應奇快，真正的危險還沒有來到，他已經有了準備，所以我看中一個人之後，還得考驗他是不是有這種本事。」

陸小鳳道：「怎麼考驗？」

小老頭道：「一個人只有在生死關頭中，才能將潛力完全發揮，所以我一定要讓他遭受到各式各樣的危險。」

陸小鳳道：「你的意思是不是說，你還要叫各式各樣的人去暗算他？」

小老頭道：「不錯。」

陸小鳳終於明白了，道：「去暗算岳洋那些人，就是你派去考驗他的？」

小老頭道：「是的。」

陸小鳳道：「他若經不起考驗，豈非就要死在那些人手裡？」

小老頭淡淡道：「他若經不起那些考驗，以後行動時還是要死，倒不如早些死了，也免得

連累別人。」

陸小鳳道：「那個獨眼的老漁翁，和那個馬臉的人都是你門下？」

小老頭道：「他們不過是核桃外面的殼，果子外面的皮，永遠也無法接觸到核心的。」

陸小鳳道：「你女兒殺了他們，只因為他們已在我面前洩露了身分？」

小老頭嘆了口氣，道：「小女是個天才，唯一的毛病就是太喜歡殺人。」

陸小鳳道：「賀尚書呢？」

小老頭道：「我說過，她是個天才，尤其是對付男人。」

陸小鳳終於明白，賀尚書要殺他，只不過為了討好牛肉湯。

小老頭苦笑道：「只不過這種才能純粹是天生的，有些地方她並不像我。」

陸小鳳道：「但她的『如意蘭花手』卻絕不會是天生的。」

如意蘭花手，和化骨棉掌一樣，都是久已絕傳的武功秘技，近來江湖中非但沒有人能使用，連看都沒有人看見過。

小老頭又啜了一口酒，悠然道：「她練武的資質不錯，只不過身子太弱了些，所以我只教了她這一兩種功夫。」

陸小鳳動容道：「如意蘭花手是你教給她的？」

小老頭微笑道：「這種功夫並不難，有些人雖然永遠也練不成，可是只要懂得訣竅，再加上一點聰明和耐性，最多五年就可以練成了。」

陸小鳳失聲道：「只要五年就可以練得成？」

小老頭道：「昔年和化骨仙人齊名的如意仙子練這功夫時，只花了三年工夫，小女好逸惡勞，也只練了五年。」

如意仙子本是武林中不世的才女，無論哪一門哪一派的武功，只要被她看過兩遍，她就能使得上手，但是她的女兒練這如意蘭花手，卻整整練了三十年，最後竟心力交瘁，嘔血而死。

牛肉湯只練了五年就練成了，已經可算是奇蹟。

陸小鳳忍不住問道：「你自己練這種功夫時，練了多久？」

小老頭道：「我比較快一點。」

陸小鳳道：「快多少？」

小老頭遲疑著，彷彿不願意說出來，怎奈陸小鳳卻是不死心，偏要打破砂鍋問到底，他只有笑了笑，道：「我只練了三個月。」

陸小鳳傻了。

小老頭道：「化骨棉掌就難得多了，我也練了一年多才小有所成，指刀和混元氣功力也不容易，至於那些以招式變化取勝的武功，就完全都是孩子們玩的把戲了。」

他輕描淡寫的說出來，陸小鳳已聽得目定口呆。

一個人若真的能精通這些武功，簡直是奇蹟中的奇蹟，簡直是令人不可思議。

陸小鳳又忍不住道：「你自己說的這些武功，你自己全都已練成了？」

小老頭道：「也說不上成不成，只不過略知一二而已。」

陸小鳳道：「賀尚書和小鬍子他們的功夫，都是你教出來的？」

小老頭道：「他們只不過略略得到一點皮毛，更算不了什麼。」

陸小鳳嘆了口氣，苦笑道：「他們的功夫我見過，無論哪一個在江湖中都已是絕頂高手，若是連他們也算不了什麼，江湖中那些成名的英雄豈非都變成了廢物？」

小老頭淡淡的道：「那些人本來就是廢物了。」

這句話若是從別人嘴裡說出來，陸小鳳一定會以為他是個自大的瘋子，可是從這小老頭嘴裡說出來，陸小鳳只有閉著嘴。

小老頭又替他斟了杯酒，道：「我知道你成名極早，現在更是已名滿天下，有句話我一直想問你。」

陸小鳳道：「我有問必答。」

小老頭道：「在你看來，一個人若是只想成名，是不是很困難？」

陸小鳳想了想，立刻道：「不難。」

小老頭道：「一個像你我這樣的人，若是想永遠無名呢？」

陸小鳳道：「那就很難了。」

小老頭道：「名聲有時就像像疾病一樣，它要來的時候，誰也抵不住的。」

小老頭笑了笑，道：「你是個聰明人，所以你才會這樣說，求名的確不難，我若有此意，十六歲之前就可以名動天下。」陸小鳳只有聽著，他知道這不是假話。

小老頭凝視著他：「現在你當然也已明白我為什麼要告訴你這些事。」

陸小鳳深深吸了口氣，道：「你想要我加入你這一行？」

小老頭的回答很乾脆。「是的。」

陸小鳳苦笑：「可是我不幸已經是個很有名的人。」

小老頭道：「你的名氣，正好做你的掩護，正如你所說，別人只看得見你是陸小鳳，就看不見你殺人了。」他不讓陸小鳳開口，又道：「我要殺的人，都必定有他的取死之道，絕不會讓他覺得問心有愧，你的才能和智慧，都遠在岳洋之上，我正好需要你這樣的人，可是我絕不願勉強你。」

陸小鳳吐出口氣，道：「我是不是還有選擇的餘地？」

小老頭道：「你當然可以選擇，而且還不妨多考慮考慮，想通了之後再答覆我。」他微笑著，又道：「現在你已是個很有錢的人，在這裡一定可以過得很愉快，我可以保證，從此之後，絕不會有人再麻煩你。」

陸小鳳道：「隨便我考慮多久都行？」

小老頭道：「當然隨便，我絕不限制你的時間，也不限制你的行動，你無論要幹什麼，無論到哪裡去都行。」他站起來，忽又笑道：「只不過我還要提醒你一件事。」

陸小鳳道：「什麼事？」

小老頭道：「小心蜜蜂。」

八　美人青睞

一

六月初八，夜。

十二連環塢總舵的大廳裡燈火輝煌，大廳外卻警衛森嚴。

經過五月端陽的那次事之後，這裡的警衛和暗卡都已增加了一倍，尤其是今天，分頭去查訪的三批人都已回來，正集中在大廳裡，分別報告他們查訪的結果。

第一個站起來的是熊天健。

他率領第一批人再回到太行山下那小鎮去，經過了三十三天的明查暗訪，得到的結果是：

「鏢師們投宿的那客棧叫悅來，因為地方偏僻，土地不值錢，所以客棧建造得很寬闊，一共有三十九間客房。」

「我們已將三十九間客房內每一寸的地方都仔細搜查過，並沒有血跡，也沒有兵刃暗器留下來的痕跡，可以說完全沒有可疑之處。」

「當地一共有一百七十八戶人家，大多是土生土長的，每一家我們都去問過，出事前後幾天，附近都沒有看見過可疑的人。」

「唯一可疑的地方是，出事前的那天早上，有一批木匠到過那裡，帶著幾大車木材，據說

是為了要做佛像和木魚用的。」

「可是這些人在當天晚上就已走了，我們根據這條線索追下去，發現他們原來都是太平王府的木匠，也完全沒有可疑之處。」

所以這次查訪的結果，還是完全沒有結果。

由葉星士率領的第二批人也一樣，江湖中所有善於使刀的名家，在端陽正午前那兩個時辰中，都沒有到過十二連環塢附近五百里的地面之內，而且，每個人都有人證。

王毅率領的第三批人總算比較有些收穫，可是距離三千五百萬兩的目標仍很遠。

所以大家的希望都寄託在鷹眼老七身上，現在距離世子的限期已只有七天。

鷹眼老七的回答卻更令人洩氣：「陸小鳳已出海遠行，只怕永遠不會回來了。」

他離開臥雲樓之後，就立刻趕到沿海一帶的港口去查問。

他居然找到了狐狸窩。

可是這個遠近馳名的風月地，在他去的那一天，卻是冷冷清清的。

因為他們老闆的那條船沉沒的消息已經傳來，據說船上的人已全部遇難，連一個活口都沒有。

鷹眼老七卻還不死心，又問：「你們有沒有看見過一個長著四條眉毛的人？」

他們看見過，而且記得。

鬍子長得和眉毛一樣的人並不多，陸小鳳一向是很容易就會讓人留下深刻印象的人。

「那個人也在我們老闆的那條船上。」

「就是遇難沉沒的那條船？」

「是的。」

三批人得到的結果，竟同樣都是完全沒有結果。

那一百零三個精明幹練的鏢客，價值三千五百萬兩的鏢銀，也正如石沉大海，無影無蹤。

七天的限期霎眼就過，大家面面相覷，也不知應該怎麼辦。

鷹眼老七忽然道：「我們有個法子。」

大家立刻問：「什麼法子？」

鷹眼老七站起來，看著大廳外的石柱，緩緩道：「大家都在這裡一頭撞死。」

二

陸小鳳從小老頭的密室中出來時，正是六月初八的清晨。

天氣晴朗，陽光燦爛，海風雖然被四面山峰所阻，氣候還是涼爽怡人。

他並不是從原來那條路出來的。

所以並沒有經過那堆滿木魚的地方，也不必再鑽水池。

這條地道的出口處，就在那九曲橋下的荷塘附近，他出來之後，才想起剛才忘記問小老頭一件事：「假如我要睡覺，應該到哪裡去睡？」

小老頭顯然認為這種事他一定可以解決的，所以也沒有提，卻不知睡覺正如吃飯一樣，都

是人生中最重要的大事。

現在陸小鳳只希望能找到岳洋。

岳洋就算不會找地方給他睡覺，至少也會帶他回到那小茅棚去。

金窩銀窩，也不如自己的狗窩，何況那裡還有個笑口常開的老朋友等著他。

想到這個老朋友，他忽然又想起了一件事：「老朋友那大肚子裡，是不是也有個人？這個人沒有牛肉湯喝，是不是已經死了？」

想到這一點，陸小鳳更想趕快回去。

只可惜他找不到岳洋，卻看見了沙曼。

他居然在想家了，這連他自己也覺得滑稽。

百花盛開，在陽光下看來更艷麗了，沙曼就站在花叢中，穿著件輕輕飄飄的袍，臉上不著脂粉，百花在她身畔卻已都失去了顏色。

她就這麼樣隨隨便便的站在那裡，既沒有動，也沒有開口。

陸小鳳情不自禁走了過去。

她忽然轉身走了，陸小鳳也不由自主跟著她走，走過條鋪滿朱石的花徑，前面一叢月季花掩映中有棟小小的屋子。

她就推開門走了進去，這棟小屋無疑的就是住的地方。

陸小鳳忽然想到了幽靈山莊。

看起來，這裡的確有很多地方都和幽靈山莊相像，可是實質上卻完全不同，陸小鳳的遭遇

也不一樣。

到幽靈山莊去，他心裡早已有了準備，早已知道那是個什麼樣的地方。

幽靈山莊中的人，都是死過一次，再隱姓埋名的。

這裡的人根本就是無名的人。

老刀把子跟他比來，只不過是海洋旁的一條小溪而已。

老刀把子雖然是個了不起的角色，這小老頭卻更是個不世的奇人，驚才絕艷，深不可測，

小屋的門還開著，屋裡寂無人聲。

陸小鳳終於還是忍不住走了進去，沙曼就在門後，掩起了門，擁抱住他。

她的嘴唇灼熱，身子火燙。

陸小鳳醒來時，已近黃昏。

她正站在窗口，背著他，纖細的腰肢伸展為豐盈的臀部，雙腿修長筆直。

陸小鳳幾乎看得癡了。

這又像是一場夢，荒唐而甜蜜，他永遠想不到她為什麼會這樣對他。

他想坐起來，走去再次擁抱她，可是四肢痠軟無力，連動都懶得動。

她沒有回頭，卻已知道他醒來，忽然問了句很奇怪的話：「你殺了飛天玉虎？」

此時此刻，無論誰也想不到她會忽然問起這句話。

飛天玉虎狡猾殘酷，在銀鉤賭坊那役中，陸小鳳幾乎死在他手裡。

陸小鳳也想不到她會提起這個人，忍不住問道：「你認得他？」

沙曼還是沒有回頭，可是肩頭顫抖，心情彷彿很激動。

過了很久，她才緩緩道：「他的真名叫江玉飛，我本來叫江沙曼。」

陸小鳳吃了一驚，道：「你們是兄妹麼？」

沙曼應道：「是的。」

陸小鳳的心沉了下去，忽然明白她為什麼會這樣對他了。

原來她是為了要替兄長復仇。

可是她沒有把握能對付陸小鳳，她只有用女人最原始的一種武器。

這種武器一向很有效。

現在他四肢痠軟，想必已在銷魂的睡夢中遭了她的毒手。

陸小鳳只有在心裡安慰自己：「我能夠活到現在，已經是運氣，能夠死在這樣的女人手裡，也算是運氣，我還有什麼好埋怨的？」

一個人只要能想得開，這世上本就沒有什麼值得苦惱埋怨的事。

陸小鳳忽然笑了笑，道：「我雖然沒有親手殺死他，他卻是因我而死的，假如我有第二次機會，說不定會親手殺了他。」

沙曼又沉默了很久，才緩緩道：「我曾經不止一次發過誓，無論誰殺了他，我都要將自己的身體作為酬謝，我已沒有什麼別的法子能表達我的感激。」

她的聲音裡充滿了悲哀和怨恨。

陸小鳳又吃了一驚：「為什麼？」

沙曼的身子在顫抖，道：「他雖然是我的哥哥，卻害了我一生。」

陸小鳳沒有再追問下去。

他了解這種情形，像飛天玉虎那樣的人，無論多卑鄙可恥的事，都能做得出的。

沙曼仍然沒有回頭，又道：「我答應過自己的事，現在我做到了，你也可以走了。」

陸小鳳道：「我不走。」

沙曼忽然轉身，蒼白的臉上淚痕未乾，美麗的眼睛卻已因憤怒而變得利如刀鋒，冷冷道：

「你還要什麼？難道還要一次？」

這句話也說得利如刀鋒。

陸小鳳知道自己現在若是走了，以後再相見一定相逢如陌路，若是再去擁抱她，她縱然不

會拒絕自己，以後只怕連見面的機會都沒有。

若是既不走也不去擁抱她，卻又怎麼能在這裡耽得下去？

他又傻了，真的傻了。

沙曼看著他，目光漸漸溫柔。

他若真的是傳說中那樣的薄倖登徒子，現在就算不走，也未必會乘機再擁抱她一次。

反正他已得到她，為什麼還要再留以後相見的機會？

她看得到他心裡多情軟弱的一面，但是她一定要讓他走。

外面忽然有人在高呼：「九少爺回來了，九少爺回來了。」

沙曼的臉上立刻起了種奇怪的變化，就像是個做錯了事的孩子忽然被父母抓住。

陸小鳳卻笑了笑，道：「你不妨先走，我很快就會走的，今天的事，我一定也很快就會忘記。」

他在笑，只不過無論誰都應該看得出，他的笑是多麼勉強。

沙曼沒有走，反而坐了下來，坐在他的床頭。

陸小鳳道：「你一定要我先走？」

沙曼道：「你可以不必走。」

陸小鳳道：「你……」

沙曼臉上的表情更奇怪，道：「我做的事並不怕別人知道，你隨便在這裡耽多久都沒關係。」

陸小鳳看著她，輕輕握了握她的手，人卻已下了床，披上了衣服，忽又笑道：「我有樣東西送給你，不知道你肯不肯要？」

沙曼道：「你要送的是什麼？」

陸小鳳道：「我的夜壺刀。」

沙曼又在看著他，美麗的眼睛中有了笑意，終於真的笑了。

陸小鳳從沒有看過她笑。

她的笑容就像是冰河解凍，春回大地，新生的花蕾在陽光下開放。

陸小鳳也笑了，兩個人同時在笑，也不知笑了多久，忽然間，兩滴晶瑩的淚珠從她眼睛裡

流了下來，流過她蒼白美麗的面頰。

她忽然也站了起來，用力拉住陸小鳳的手，輕輕道：「你不要走。」

陸小鳳的聲音已嘶啞，道：「為什麼？」

沙曼道：「因為我……我不要你走。」

她又擁抱住他。

她的嘴唇冰冷，卻柔軟芬芳甜蜜如花蕾。

這一次他們已沒有火燄般的慾望，卻有一股柔情，溫柔如水。

——很久很久以前就有位智者說過一句令人永遠難忘的話。

這位智者說：友情是累積的，愛情卻是突然的，友情必定要經得起時間的考驗，愛情卻往

往在一瞬間發生。

這一瞬間已是永恆。

這一瞬間是多麼輝煌，多麼榮耀，多麼美麗。

風在窗外輕輕的吹，暮色已降臨大地。

仲夏日的黃昏，又明亮，又朦朧，又濃烈……

多麼奇妙的人生，多麼奇妙的感情。

也不知是門沒有門，還是窗沒有掩，一個人輕雲般飄進來，又輕雲般飄出去。

他們卻沒有看見他，也沒有發覺到已有人來了又去了。

可是他們卻看到了他留下的一朵花。

一朵冰花。

現在正是仲夏，這朵花卻是用冰雕成的，透明的花瓣還沒有開始溶化。

要在多麼遙遠的地方才有窖藏的冬冰？

要費多麼大的苦心才能將這朵冰花完完整整的運到這裡來？

雖然是一朵小小的冰花，可是它的價值有誰能估計？

又有誰知道其中含蘊著多少柔情？多少愛心？

除了那神龍般的九公子外，還有誰能做得出這種事來？

他知道她從來不看重身外之物。

他知道她怕熱，在這南海中的島嶼上，卻終年看不見冰雪。

所以他特地將這朵冰花帶回來，親自來送給他心愛的人。

可是他來的時候，她卻在別人的懷抱裡，他只留下朵冰花，悄悄的走了。

九 慘遭暗算

一

陸小鳳看著這朵冰花，心裡忽然有種說不出的酸楚，卻不知是為了這孤高而又多情的人？

還是為了自己？

他沒有去看她臉上的表情。

他不敢去看。

可是他卻忍不住問道：「是他？」

沙曼慢慢的點了點頭，蒼白的臉上竟連一點表情都沒有。

陸小鳳道：「他究竟是個什麼樣的人？」

沙曼淡淡道：「我們為什麼一定要說別人的事？你為什麼不說你自己？」

她替陸小鳳扣起了衣襟的鈕子，嫣然一笑，道：「後面有個小小的廚房，我去燒點菜給你吃，櫃子裡還有點酒，我可以陪你喝兩杯。」

陸小鳳看著她，不但看見了她的美，也看見了她對他的感情。

他自己的心彷彿已將因太多的情感而爆裂，他忍不住又要去擁抱她。

外面卻忽然響起了敲門的聲音，有人輕輕的說道：「我是小玉，九少爺特地叫我來請曼姑

娘去吃飯。」

沙曼臉上的笑容立刻不見了，冷冷道：「我不去，我沒空。」

小玉還不肯走，還在門外哀求：「曼姑娘不去，九少爺會罵我的。」

沙曼忽然衝過去拉開門，道：「你沒有看見我這裡有客人？」

小玉抬起頭，吃驚的看著陸小鳳，囁嚅著道：「我……我……」

沙曼沉著臉，道：「你應該看得見的，其實他自己也看見了，他若真的要請我吃飯，剛才為什麼不自己告訴我？」

小玉不敢說話，垂著頭，悄悄的走了，臨走時又忍不住偷偷看了陸小鳳一眼，顯得又驚訝，又好奇，好像從來也想不到會在曼姑娘的屋裡看見別的男人。

可是沙曼做事，卻真的不怕別人看見，也不怕別人知道的。

如果沙曼決心要做一件事，別人的想法和看法，她根本不在乎。

門掩上，她忽然轉身問陸小鳳：「你能不能在這裡等等我，我出去一次，很快就會回來的。」

陸小鳳點點頭。

——她本該去的，他們畢竟是多年的感情，何況他又剛從遠方回來。

沙曼看得出他的心意，又道：「我並不是去吃飯，可是有些話我一定要對他說。」

她很快的穿好衣服，拿起那朵已將溶化的冰花，走出房門，又回頭向陸小鳳道：「你一定要在這裡等著。」

陸小鳳在櫃子中找到了酒，一個人坐下來，卻連酒都喝不下去。

他只覺得這精雅的屋子，忽然已變得說不出的空虛寂寞，使得他忍不住要問自己。

「我究竟是個什麼樣的人？我這樣做是不是在害人害己？」

小老頭雖然說什麼事都讓自己決定，其實他的命運已完全被別人操縱在手裡，現在他連保護自己的力量都沒有，又怎麼能保護她？

但是現在他一定已讓她陷入困境，那位九公子在這裡一定有操縱別人命運的權力。

他想走，又不忍走，站起來，又坐下，剛倒了杯酒想喝，突聽一個人帶著笑道：「一個人喝酒多沒意思？爲什麼不替我也倒一杯？」

他雖然已很久沒有聽見過她笑了，她的笑聲他還是聽得出的。

牛肉湯已銀鈴般嬌笑著走進來，笑容煥發，她笑的時候實在比不笑時迷人得多。

陸小鳳卻只冷冷的看了她一眼，淡淡道：「你幾時又變得認識我了？」

牛肉湯道：「你就算燒成灰，我也認得你的，只不過有別人在的時候，我怎麼好意思跟你太親熱呢？」

她搶過陸小鳳手裡的酒杯，一下子就坐到了他大腿上，柔聲道：「可是現在我們就可以親熱了，隨便你怎麼親熱都行。」

陸小鳳道：「你的九哥已回來，你爲什麼不陪他喝酒去？」

牛肉湯又笑了：「你在吃醋？你知不知道他是我的什麼人？他是我嫡親的哥哥。」

陸小鳳顯然也有點意外，忍不住問道：「他究竟是個什麼樣的人？」

這句話他已問過老實和尚，也問過沙曼，他們都沒有說。

牛肉湯輕嘆了口氣，道：「其實我也說不出他究竟是個什麼樣的人。」

陸小鳳道：「為什麼？」

牛肉湯道：「因為他這個人實在太複雜，太奇怪，可是連我那寶貝的爸爸都說他是個了不起的天才。」

提起了這個人，她眼睛裡立刻發出了光，又道：「他有時看來很笨，常常會迷路，甚至連方向都分不清，你若問他一百個人中若是死了十七個還剩幾個？他說不定會去找一百個人來，殺掉十七個，再將剩下來的人數一遍，才能回答出。」

她接著道：「可是無論多難練的武功，他全都一學就會，無論警衛多森嚴的地方，他都可以去自如，你心裡想的事，還沒有說出來他就已經知道，假如你要他去殺一個人，不管那個人躲在什麼地方，不管有多少人在保護，他都絕不會失手。」

陸小鳳道：「絕不會？」

牛肉湯笑了笑，道：「也許你不相信，老實和尚卻一定知道。」

陸小鳳道：「他們交過手？」

牛肉湯道：「像老實和尚那樣的武功，在他手下根本走不出三招。」

陸小鳳不說話了。

他知道這並不完全是吹牛，老實和尚從箱子出來的情況，他是親眼看見的。

牛肉湯道：「他不賭錢，不喝酒，男人們喜歡的事他不喜歡。」

陸小鳳冷冷道：「除了殺人外，他還幹什麼？」

牛肉湯道：「沒事的時候，他就一個人坐在海邊發呆，有時兩三天都不說一句話，有時他在海邊坐了三天，非但沒吃過一點東西，連一滴水都沒喝。」

陸小鳳道：「也許他偷偷吃了幾條魚，只不過你們沒看見而已。」

牛肉湯道：「也許你不會相信，可是他的忍耐力的確是任何人都做不到的，他可以在海底耽一天一夜不出來。」

陸小鳳道：「難道他是魚，可以在水裡呼吸？」

牛肉湯道：「他簡直好像可以不必呼吸一樣，有次老頭子也不知道為什麼生了氣，把他釘在棺材裡，埋在地下埋了四五天，後來別人忍不住偷偷的把棺材挖出來，打開棺材蓋一看。」

她看著陸小鳳道：「你猜他怎麼樣？」

陸小鳳板著臉道：「他已經變成了殭屍，也許他一直都是個殭屍。」

牛肉湯笑道：「他居然站起來拍拍衣裳就走了，連一點事都沒有。」

陸小鳳嘴裡雖然說得尖酸刻薄，其實心裡也不禁對這個人佩服得很。

他也知道這並不是神話，一個人若是將天竺瑜珈術練好了，本來就可以做出一些令人不可思議的事。

他自己就親眼看見過一個天竺的苦行僧被人裝進鐵箱，沉入海底，三天之後居然自己從鐵箱裡活生生的走了出來。

牛肉湯道：「他雖然又古怪，又孤僻，可是每個人都很喜歡他，因爲他常常會爲別人做很多事，自己卻一無所求，對於錢財，他更沒有看在眼裡，你只要向他開口，只要他有，不管你要多少他都拿給你。」

她又道：「女孩子便沒法子不爲他著迷，只可惜除了我那位未來嫂子外，他從來也沒有將別的女人看在眼裡。」

陸小鳳道：「你未來的嫂子是誰？」

牛肉湯道：「就是剛才跟你抱在一起的那個女人。」

陸小鳳怔住，過了很久，才忍不住問道：「他們已訂了親麼？」

牛肉湯點點頭，道：「你猜我哥哥是從什麼地方把她救出來的？」

陸小鳳不願猜。

牛肉湯道：「從一家見不得人的妓院。」

她輕輕嘆了口氣，又道：「那時她剛被她自己的哥哥賣到那家妓院裡，若不是我哥哥，現在她不知已被糟蹋成什麼樣子了。」

陸小鳳只覺胃在收縮，幾乎忍不住要嘔吐。

牛肉湯道：「我哥哥這樣對她，她至少也應該表示點感激才對，誰知她反而總是給氣讓我哥哥受，像我哥哥那樣的男人，竟然會喜歡這麼樣一個女人，你說奇怪不奇怪？」

陸小鳳道：「不奇怪。」

牛肉湯瞪大了眼睛，看著他。

陸小鳳冷冷道：「她本來就是個可愛的女人，她至少不會在背後說人的壞話。」

牛肉湯嘆了一口氣，道：「原來你也喜歡她，這就有點麻煩了，我本來以為你一心只想回去的，所以偷偷的替你找了條船。」

陸小鳳叫了起來：「你說什麼？」

牛肉湯淡淡道：「現在你既然喜歡她，當然一定會留在這裡，我又何必再說什麼？」

她慢慢的站起來，居然要走。

陸小鳳一把拉住了她，道：「你……你真的替我找了條船？」

牛肉湯道：「那也不是多大的一條船，也沒有什麼了不起，只不過……」

陸小鳳道：「只不過怎麼樣？」

牛肉湯道：「只不過像你這樣的人，就算有二三十個，那條船也能把你們送得回去。」

陸小鳳道：「船在哪裡？」

牛肉湯道：「你既然不想走，又何必問？」

陸小鳳道：「我……」

牛肉湯道：「你既然喜歡她，又何必走？」

她掙脫陸小鳳的手，冷冷道：「可是我卻要走了，也免得別人回來看見吃醋。」

陸小鳳只覺得滿嘴又酸又苦，看著她已將走出門，忍不住又衝過去拉住她。

牛肉湯板著臉道：「一個大男人，要留就留，要走就走，拉拉扯扯的幹什麼？」

陸小鳳道：「好，我跟你走！」

這句話說完，他抬起頭，就看見沙曼正在門外看著他。

二

夜色已深了，花影朦朧。

她靜靜的站在花叢中，蒼白的臉彷彿已白得透明，美麗的眼睛裡充滿悲傷。

等到陸小鳳看見她時，她就垂下頭，從他們身旁走過，走進她自己的房子，連看都不再看

陸小鳳一眼。

她沒有說話，連一句話都沒有說。

陸小鳳能說什麼？

牛肉湯看著他們，道：「你既然要走，為什麼還不走？」

陸小鳳忽然衝過去，拉住沙曼的手，大聲道：「走，我帶你一起走！」

沙曼背對著他，沒有回頭，他卻已能感覺到她的身子又在顫抖，忽然冷冷道：「你走吧，

快走，我……我明天就要成親了，本就不能再見你。」

陸小鳳的手忽然冰冷，過了很久，才慢慢的放開她的手，忽然大笑，道：「這是喜事，恭

喜你，只可惜我已喝不到你們的喜酒了。」

他將身上的銀票全都掏出來，放在桌上：「這點小意思，就算我送給你們的賀禮。」

沙曼道：「謝謝你。」

謝謝你！

妙，妙極了。

一個剛剛已願意將一切都交給你的人，現在卻為了你送給她成親的賀禮而謝謝你。

而你送給她的，正好是她平常從來也沒有看在眼裡的。

你說這是不是很妙，妙得簡直可以讓你一頭活活的撞死。

陸小鳳沒有撞死。

他跟牛肉湯來到海邊。

這一次牛肉湯居然沒有騙他。

海邊果然有條船，船上還有六七個船伕。

牛肉湯拉住他的手，道：「你知不知道我為什麼讓你走？」

陸小鳳道：「不知道。」

牛肉湯道：「我本來不想讓你走的，可是現在卻不能不讓你走了。」

陸小鳳道：「我知道。」

牛肉湯道：「你究竟是知道？還是不知道？」

陸小鳳道：「我又知道，又不知道。」

牛肉湯道：「其實我是知道的。」

牛肉湯嘆了口氣道：「你知道什麼？」

陸小鳳道：「我知道你心裡一定很難受，可是你若一直耽在這裡，總有一天，你一定會死

在我九哥手裡。」

陸小鳳道：「我知道。」

牛肉湯道：「回去之後，你就想法子打發點賞錢給船伕，他們都是很可靠的人。」

陸小鳳道：「我知道。」

牛肉湯道：「老頭子若是知道我讓你走了，一定會生氣的，說不定會活埋我，可是……」

她嘆了口氣，又道：「可是我們總算有過一段感情，如果是我殺了你，我倒也甘心，如果是別人殺了你，我就一定會很傷心的。」

陸小鳳道：「我知道。」

牛肉湯笑了：「現在你好像什麼都知道了。」

陸小鳳道：「其實我什麼都不知道。」

他真的什麼都不知道。

因為他的心已亂了，完全亂了。

他聰明，灑脫，勇敢，堅強，果斷。

他熱愛生命，喜歡冒險。

他並不是別人想像中那種混蛋，可是他有個最大的缺點。

他的心太軟。

——為什麼性格愈堅強的人，心反而會愈軟？

三

為什麼愈聰明的人，反而愈容易做出笨事來呢？

現在陸小鳳又到了海上。

遼闊壯觀的海洋，總是會讓人忘記一切憂愁煩惱的。

可是陸小鳳並沒有忘記。

現在正是夜最深的時候，幾乎已接近黎明，但是他卻想起了黃昏。

那個令他永遠也忘不了的黃昏。

她為什麼會那樣對他？為什麼先要他走，又不要他走，又讓他走了？

一個人的情感竟真的如此容易變化？

如果真情都如此不可信賴，那麼世上還有什麼可以讓人信賴的事？

能回去，當然是件不可抗拒的誘惑。

回去之後，他又是名滿天下的陸小鳳了。

在那荒島上，他算得了什麼？

回去之後，他立刻會受到很多人的歡迎，不肯為別人開的名酒也會為他而開，別人做不到的事，他都能做到。

可是回去之後，他是不是真的愉快？

這麼多年來，他的榮耀已經太多了，無論誰提起那個長著四條眉毛的陸小鳳，都會變得又

佩服，又羡慕，又妒忌。

他是不是真的快樂，只有自己知道。

一個人若是不能和自己真心喜愛的人在一起，那麼就算將世上所有的榮耀和財富都給了他，等到夜深夢迴，無法成眠的時候，他也同樣會流淚。

即使他眼睛裡沒有流淚，心裡也會流淚。

一個人若是能夠和自己真心喜愛的人在一起，就算住在斗室裡，也勝過廣廈千萬間。

這種情感絕不是那種聰明人能了解的。

這種情感你若是說給那些聰明人聽，他一定會笑你是呆子，是混蛋，為什麼要為了一個女孩子放棄一切？

他們卻不知道，有時一個女孩子就是一個男人的一切。

就算世上所有的珍寶、財富、權力和榮耀，也比不上真心歡悅。

這種情感只有真正有真情真性的人才會了解，只要他能了解，就算別人辱罵譏笑他，說他是呆子，是混蛋，他也不在乎。

陸小鳳就是這種呆子。

陸小鳳就是這種混蛋。

夜色淒迷，大海茫茫，他卻忽然噗通一聲跳入了海水裡。

不管怎麼樣，他一定要再回去見她一次。就算見了之後他再悄悄的走，他也心甘情願。

就算他已走不了，他也心甘情願。

一個並不笨的人，一個沒有根的浪子，一個沉著而冷靜的俠客，一個揮金如土，玩世不恭的花花公子，一個已擁有別人夢想不到的財富名聲和權力的成功者，為什麼會做這種事？

因為他是陸小鳳。

他若不這麼做，他就不是陸小鳳。

他就是個死人！

海水冰冷。

他跳下船之後，又游出了很遠，才想起了一件事，一件要命的事。

開船時正夜深，現在已將黎明，船走了至少已有一個多時辰，他若要游回去，就不知道要游多久了，可能要三五個時辰，也可能永遠游不回去。

若是回頭再去追那條船，可能很快就追上，也可能永遠追不上。

他忽然發現自己竟已被吊在半空中，進也是要命，退也是要命。

就在這時，突聽「轟」的一聲響，他回頭的時候，一股青藍色的火苗正從那條船上冒起來，忽然間就變成漫天火燄。

海水冰冷，他的人卻已變得比海水更冷，然後就只有看著那條船慢慢的沉下去。

如果他還在那條船上，只怕早已被炸成了飛灰，這一次他又死裡逃生。

只可惜現在的情況也好不了多少，現在他就算想再回到那島上，也難如登天，若是想沉入

海底，就容易得多了。

以現在的情況看來，他好像遲早都要沉下去的。

他坐過的船也好像遲早都要沉的。

牛肉湯的方法，顯然比她父親粗魯激烈得多。

陸小鳳嘆了口氣，忽然又覺得自己有另一個弱點。他總是太容易相信別人，總是將別人看得太善良了些，總不相信這世上有真正不可救藥的惡人，卻忘了一個做父親的當然比任何人都了解自己的女兒。

他以為牛肉湯只要把他趕走就已心滿意足，想不到她卻一定要他死。

漫漫長夜已過去，東方已現出一輪紅日，海面金波萬道，綺麗壯觀。

他是不是還能看見明天的太陽？陸小鳳自己也一點把握都沒有。

他盡量放鬆四肢，半沉半浮的隨著海水漂流，只希望海潮能將他送回那島嶼，他從來也沒有夢想到此時還會有船經過這裡。

誰知海面上卻偏偏有條船，正是條他上次落海時，岳洋拋給他的那種救生小艇，小艇上有個人正在用力划槳，顯然也夢想不到海水裡還有活人。

陸小鳳一下子從海水中竄出來，竄上了小艇，這人駭極大呼，就像是忽然看見魔鬼一樣。

他看來還是個孩子，膽子當然不大，青衣垂髫，正是那條船上打雜的小廝。

陸小鳳上船的時候就覺得這小廝行動好像有點鬼祟，樣子好像有點面熟。

只不過那時自己也有點六神無主，根本沒有注意這件事。

這小廝的臉白淨秀氣，看來並不像做慣粗事的人，船沉了之後，他居然還能找到條救生小艇，運氣實在不錯。

這小廝吃驚的看著陸小鳳，連嘴唇都嚇白了，道：「你……你還沒有死？」

陸小鳳道：「我已經死了，我是來找替死鬼的。」

這小廝半信半疑，心裡還是害怕，道：「你為什麼要找上我？」

陸小鳳道：「因為那條船是你弄沉的。」

這小廝立刻大聲否認，道：「我不是，我什麼事都不知道。」

陸小鳳笑了笑，忽然一把將他抱了過來，拉開了他的衣襟，露出晶瑩白嫩的胸膛，是一雙小小的乳房，這孩子竟是昨天晚上替九少爺去找過沙曼的小玉。

她當然已不是孩子，已到了初解風情的年紀，忽然被一個強壯的男人解開衣服抱在懷裡，全身都軟了，心裡又驚、又怒、又羞、又急，顫聲道：「你……你……你想幹什麼？」

陸小鳳悠聲道：「我也不想幹什麼，只不過我一向是個出名的色狼，大家都知道的。」

小玉簡直嚇得快暈過去了，心裡卻偏偏又有種說不出的奇妙滋味，偏偏沒有暈過去。

陸小鳳道：「我最喜歡會說謊的小姑娘，不知道你會不會說謊。」

他故意瞇起眼睛，露出牙齒，做出副大色狼的樣子，好像要一口把她吞下去。

小玉立刻搖頭，道：「我不會說謊，我從來不說謊。」

陸小鳳道：「你真的不說謊？好，我來試試，我問你，船是怎麼會燒起來的？」

小玉看著他的手，他的手並不像很規矩的樣子，他的表情實在叫人心慌。

她終於嘆了口氣，道：「船艙底下有桶江南霹靂堂的霹靂子，還有幾桶黑油，只要把霹靂子的引線點著，船就燒起來了。」

陸小鳳道：「引線是誰點著的？」

小玉道：「不是……」

陸小鳳道：「不是你？」

他的手忽然做了件很可怕的事，小玉身子更軟了，輕輕道：「不是別人。」

陸小鳳好像有不太明白，道：「不是別人？難道是你？」

小玉咬著嘴唇，終於點了點頭。

陸小鳳道：「是誰叫你做這種事的，是不是你的九公子？」

小玉道：「不是，是公主。」

陸小鳳道：「她老子又不是皇帝，你們為什麼叫她公主？」

小玉道：「不是公主，是宮主，皇宮的宮。」

陸小鳳道：「她為什麼叫宮主？」

小玉道：「因為她本來就姓宮，叫宮主。」

陸小鳳笑了，道：「以前我認得一個小老頭，你猜他叫什麼？」

小玉道：「他叫什麼？」

陸小鳳道：「他就叫老頭子，因為他本來就姓老，叫頭子。」

十　已知將死

一

小玉笑了，彷彿已忘記了他那雙可怕的手。

陸小鳳卻放開了她，故意板起臉，道：「你果然不會說謊，我不喜歡你。」

小玉看著他，眼珠子轉了轉，忽然道：「你以為我真的怕你喜歡我？」

陸小鳳道：「你不怕？」

小玉搖了搖頭，悠然道：「我告訴你這些事，只不過因為我本來就不會說謊而已。」

陸小鳳大笑。

這時陽光剛昇起，照著她蘋果般的臉，也照著她那發育得很好的胸膛。

陸小鳳笑道：「不管你為什麼說了老實話，現在你可以穿好衣裳了。」

小玉眨了眨眼，道：「我反正已被你看過了，為什麼還要穿好衣裳？」

她解開頭上的青巾，讓烏黑柔亮的長髮披散下來，轉身迎著陽光，道：「我這裡從來也沒有曬過太陽，我真想把全身衣服都脫光了曬一曬。」

陽光燦爛，海水湛藍，能夠赤裸著曬曬太陽，的確是件很愉快的事。

陸小鳳卻大聲道：「你千萬不能這麼做！」

小玉道：「為什麼？」

陸小鳳道：「因為……因為我是個色狼。」

小玉嫣然道：「我不怕色狼，難道色狼反而怕我了？」

陸小鳳嘆了口氣：「色狼也不怕，色狼只不過怕他自己會……」

這句話還沒有說完，他的臉色忽然變了，他忽然發現船底已進了水。

陸小鳳道：「你會不會游水？」

小玉道：「不會。」

陸小鳳道：「這下子真的完了。」

小玉道：「什麼事完了？」

陸小鳳道：「你那位宮主不但要殺我，還要將你也一起殺了滅口。」

小玉淡淡道：「我知道。」

陸小鳳道：「你知道？」

小玉道：「她在這小船底下打了兩個洞，用蠟封住，被海水一泡，蠟就會溶，海水湧進來，這條船就要沉了。」

陸小鳳叫了起來，道：「你既然早就知道，為什麼還要坐這條船？」

小玉道：「因為我早就想嚐嚐被淹死是什麼滋味的。」

陸小鳳傻了。他想不到這看來很聰明伶俐的小姑娘，竟是個糊裡糊塗的小混蛋。

小玉道：「我知道你心裡一定在罵我是個小混蛋，其實，你若不遇見我，也一樣是會被淹

死的，現在多了個人陪你，有什麼不好？」

陸小鳳苦笑道：「我只不過有點後悔。」

小玉道：「後悔什麼？」

陸小鳳道：「後悔剛才沒有真的喜歡你。」

小玉臉一紅，卻又忍不住吃吃的笑了起來。

陸小鳳瞪眼道：「你笑什麼？」

小玉也不回話，卻從船頭下找出了一大塊黃蠟，然後分成兩半，用手揉軟，將船底的兩個洞塞了起來，喃喃道：「這塊蠟溶開怎麼辦？」

陸小鳳道：「我不知道。」

小玉道：「我知道，這樣的蠟我已準備了十七八塊。」

陸小鳳又驚又喜，道：「原來你不是小混蛋，卻是條小狐狸。」

小玉故意嘆了口氣，道：「我雖然很想嘗嘗被淹死的滋味，可是還沒有被人真的喜歡過就糊裡糊塗的死了，豈非有點冤枉？」

陸小鳳大笑，道：「你那位宮主看到你活生生的回去了，不知道會不會被嚇死？」

小玉道：「她不會。」

陸小鳳道：「你怎麼知道不會？」

小玉道：「因為她每次要我做事，總是想把我也一起殺了滅口，只可惜每次我都沒有死，每次她看到我活著回去，反而好像很高興，因為她知道我以後又可以替她做事了。」

陸小鳳道：「你既然知道她要害你，爲什麼還要替她做事？」

小玉嘆了口氣，道：「因爲我若不做，就真的要死了，死得很快。」

陸小鳳也不禁嘆了口氣，道：「你若不做，那隻蜜蜂還會來找他的。要活下去的確不容易。他連躲都沒法子躲。」

他知道自己這次回去後，那隻蜜蜂還會來找他的。要活下去的確不容易。他連躲都沒法子躲。

小玉看著他，忽然道：「你是個好人。」

陸小鳳笑了，道：「你眼光總算不錯。」

小玉道：「你這兩條像眉毛一樣的鬍子，雖然有點討厭，可是你這人倒不算難看。」

陸小鳳道：「等你再長大一點，你說不定就會喜歡我這鬍子了。」

小玉又嘆了口氣，道：「只可惜你是陸小鳳。」

陸小鳳道：「這又有什麼可惜？」

小玉道：「你若不是陸小鳳，我就一定會嫁給你，就算做小老婆都沒關係。」

陸小鳳道：「我是陸小鳳，你爲什麼不能嫁給我？」

小玉道：「因爲我不想做寡婦。」

陸小鳳道：「嫁給陸小鳳就會做寡婦？」

小玉道：「我那位宮主一心想要你的命，九少爺也未必喜歡你活下去，我若嫁給你，也許不出三天就要做寡婦的。」

二

正午。

小艇終於已靠岸，兩個人都已累得筋疲力竭，像死人一般躺在沙灘上。

也不知過了多久，小玉忽然道：「做寡婦好像也是很好玩的事。」

陸小鳳道：「不好玩，一點也不好玩。」

小玉道：「好玩，一定很好玩。」

陸小鳳道：「為什麼？」

小玉道：「女人遲早都要嫁人的，嫁了人就有丈夫，寡婦卻沒有，一個人自由自在的，也沒有人管，還可以去偷別人的丈夫，豈非好玩得很？」

陸小鳳又傻了。他實在猜不透這小姑娘怎麼會有這種想法的，做寡婦居然是件很好玩的事，這個連他都是第一次聽見。

小玉道：「你為什麼不說話，是不是覺得我說得很有道理？」

陸小鳳苦笑道：「原來你不僅是小狐狸，你還是小混蛋。」

小玉笑了，道：「只不過你儘管放心，我這小混蛋，還不想嫁給你這大混蛋。」

她一下跳了起來，又道：「我要回去了，你呢？」

陸小鳳道：「我……」

他沒有說下去，因為他實在不知道應該到哪裡去。他並不是怕別人害他，這種事他早已很習慣，可是今天就是沙曼成親的日子，要他眼看著沙曼去嫁給別人，他實在受不了。

一陣陣浪濤捲來，他忽然發現這裡就是他上一次上岸的地方。

小玉又問道：「你究竟回不回去？」

陸小鳳道：「我有棟很漂亮的房子，就在這附近，你想不想去看看？」

小玉道：「你說謊，我可不喜歡會說謊的男人。」

陸小鳳道：「我那間屋裡還有個朋友在等著我，他肚子大大的，不但好玩極了，而且他從來不說謊話。」

小玉笑得彎下了腰，道：「原來你不但會說謊，還會吹牛。世界上什麼樣的人都有，從來不說謊的人我倒還沒有見過。」

陸小鳳道：「你若不信，為什麼不自己去看看？」

小玉道：「去就去，有什麼了不起，反正……」

她抿嘴一笑，又道：「反正我又不怕你，是你怕我。」

泉水依然不停的流，他那小草棚也依然無恙，這世上本就有很多事是永遠都不會改變的。

小玉又笑得彎下了腰，道：「這就是你的漂亮房子？」

陸小鳳道：「這房子又涼快，又通風，你說有哪點不好？」

小玉道：「好……好……好不要臉。」

陸小鳳大笑，拉著她的手進去，大肚子的彌勒佛也躺在那裡，笑口常開。

小玉道：「這就是你的朋友？」

陸小鳳道：「你看他會不會說謊？」

小玉只有承認：「不會。」

陸小鳳道：「所以我也沒有說謊。」他彎下腰，拍了拍彌勒佛的肚子，笑道：「好朋友，我就知道你一定還在這裡等著我，你非但不會說謊，也不會出賣朋友。」

彌勒佛笑嘻嘻的看著他，忽然道：「可是我會咬人。」

聲音的確是從彌勒佛嘴裡說出來的，陸小鳳真吃了一驚。這彌勒佛幾時變得會說話的？

彌勒佛忽然嘆了口氣，道：「我不但會咬人，還會說謊。」

陸小鳳忽然跳起來，一下子抱起了彌勒佛，又笑又跳。

小玉吃驚的看著他，還以為他病了。

陸小鳳的確病了，高興得病了。

彌勒佛當然不會說話，只不過有個人躲在他肚裡說話。

陸小鳳聽得出這個人的聲音。

這個人竟是沙曼。

沙曼的臉色還是蒼白的，雖然顯得比往昔憔悴，眼睛裡卻充滿歡喜。

陸小鳳癡癡的望著她，也不知過了多久，才問道：「你怎麼會到這裡來的？」

沙曼眨了眨眼，道：「你能到我的家去，我為什麼不能到你的家來？」

陸小鳳笑道：「你當然能來，隨時都能來，可是……」

他心裡忽然又打了個結，道：「今天你卻不該來的。」

沙曼道：「為什麼？」

陸小鳳雖然勉強笑笑，卻硬是笑不出，道：「今天豈非是你成親的日子？」

沙曼卻笑了笑，道：「我剛才豈非已告訴過你，我不但會咬人，還會說謊。」

陸小鳳又傻了。

小玉忍不住道：「現在我才明白了，為什麼你喜歡會說謊的女孩子，因為你喜歡曼姑娘。」她也眨了眨眼，道：「現在你們可以真的彼此喜歡喜歡，我卻得走了，再不走只怕就要被你趕出去了。」

這小姑娘倒真的很識相，真的說走就走，這次陸小鳳當然不會再留她。

等她走了很遠，沙曼才問道：「真的彼此喜歡喜歡，這句話是什麼意思？」

陸小鳳道：「就是這個意思。」他忽然撲過去，用力抱住了她，兩個人一起滾到柔軟的木葉上。

海風溫暖而潮濕，浪濤輕拍著海岸，溫柔得就像是情人的呼吸。

他們的呼吸卻並不像海風那麼溫柔。

他們的呼吸很短、很急，就彷彿他們的心跳一樣。

——你為什麼要說謊？為什麼迫我走？

——因為我要試試你，可是我知道你一定會回來的。

這些話他們都沒有問，也不必回答，這一切都不必解釋了。

現在他們做的事，就是最好的解釋，在真心相愛的情人間，永遠沒有比這更好的解釋。

三

海風還是同樣輕柔，他們呼吸也輕柔了。這小小的茅屋，就是他們的宮殿，在他們的宮殿中，只有和平，只有愛。世上所有粗暴、邪惡的事，距離他們都彷彿已很遙遠、很遙遠。

可是他們錯了。就在這時，他們的宮殿──愛的宮殿，忽然倒塌了下來，倒在他們身上。

陸小鳳沒有動，沙曼也沒有動。他們依舊緊緊的擁抱著，就像天塌下來，倒在他們身上，將他們壓得粉碎，他們也不在乎。因為他們已得到他們這一生中最渴求的──真情和真愛。

他們已互相滿足在對方的滿足中。

他們甚至沒有聽見外面的聲音──並不是真的沒聽見，而是他們不願聽。這的確是他們最不願聽到的聲音。對他們來說，世上幾乎已沒有任何的聲音比牛肉湯的笑聲更難聽。

現在從外面傳來的，就正是牛肉湯的冷笑聲。

牛肉湯不但冷笑，而且在說話。她說的話比她的冷笑聲更尖銳、更刺耳，她甚至還在拍手！

「好，好極了，你們的武功如果有你們剛才的動作一半好，一定沒有人能受得了。」

陸小鳳終於嘆了口氣，用一隻手撥開了壓在身上的草棚。

牛肉湯正在上面看著他，目光中充滿了怨毒和妒忌。

陸小鳳道：「你好。」

牛肉湯道：「我不好。」

陸小鳳笑了，道：「這倒是實話，你這人的確不太好。」

牛肉湯的冷笑忽然變成了媚笑，道：「我只要你憑良心說一句話。」

陸小鳳道：「說什麼？」

牛肉湯道：「做這種事，究竟是我好，還是她好？」

陸小鳳道：「你們不能比。」

牛肉湯道：「為什麼？」

陸小鳳道：「因為做這種事的方法有兩種。」

牛肉湯道：「哪兩種？」

陸小鳳道：「一種是人，一種是野獸。」

牛肉湯的媚笑又變成了冷笑：「人死了之後呢？」

陸小鳳道：「我記得有人說過，一萬個死人，也比不上一條活母狗。」

牛肉湯道：「這一定是個聰明人說的話了。」

陸小鳳道：「你是人，還是母狗，也許我還不太清楚，我只知道一件事。」

牛肉湯道：「你知道什麼？」

陸小鳳道：「知道我們還活著，至少現在還活著。」

牛肉湯道：「還能活多久？」

陸小鳳道：「只要能活一天，也比你活一萬年好。」

牛肉湯道：「你錯了。」

陸小鳳道：「哦。」

牛肉湯道：「也許你們還能活一天牛。」

陸小鳳道：「哦。」

牛肉湯道：「這是個很大的海島。」

陸小鳳道：「哦。」

牛肉湯道：「據我們估計，這島上至少有五千七百多個可以躲藏的地方。」

陸小鳳道：「哦。」

牛肉湯道：「只要你們能躲過十八個時辰，也許就可以活到一百八十歲。」她冷笑：「只可惜你們一定躲不過的。」

陸小鳳道：「為什麼？」

牛肉湯道：「因為你們就算是兩隻螞蟻，他也可以在牛個時辰中把你們找出來捏死。」

陸小鳳道：「是你？還是他？」

牛肉湯道：「他。」

陸小鳳道：「他就是你的九哥？」

牛肉湯道：「當然是。」

她眼睛裡充滿了驕傲：「他甚至還願意先讓你們牛個時辰。」

陸小鳳道：「怎麼讓？」

牛肉湯道：「從現在開始，這半個時辰裡他絕不追你們。」

陸小鳳道：「絕不？」

牛肉湯道：「他說的話，每個字都像釘在牆裡，一個釘子一個眼。」

陸小鳳道：「這點我倒相信。」

牛肉湯道：「就算你不信，睡在你旁邊的人至少應該相信。」

她的聲音忽然又變得很溫柔：「因為她以前好像也睡過我九哥旁邊。」

陸小鳳並沒有難受。

有了一種完全可以互相信任的真情和真愛，世上就已沒有什麼可以值得他們難受的事。

可是如果你說陸小鳳連一點都不生氣，那也不是真話。至少他的臉色已經有點變了。

牛肉湯在笑。

陸小鳳道：「這就是你要來跟我說的話麼？」

牛肉湯點頭。

陸小鳳道：「現在我已經聽見了。」

牛肉湯道：「每個字都聽得很清楚？」

陸小鳳道：「每個字。」

牛肉湯道：「你想不想跟我打個賭？」

陸小鳳道：「什麼賭？」

牛肉湯道：「我打賭，用不著三個時辰，九哥就可以找到你。」

陸小鳳道：「然後他就像捏螞蟻一樣把我捏死？」

牛肉湯道：「一點都不錯。」

海風還是同樣的輕柔，他們的呼吸也是同樣輕柔，可是他們的心情已不同。

宮九的劍，宮九殺人的手段，沙曼當然比陸小鳳知道得更清楚。

可是現在她心裡想的卻不是這件事。

她正在想剛才牛肉湯說的一句話。

——做這種事，究竟是她好，還是我好？

到了這種時候，她居然還在吃醋。

其實這一點都不奇怪。

無論在什麼時候，你若想要一個女人的命並不是件困難的事，可是你如果想要一個女人不吃醋，那簡直是做夢。

十一　逃避追捕

一

陸小鳳也有心事。

他想的也不是宮九的劍，生死間的事，他一向都不太在乎。

他本來已經該死過很多次。

沙曼忽然問道：「你在想什麼？」

陸小鳳道：「在想你。」

沙曼道：「想我？」

陸小鳳道：「想你是不是在吃醋？」

沙曼咬起嘴唇，道：「我為什麼要吃醋？」

陸小鳳道：「因為你有吃醋的理由。」

沙曼道：「因為你真的跟她好過？」

陸小鳳道：「我跟很多女孩子都好過，她只不過是其中之一而已，你……」

他故意停住，沙曼立刻就替他接了下去：「我也只不過是其中一個。」

陸小鳳雖然並沒有一口承認，可是也連一點否認的意思都沒有。

沙曼看著他，瞪著他看了很久，道：「你為什麼不問我，是不是真的和宮九睡在一起過？」

陸小鳳道：「我不必問。」

沙曼道：「因為你根本不在乎。」

陸小鳳非但不否認，而且居然還點了點頭。

沙曼又瞪著他看了很久，忽然輕輕嘆了口氣，道：「如果你以為我還不明白你的意思，那你就錯了。」

陸小鳳道：「我有什麼意思？」

沙曼道：「你是想故意把我氣走。」

陸小鳳道：「哦？」

沙曼道：「你以為只要我離開了你，我就可以活到一百八十歲了？」

這次陸小鳳既沒有承認，也沒有否認。

沙曼道：「只可惜你忘了一點。」

他並沒有問，她已經接著說了下去：「一個女人就算真的能活到一百八十歲，活著也沒有什麼太大的意思了。」

陸小鳳道：「那至少總比再活十八個時辰有意思一些。」

沙曼道：「這是你的想法。」

陸小鳳道：「你怎麼想？」

沙曼道：「只要能跟你在一起，就算只能再活一個時辰，我也心滿意足！」

陸小鳳忽然跳起來，拉住她的手，道：「我們走。」

二

平坦的沙灘後，就是高大嶙峋的岩石，深邃茂密的叢林。

在這種地方，連一隻兔子都可以很容易就逃避過狐狸的追蹤。

陸小鳳不是兔子。

他不僅有兔子的精靈和速度，也有狐狸的狡猾、狗的忠勇。

他本身就是獵人，在叢林沼澤中求生的技巧，他遠比任何人懂得的都多。只要利用一段樹枝，他就可以在片刻中製出一個殺人的陷阱。

在這種地方，他若想逃避一個人的追蹤，應該也不是件困難的事。

「可是那個人不是人。」

沙曼說的當然是宮九：「他是條毒蛇，是隻狐狸，是個魔鬼。」

陸小鳳笑了，道：「他究竟是什麼？」

沙曼道：「有人說是用九種東西做出來的。」

陸小鳳道：「哪九種？」

沙曼道：「毒蛇的液、狐狸的心、北海中的冰雪、天山上的岩石、獅子的勇猛、豺狼的狠辣、駱駝的忍耐、人的聰明，再加上一條來自十八層地獄下的鬼魂。」

陸小鳳雖然在笑，可是無論誰都看得出他笑得並不愉快。

沙曼道：「這島上的確有很多隱密的地方可以躲藏。」

陸小鳳道：「你知道多少？」

沙曼道：「我知道的雖然沒有五千多個，可是也不算少。」

陸小鳳道：「他知道的有多少？」

沙曼道：「每個地方他都知道。」

陸小鳳道：「我知道的，他全知道，我不知道的，他也知道。

——我知道的，他全知道，我不知道的，他也知道。

沙曼道：「所以我們不管躲在哪裡，他都一定可以把我們找出來。」

陸小鳳沉默著，忽然又笑了。

沙曼並不奇怪，她知道世上本就有種人無論在什麼時候都能笑得出的。

她喜歡這種人，可是陸小鳳實在笑得太愉快，她還是忍不住問：「你笑什麼？」

陸小鳳道：「我想起了件有趣的事。」

沙曼道：「現在還有什麼事能讓你覺得很有趣？」

陸小鳳道：「我們可以躲到一個很有趣的地方去。」

沙曼道：「不管多有趣的地方，只要他找得到，都會變得很無趣。」

陸小鳳道：「那地方我保證他一定找不到。」

沙曼道：「什麼地方？」

陸小鳳道：「雞蛋殼裡。」

沙曼有點生氣了，這種時候，他實在不該開這種玩笑。

陸小鳳不但在笑，眼睛裡也在發著光。

沙曼忍不住道：「只有蛋才躲到雞蛋殼裡去，只有你這種混蛋。」

陸小鳳道：「你還忘了一點。」

沙曼道：「哦？」

陸小鳳道：「只有蛋，才有雞蛋殼。」

沙曼不懂。

陸小鳳道：「你知不知道這裡最大的一個混蛋是誰？」

沙曼道：「不是你？」

陸小鳳搖搖頭，道：「我比不上他，我最多也只不過是用六七種東西做成的。」

沙曼道：「你說的是宮九？」

陸小鳳道：「答對了。」

他補充著又道：「就因為他是最大的一個混蛋，無論誰只要能躲得進去，一定都安全得很。」

沙曼眼睛也發出了光。現在她總算已明白陸小鳳的意思——

宮九既然要出來追捕他們，自己的屋裡一定沒有人。

如果他們能躲到宮九屋裡去，倒的確是個很安全的地方。因為誰都想不到他們會躲到那裡去，甚至包括宮九自己。

沒有人能想到的地方，當然就是最安全的地方。

沙曼道：「現在我們只剩下一個問題，我們要怎麼樣才能躲進去？」

陸小鳳當然也知道這問題很大，可是他相信他們一定有法子。

在他眼中看來，世上本就沒有什麼事是絕對不可能的。

沙曼道：「這問題你已有法子解決？」

陸小鳳道：「你當然知道那雞蛋殼在哪裡？」

沙曼道：「嗯。」

陸小鳳道：「那麼這問題就已經解決了。」

沙曼道：「你難道認為我們可以大搖大擺的走進去，別人都看不見？」

陸小鳳道：「我們不必大搖大擺的走進去，我們根本連一步都不必走。」

沙曼道：「連一步都不必走？難道變成隻蒼蠅飛進去？」

陸小鳳道：「我也不會變，再變也不會變成隻蒼蠅。」

他又笑了笑，道：「蒼蠅飛得太累，我準備舒舒服服的躲進去。」

沙曼張大了眼睛，看著他，就好像是個正在聽人說神話的孩子。

陸小鳳笑道：「我知道你心裡一定不相信的，可是我保證這問題你一點都不必擔心。」

沙曼道：「難道你還有什麼真正值得擔心的事？」

陸小鳳道：「只有一件。」

沙曼道：「你說嘛。」

陸小鳳道：「我只有法子能躲進去，卻沒法子出來。」

沙曼道：「所以我們就算能躲得了十八個時辰，他還是會找到我們的。」

陸小鳳道：「到了那時候，他如果要殺我們，我們……」

沙曼打斷了他的話，道：「這一點你也用不著擔心。」

陸小鳳道：「為什麼？」

沙曼道：「因為十八個時辰後，他已經不在這裡。」

陸小鳳道：「他還要走？」

沙曼道：「非走不可。」

陸小鳳道：「為什麼？」

沙曼道：「因為外面還有件事一定要等著他去做。」

陸小鳳沉吟道：「除了殺人外，還有什麼事是一定非他去做不可的？」

沙曼道：「沒有了。」

陸小鳳道：「這次，他要去殺的是什麼人？」

沙曼道：「值得他出手去殺的，當然是個很了不起的人。」

陸小鳳道：「是誰？」

沙曼道：「不知道。」

也許她是真的不知道，也許她雖然知道，卻不願說出來。不管怎麼樣，陸小鳳都沒有再問。

他並不希望任何女人為了他而出賣她們以前的男人。

沙曼看著他，道：「現在你準備變成什麼樣的東西？」

陸小鳳道：「你看呢？」

沙曼道：「依我看，只有死人才能舒舒服服的躲著進宮九的屋子。」

陸小鳳笑了笑，道：「你又忘了一點。」

沙曼道：「哦？」

陸小鳳道：「死的東西很多，並不一定只有人。」

沒有生命的，就是死的。

樹木有生命，可是被砍斷，鋸成木片，做成箱子後，就死了。所以箱子是死的。

三

幽秘曲折的山路上，十個活人，抬著五個大箱子走過來，箱子顯然很重，大家都很吃力。

尤其是最後一口箱子，抬箱子的兩條大漢滿頭汗出如漿，已經落後了一段路。

幸好這裡已經快走到入谷的出口，就在這時候，他們看見沙曼。

就像是一陣風，她忽然出現，擋住了他們的去路，道：「你們都認得我？」

他們當然認得。入過山谷的人，無論誰都曾經偷偷看過她兩眼——最多也只不過敢偷偷看兩眼。

因爲大家知道，若是被九少爺發覺有人在偷看她，九少爺就會生氣的。

沒有人敢惹九少爺生氣。

兩條大漢都垂下頭：「曼姑娘有什麼吩咐？」

沙曼道：「我沒有，九少爺有。」

兩條大漢都在聽。九少爺的吩咐，沒有人敢不聽。

沙曼道：「他特地要我來，叫你們把這口箱子送到他臥房裡去。」

雖然他們以前聽到的命令並不是這樣子的，可是誰都沒有懷疑，更不敢反抗。

大家都知道，曼姑娘說出來的話，和九少爺自己說出來的並沒有什麼兩樣！

沙曼道：「九少爺喜歡乾淨，所以現在你們最好先去找個地方把手腳洗一洗。」

正好附近有條小溪，他們盡快趕去，盡快趕回來，箱子還在路上，曼姑娘卻已不在了。

她的人雖然已不在了，可是她說的話還是同樣有效。

箱子裡黑暗而安靜，已經被輕輕的擺了下來。

外面充滿了生死一線的危機，兩個人緊緊的擁抱在箱子裡，那是種什麼樣的滋味？

世界上只怕很少有人能領略到這種滋味，可是陸小鳳能，沙曼也能。

因為現在他們就緊緊的擁抱在箱子裡，呼吸著對方的呼吸。

直等他們能開口的時候，沙曼就忍不住問：「你怎能知道他會有箱子要運來？」

陸小鳳道：「我看出他是個很講究的人，而且喜歡用禮物打動人心，他的人還沒有到，已經有箱子送回來了，何況他的人已回來？」

沙曼道：「他的人是昨天回來的，你怎麼知道他的箱子要等到今天才到？」

陸小鳳道：「跟著他在海上走了那麼些日子，大家一定早就快憋死，好容易等到船靠岸，就算找不到女人，也一定要喝個痛快，喝醉了的人，早上一定爬不起來。」

沙曼道：「所以你算準了箱子一定要等到這時候才會送上岸？」

陸小鳳笑了笑，道：「我當然也是在碰運氣。」

沙曼道：「你的運氣好，也許只不過因為你通常都能算得很準。」

判斷正確的人，本就通常都會有好運氣的。因為只有判斷正確的人，才能把握住機會。

機會就是運氣。

沙曼的聲音更溫柔，道：「你也算準了抬箱子的人不會知道我的事，一定會服從我的命令？」

陸小鳳當然算得準，這種事宮九自己若不說，又有誰敢說？

一個驕傲而自負的男人，若是被自己心愛的女人背棄，他自己是絕不會說出來的。

他寧可讓別人認為是他拋棄了那個女人，寧可讓人認為是他負了心。

他甚至寧可死，也不願讓別人知道他的痛苦和羞侮。

陸小鳳明瞭這種心情，因為他自己也是這種人。

沙曼道：「可是你怎麼會知道箱子能平安送到這裡，一路上連問都沒有人問？」

陸小鳳道：「因為我看得出這裡的人都不喜歡管閒事，尤其是這種小事。」

沙曼嘆了口氣，道：「你看得不錯，這裡的人，無論做什麼事，都要有代價的。」

箱子被送來的時候既沒有人問，以後當然更不會有人問。

宮九既然正在追捕他，現在當然也不會回來。

箱子已被打開了一條縫，他們還是緊緊的擁抱著在箱子裡。

他們並不急著想出去。

「我死了之後，如果閻王爺問我，下輩子做什麼？」

「你一定想做小雞。」

「答對了。」

這箱子實在很像雞蛋殼，這雞蛋殼裡實在又安全，又溫暖，又甜蜜。

「我相信小雞們在雞蛋殼裡的時候，一定也不會急著想出去的。」

「爲什麼？」

「因爲牠們一定知道，出去了之後，就會變成大雞。」

「大雞通常很快就會變成香酥雞、紅燒雞，和清燉雞湯。」

「聽說只有母雞才能燉湯。」

「你想把我燉湯？」

「我捨不得，可是你實在太香，比香酥雞還香。」

「你想吃了我？」

「想得要命。」

四

天色已昏暗。雞蛋殼裡終於有兩隻小雞鑽了出來。

一隻公的，一隻母的。

九少爺住的地方，當然絕不會像雞蛋殼。

華美的居室，精雅的器皿。夕陽正照在雪白的窗紙上。

「他不在的時候，會不會有人闖進來？」

「絕不會。」

這許多年來，從來沒有任何人敢闖入宮九少爺的屋子，連他老子都沒有。

他一向是個孤僻自負的人，所以他最喜歡照鏡子。

「為什麼？」

「因為他唯一真正喜歡的人，就是他自己。」

屋子裡果然有面很大的鏡子，看來顯然是名匠用最好的青銅磨成的。

「這是他自己磨成的，他自認為這無疑已是天下第一明鏡。」

鏡旁懸著一柄劍，劍身狹長，形式古雅。

「這就是他的劍。」

他要去殺人時，卻將劍留在屋裡。

他殺人已不必用劍。

陸小鳳用指尖輕輕撫著劍，緩緩道：「我知道還有一個人，劍術也已練到『無劍』的境界。」

沙曼道：「西門吹雪？」

陸小鳳道：「你也知道他？」

沙曼淡淡道：「我只知道『無劍』的境界，並不是劍術的高峰。」

陸小鳳道：「哦？」

沙曼道：「既然練的是劍，又何必執著於『無劍』二字？」

陸小鳳還沒有開口，忽然聽見床下有人在鼓掌。

掌聲很輕，卻比雷霆還令人吃驚。

陸小鳳霍然回頭，就看見一個光禿禿的腦袋從床底下伸了出來。

「老實和尚！」

陸小鳳剛剛叫出聲，劍光一閃，一柄精光四射的長劍已架上了老實和尚的脖子。

好快的劍！

掛在銅鏡旁的劍已出鞘，到了沙曼手裡，她的出手之快，連陸小鳳都嚇了一跳。

老實和尚當然比他嚇得更慘，一張臉已嚇得發白，勉強笑道：「其實姑娘用不著動手，和尚也知道姑娘是當世第一位女劍客了。」

沙曼冷冷道：「你知道？」

老實和尚笑了：「原來老實和尚也會拍馬屁。」

老實和尚道：「和尚雖然沒吃過豬肉，至少總見過豬走路，聽見姑娘剛才說的那句，早就已經佩服得五體投地。」

陸小鳳笑了：「原來老實和尚也會拍馬屁。」

老實和尚道：「和尚絕不是拍馬屁，和尚一向說老實話。」

沙曼不笑，板著臉道：「只可惜姑娘一向不喜歡聽老實話。」

老實和尚道：「姑娘喜歡聽什麼？」

沙曼道：「姑娘喜歡聽人拍馬屁。」

老實和尚眼睛眨了眨，道：「和尚雖然不會拍馬屁，別的事會的卻不少。」

沙曼道：「你會什麼？」

老實和尚道：「替人說媒求親，成媒作證，都是和尚的拿手本事。」

沙曼道：「你準備讓誰成親？替誰作證？」

老實和尚道：「替兩隻小雞，一隻公的，一隻母的。」

沙曼也笑了。

就在她開始笑的時候，老實和尚已游魚般從她劍下溜了出來，一溜出來，就立刻躲到陸小鳳背後，道：「你這隻小公雞若是不肯娶小母雞，和尚第一個不答應。」

陸小鳳道：「誰說我不肯？」

老實和尚道：「你真的肯？」

陸小鳳不理他，只是靜靜的看著沙曼。

「叮」的一聲，沙曼手裡的劍掉了下來，兩個人忽然間就已變成一個人。

老實和尚看著他們，臉上的表情好像要哭出來的樣子，嘴裡喃喃道：「和尚為什麼不去做小公雞？和尚為什麼要做和尚！」

屋子裡居然沒有酒，連一滴都沒有。

老實和尚在嘆氣：「一個男人的屋子裡如果沒有酒，這個男人還算男人？」

陸小鳳道：「不喝酒的都不是男人？」

老實和尚道：「就算他自己不喝，也應該準備一點請別人喝的。」

沙曼道：「和尚也想喝酒？」

老實和尚道：「只想喝一種酒。」

沙曼道：「哪種？」

老實和尚道：「喝你們的喜酒。」

沙曼嫣然一笑，陸小鳳也笑了，他們忽然發覺這個和尚實在老實得可愛。

老實和尚道：「其實沒有酒也一樣，和尚自己吞了你們的口水，也可以算是喝了你們的喜酒。」

他真的吞了口口水下去：「現在和尚既然已喝過你們的喜酒，你們想不做夫妻都不行了。」

沙曼仰起臉，看著陸小鳳，道：「你說行不行？」

陸小鳳道：「不行。」

於是兩個人立刻又變成了一個人。

老實和尚臉上的表情又好像要哭出來了，道：「你們這樣子，是不是一定要逼著和尚還俗？」

夜色已深。

屋子裡有燈，卻沒有點著，也不能點著。

陸小鳳不在乎。

沙曼不在乎。

——若是有真情，無星無月亦無妨，又何妨無燈無火？

老實和尚當然更不在乎。

他正好落得個眼不見為淨。

屋子裡真的很黑，什麼都看不見。

老實和尚道：「你們在幹什麼？」

陸小鳳道：「什麼都沒有幹。」

老實和尚道：「你們的嘴有沒有空？」

沙曼搶著道：「有。」

老實和尚道：「既然有空，能不能陪和尚聊聊天，說說話？」

沙曼道：「能。」

陸小鳳道：「和尚怎麼會躲到床底下去的？」

老實和尚道：「因為這地方的主人雖然不喜歡喝酒，卻喜歡吃醋。」

陸小鳳道：「和尚不笨。」

沙曼道：「和尚聰明得要命。」

老實和尚道：「小雞卻不大聰明。」

陸小鳳道：「哪點不聰明？」

老實和尚道：「小雞本可以叫那兩個笨蛋把這口箱子送回那條船上去的，那麼過不了三五天，兩隻小雞都可以回家了。」

十二　和尚弄鬼

一

陸小鳳怔住。

沙曼的手冰冷。

他們立刻發覺，這的確是他們逃離這地方的唯一機會。

良機一失，永不再來。

老實和尚又在嘆氣：「兩隻小雞、一頭禿驢，若是全都老死在這裡，那倒……」

他忽然閉上了嘴。

陸小鳳跳了起來，沙曼的人雖然沒有動，心卻在跳，跳得很快。

他們都聽見門外有了腳步聲，好像是五六個人的腳步聲。

腳步聲竟是往這屋子走過來的。

門縫裡已有了燈光，而且愈來愈亮。

陸小鳳竄過去，掀起了那口箱子的蓋。

等到沙曼竄入箱子，他自己才躲進去，輕輕的放下箱蓋。

就在這時候，門已開了。

他聽見了開門的聲音，也聽見有人走了進來，一共是五個。

第一個開口說話的是個女人。

聲音很兇：「這箱子是誰要你們搬到這裡來的？」

陸小鳳的心一跳。

他聽得出這是小玉的聲音，小玉這個人並不要命，問的這句話卻實在要命。

「是曼姑娘。」

回答這句話的，當然就是剛才抬箱子的那兩個人其中之一。

「曼姑娘？」小玉在冷笑：「你們是聽九少爺的？還是聽曼姑娘的？」

沒有人敢答腔。

「你們知不知道曼姑娘已經不是九少爺的人？」小玉的聲音更兇。

陸小鳳的心直往下沉。

他實在不懂，這件事本已明明沒有人追究的，為什麼又要來管這種閒事？

這丫頭自己剛從死裡逃生，為什麼又要來管這種閒事？

陸小鳳直恨不得把她的嘴縫起來。

「抬走。」小玉又在大叫：「快點把這口箱子抬走。」

「抬到哪裡去？」

「從哪裡抬來的，就抬回哪裡去。」

這句話說出來，陸小鳳立刻知道自己錯了。

這麼可愛的一張小嘴，他怎麼能縫起來，他實在應該在這張小嘴上親一親，就算多親兩親，都是應該的。

箱子是從船上抬下來的，再過兩個時辰，船又要走了。

只要這口箱子被送回船上，他們的人也跟著船走了。

「那麼過了五天，兩隻小雞都可以回家了。」

陸小鳳開心得幾乎忍不住要大叫：「小玉萬歲！」

直到現在他才明白，小玉這是在幫他們的忙。這個鬼靈精的小丫頭，一定早就知道他們躲在箱子裡。

他心裡充滿了歡悅和感激，他相信沙曼的感激定也一樣。

他忍不住要去找她的手來握在自己手裡。

箱子裡雖然很黑暗，可是他不在乎，因為他就算摸錯地方也沒關係。

他真的摸錯了。

錯得厲害，錯得要命，活活要人的老命。

他摸到的是光頭。

跟他一起躲在箱子裡這個人，竟不是沙曼，是老實和尚！

陸小鳳真的要叫了起來。

只可惜他的手剛摸到這個光頭上時，老實和尚的手已點了他三處穴道。最要命的三處穴

道。

他非但叫不出，連動都不能動了。

沙曼呢？沙曼在哪裡？

箱子已被抬起來，小玉還在不停的催促：「快，快，快！」

陸小鳳簡直急得發瘋。

看到箱子被抬走，沙曼一定也會急得發瘋，可是她也只能眼睜睜的看著。

想到這一點，陸小鳳連心都碎了。

沙曼的心一定也碎了。

可是心碎又有什麼用？就算一頭撞死，把整個人都撞成碎片，也一樣沒有用。

他終於明白了「無可奈何」這四個字的滋味，這種滋味，簡直不是人受的。

抬箱子的兩個人也不知吃了什麼藥，一抬起箱子，就走得飛快。

老實和尚居然握起了他的手，放在自己手裡，輕輕的拍著，就好像把他當做個孩子，在安慰他，要他乖乖的聽話。

陸小鳳卻只希望能聽到一件事，那就是聽到這和尚的光頭，忽然像個雞蛋殼般被撞得粉碎。

可惜抬箱子的這兩個人不但走得快，而且走得穩，就好像在他娘肚子裡已學會抬箱子了。

老實和尚輕輕的嘆了口氣，顯得又舒服、又滿意。

「這和尚真是我命中注定的魔星，一看見他，我就知道遲早要倒楣的。」

罵人的話，陸小鳳知道的也不算太多，南七北六十三省，各式各樣罵人的話他只不過全都

懂得一點點，加起來也只不過有六七百種而已。

他早已在心裡把這六七百種話全都罵了出來，只恨沒法子罵出口。

──沙曼呢？

──眼睜睜的看著別人把她跟她的小公雞拆散，她心裡是什麼滋味？

──她會不會死？

──死了也許反倒好些，若是不死，叫她一個人孤零零的怎麼過？

──也許她會想法子溜到船裡去的，她的本事遠比別人想像中的大得多。

──如果她上不了船，會不會再上別人的床？

陸小鳳的心就好像被滾油在煎，愈想愈痛苦，愈想愈難受。

他本來並不是這種小心眼的人，可是沙曼卻讓他變了。

一個人有了真情後，為什麼總會變得想不開？變得小心眼？

抬箱子的兩個人忽然也開口罵了。

「就是這口見鬼的箱子，害得我們想好好吃頓飯都不行。」

「真他媽的活見了大頭鬼。」

「我們倒不如索性找個沒人的地方，把它扔到海裡去，也免得它再作怪。」

這種久經風浪的老水手，當然不會是什麼好角色，說不定真會這樣做。

誰知那人又改變了主意。

陸小鳳一點都不在乎，反倒有點希望他們真的這樣做。

「可是我們至少總得看看箱子裡裝的究竟是些什麼鬼東西？」

對陸小鳳來說，這主意好像也不太壞。

只可惜小玉已經把箱子上了鎖。

「你能開得了這把鎖？」

「開不了。」

「你敢把箱子砸壞？」

「爲什麼不敢？」

「九少爺若是問下來，誰負責任？」

「你。」

「去你娘的。」另一人半笑半罵：「我早就知道你是個雜種。」

「你好像也差不多。」

「所以我們最好還是乖乖的把箱子抬回去，往底艙一擺就天下太平了。」

三

「砰」的一聲響，兩個人重重的把箱子往地上一放，下面是木板的聲音。

兩個人同時吐出口氣，這裡顯然已經是宮九那條船的底艙。

他們的任務已完成，總算已天下太平了。

老實和尚也輕輕吐出口氣，好像在說：「再過三五天，一隻小公雞，一隻老禿驢，就可以平平安安回家了。」

他的天下也太平了。

陸小鳳呢？

陸小鳳好像已連氣都沒有了，摸摸他的鼻孔，真的已沒有了氣。

老實和尚也吃了一驚，道：「你這是怎麼回事？」

沒有回應，沒有氣。

一個人是不是真的會活活氣死？

老實和尚道：「你千萬不能死，和尚可不願意跟個死人擠在一口箱子裡。」

還是沒有回應，沒有氣。

老實和尚卻忽然笑了：「你若想騙我，讓我解開你的穴道，你就打錯主意了。」

他笑得好愉快：「好人不長命，禍害遺千年，我知道你死不了的。」

陸小鳳終於吐出口氣來，箱子裡本來就悶得死人，再閉氣更不好受。他並不想真的被氣死。

老實和尚笑得更愉快，道：「我雖然不想跟你擠在箱子裡打架，可是一個人自言自語也沒意思，只要你乖一點，我就先解開你的啞穴。」

陸小鳳很乖。

一個人身上三處最要命的穴道若是全都被點住，他想不乖也不行。

老實和尚果然很守信，立刻就解了他的啞穴。

「你這禿驢爲什麼還不趕快去死？」這本是陸小鳳想說的第一句話。

可是他沒有說出來。

他的聲音裡甚至連一點生氣的意思都沒有，淡淡的說了句：「其實你根本不必這麼做

的。」

老實和尚道：「不必怎麼做？」

陸小鳳道：「不必點我的穴。」

老實和尚道：「可是和尚怕你生氣。」

陸小鳳道：「爲什麼生氣？」

老實和尚道：「小母雞忽然變成了禿驢，小公雞總難免生氣的。」

陸小鳳也在笑，道：「你錯了。」

老實和尚道：「哪點錯了？」

陸小鳳道：「小公雞早就已經不是小公雞。」

老實和尚道：「是什麼？」

陸小鳳道：「老公雞。」

老實和尚道：「老公雞和小公雞有哪點不同？」

有時候他也是個很深沉的人，很有點心機，他並不想要老實和尚再把他啞穴點住。

陸小鳳道：「有很多點，最大的一點是，老公雞見過的母雞，大大小小已不知有多少，卻只有一個禿驢朋友。」他說得很誠懇：「何況，她本就是這裡的人，留下來也無妨，你這禿驢若是留下來，說不定就會變成死禿驢了，我總不能看著朋友變成死禿驢。」

老實和尚又握住他的手，顯然已經被他感動：「你果然是個好朋友。」

陸小鳳道：「其實你早就該知道的。」

老實和尚道：「現在知道，還不算太遲呀。」

陸小鳳道：「現在你解開我的穴道來，也不遲。」

老實和尚立刻同意：「的確不遲。」

陸小鳳微笑著，等著他出手。

老實和尚卻慢慢的接著又道：「雖然一點都不遲，只可惜還嫌太早了一點。」

陸小鳳道：「還太早？」

老實和尚道：「太早。」

陸小鳳道：「你準備等到什麼時候？」

老實和尚道：「至少也要等到開船的時候。」

陸小鳳閉上嘴。他實在很怕自己會破口大罵起來，因為他知道隨他怎麼罵，都罵不死這禿驢的。

他只有沉住氣，等下去。

如果你是陸小鳳，要你跟個和尚擠在一口箱子裡，你難受不難受？

陸小鳳忽然道：「你能不能幫我個忙？」

老實和尚道：「你說。」

陸小鳳道：「你能不能再把我另外一個穴道也點上一點？」

老實和尚道：「你是否氣出毛病來了？」

陸小鳳道：「沒有。」

老實和尚道：「你真的要我再點你一處穴道？」

陸小鳳道：「真的。」

老實和尚道：「什麼穴？」

陸小鳳道：「睡穴。」

在這種時候，世上還有什麼事能比睡一覺更愉快。

老實和尚嘆了一口氣，道：「看來你的運氣實在不錯嘛。」

陸小鳳幾乎又忍不住叫了起來：「你還說我運氣不錯？」

老實和尚點點頭，道：「至少你還有個能點你穴道的朋友，和尚卻沒有。」

陸小鳳傻了。

聽到這種話，他實在不知道是應該大哭三聲，還是應該大笑三聲。

他既沒有哭，也沒有笑。因為他已睡著。

黑暗。

睡夢中是一片黑暗，醒來後還是一片黑暗，睡中是噩夢，醒來後仍是噩夢。

——沙曼呢？

睡夢中他彷彿看見她在不停的奔跑，既不知要往哪裡跑？也不知逃避什麼？

他想追上去，兩個人的距離卻愈來愈遠，漸漸只剩下一點朦朧的人影。

醒來後卻連她的影子都看不到。

他彷彿有種飄飄盪盪的感覺，這條船顯然已開航，到了大海上。

他的四肢居然已可以活動了。

可是他沒有動。他正在想修理老實和尚的法子。

這禿驢雖然總算沒有失約，船一出海，就將他穴道解開。

但若不是這禿驢，兩隻恩恩愛愛的小雞，又怎麼會分開？

想到剛才那噩夢，想到沙曼現在的處境，陸小鳳恨不得立刻在他那光頭上打個大洞。

可是就算打出七八十個大洞來又有什麼用？

陸小鳳在心裡嘆了口氣，不管怎麼樣，這禿驢總是他的老友了，而且也不能算是太壞的人，小苦頭雖然還要讓他受一點，大修理則絕對不可。

船走得很平穩，今天顯然是個風和日麗的日子。

陸小鳳悄悄的伸出手，正準備先點他的穴道，再慢慢讓他吃點小苦頭。

可是手一伸出去，陸小鳳卻立刻覺得不對了。

這箱子裡忽然變得很香，充滿了一種他很熟悉的香氣。

那絕不是老實和尚的味道，無論什麼樣的和尚，身上都絕不會有這種味道。

就連尼姑都不會有。

他的手一翻，捉住了這個人的手，一隻光滑柔軟的纖纖玉手。

這更不會是老實和尚。

陸小鳳的心忽然跳得很快，只聽黑暗中一個人道：「你終於醒過來了。」

柔美的聲音中，充滿了歡愉。

陸小鳳的聲音已因激動興奮而發抖，整個人都幾乎忍不住要發抖。

「是你？真的是你？」

「真的是我。」

陸小鳳不能相信，也不敢相信，箱子裡明明是老實和尚，怎麼會忽然又變成沙曼？

可是這聲音，的的確確是沙曼的聲音。

她的手已牽引著他的手，要他去輕撫她的臉、她的乳房。

她身子也在發抖。

這種銷魂的顫抖，也正是他所熟悉的。他再也顧不得別的了，用盡全身力氣，緊緊擁抱住

這一次他絕不讓她再從懷抱中溜走了。

他抱得真緊。

就算這只不過是夢，也是好的，他只希望這個夢永不會醒過來。

她也在緊緊擁抱著他，又哭又笑又吻，吻遍了他整個臉。

她。

她的嘴唇溫暖而柔軟。

「這不是夢,這是真的。」她流著淚道:「這真的不是夢,真的是真的。」

可是這種事實在比最荒唐的夢境還離奇。

「你怎麼會來的?」

「不知道。」

「老實和尚呢?」

「不知道。」

她真的不知道:「我躲在床底下,眼看著他們把箱子抬走,就急得暈了過去。」

「然後呢?」

「等我醒來時,我就又回到這箱子裡,簡直就好像在做夢一樣。」

「但這不是夢!」

「絕不是。」

這的確不是夢,她咬他的嘴唇,他很痛,一種甜蜜的疼痛。

難道這又是小玉造成的奇蹟,她真有這麼大的本事?

這些疑問他們雖然無法解釋,卻並不重要,重要的是,現在他們又重逢了。

他們緊緊的擁抱著,就好像已決心要這麼樣擁抱一輩子。

就在這時,突聽「咚」的一聲響,外面好像有個人一腳踢在箱子上。

箱子在震動。

陸小鳳沒有動，沙曼也沒有動。

他們還是緊緊擁抱著，可是他能感覺到她的嘴唇已冰冷。

然後他們又聽「咚」的一聲響，這次箱子震動得更厲害。

是誰在踢箱子？

沙曼舔了舔冷而發乾的嘴唇，悄悄道：「這不是宮九。」

陸小鳳道：「哦！」

沙曼道：「他絕不會踢箱子，絕不會做這種無聊的事。」

陸小鳳在冷笑。

他心裡忽然覺得有點生氣，還有點發酸。

——為什麼她提起這個人時，口氣中總帶著尊敬？

他忽然伸腰，用力去撞箱子。

誰知箱子外面的鎖早已開了，他用力伸腰，人就竄了出去。

黑暗的艙房裡，零零亂亂的堆著些雜物和木箱。

他們這口箱子外面並沒有人，頂上的橫木上卻吊著個人，就像是條掛在魚鈎上的死魚，還

在鈎上不停搖晃。

現在他又在試探著盪過來踢箱子。

「老實和尚！」

陸小鳳叫了起來，幾乎又不能相信自己的眼睛。

沙曼忽然進箱子，而箱子裡的老實和尚卻被吊起來了。

這是怎麼回事？

四

老實和尚滿嘴苦水，在等陸小鳳替他拿出了塞在他嘴裡的破布，才吐出來的。

「天知道這是怎麼回事。」他的驚訝和迷惑並不假：「我本來很清醒的，不知為了什麼，忽然就暈暈迷迷的睡著了。」

陸小鳳道：「等到你醒過來，就已經被人吊在這裡？」

老實和尚在嘆氣，道：「幸好你還在箱子裡，否則我真不知道要被吊到幾時？」

陸小鳳道：「現在你還是不知道？」

老實和尚怔了怔，立刻作出最友善的笑臉，道：「我知道。」

他笑得臉上的肌肉都在發痠：「我知道你一定會放下我。」

陸小鳳道：「我不急。」

老實和尚道：「可是我倒有點急。」

陸小鳳道：「吊在上面不舒服？」

老實和尚拚命搖頭。

他真的急了，冷汗都急了出來。

陸小鳳居然坐了下來，坐在艙板上，抬頭看著他，悠然道：「上面是不是比下面涼快？」

老實和尚頭已搖痠了，忍不住大聲道：「很涼快，簡直涼快得要命。」

陸小鳳道：「那末你怎麼會流汗？」

老實和尚道：「因為我在生氣，氣我自己，為什麼會交這種好朋友。」

陸小鳳笑了，大笑。

看見和尚生氣，他的氣就消了一半，正準備把這和尚先解下來再說。

哪知就在這時，艙外忽然響起了咳嗽聲，好像已有人準備開門進來。

陸小鳳立刻又鑽進箱子，輕輕的托著箱蓋，慢慢的放下。

箱子的蓋還沒有完全關起時，他就看見艙房的門被推開了，兩個人走了進來。

走在前面的一個，好像正是剛才把箱子抬來那兩人其中之一。

陸小鳳心裡暗暗祈禱，只希望他們這次莫要再把箱子抬走。

人來幹什麼的？

他們忽然看見個和尚吊在上面，怎麼會沒有一點反應？

箱子裡一片漆黑，外面也連一點聲音都沒有。

她的手冰冷。

陸小鳳握住了沙曼的手。

他的手也不暖和，他心裡已經在後悔，剛才本該將老實和尚放下來的。

現在他才明白，一個人心裡如果總是想修理別人，被修理的往往是自己。

又等了半天，外面居然還是沒有動靜。

他更著急，幾乎忍不住要把箱蓋推開一條線，看看外面究竟是怎麼回事？

就在這時，外面忽然有人在敲箱子，「篤，篤，篤」敲得很輕。

這種聲音絕不是用腳踢出來的，當然也不會是手腳都被人綑住了的老實和尚。

這種聲音就像是個很有禮貌的客人在敲門。

只可惜主人並不歡迎他。

男主人本來是想開門的，女主人卻拚命拉住了他的手。

主人自己不開門，客人只好自己開了，只開了一條縫。

很小的一條縫。

陸小鳳想從縫裡往外面看看，卻有股熱氣從外面吹了進來，又香又濃的熱氣，香得令人流口水，就算沒有吃過牛肉湯的人，也絕對應該嗅得出這是牛肉湯的味道。

十三 醋海興波

一

陸小鳳吃過牛肉湯。

他一向都很喜歡吃牛肉湯，可是現在他卻只想吐。因為他的胃在收縮，心也在往下沉。

——難道這一切都只不過是牛肉湯自己在玩的把戲，像是貓抓住老鼠玩的那種把戲一樣？

熱氣終於漸漸散了。

陸小鳳就發現有隻眼睛在箱子縫外面偷看著他們，眼睛裡帶著惡作劇的笑意。

一個人居然在外面唱了起來。

「砰，砰，砰，請開門。

你是誰？

我是老公雞。

你來幹什麼？

來送牛肉湯，小公雞喝了長得壯，不怕風來不怕浪。」

陸小鳳又傻了。

這歌聲絕不是牛肉湯的聲音，就連陸小鳳的兒歌，都比這個人唱得好聽些。

天下恐怕也只有一個人能唱出這麼難聽的歌來。

老實和尚！

陸小鳳霍然推開箱蓋，一個人蹲在外面，手裡捧著碗牛肉湯，果然正是老實和尚。

他剛才明明還是被人吊在上面的，現在怎麼會忽然下來了？

老實和尚眨了眨眼，道：「和尚老實，菩薩保佑和尚。」

這種事實在有點玄，看來真的不像是人力所能做得出的。

陸小鳳也眨了眨眼，道：「菩薩不殺牛？」

老實和尚立刻搖頭，道：「我佛戒殺生，菩薩怎麼會殺牛？」

陸小鳳道：「菩薩也不會給和尚喝牛肉湯？」

老實和尚道：「當然不會。」

陸小鳳道：「那麼這碗牛肉湯是從哪裡來的？」

老實和尚忽然笑了笑，道：「你猜呢？」

陸小鳳猜不出。

這碗牛肉湯的顏色和味道他都不是第一次見到，可是他寧願看見一大碗狗屎，也不願看見

這碗又香又濃的牛肉湯。

因為他知道只有一個人能煮出這種牛肉湯來——只有「牛肉湯」才能煮得出這種牛肉湯。

老實和尚忽然道：「這碗牛肉湯是你的一位老朋友叫和尚送給你的。」

陸小鳳道：「哦！」

老實和尚道：「她說你們兩位這兩天一定勞動過度，一定很需要滋補滋補。」他自己好像也有點臉紅：「這些話可不是和尚說的，和尚本來也不想說，可是你那位朋友卻一定要和尚轉告給你。」

陸小鳳道：「她的人呢？」

老實和尚道：「她說她很快就會來看你，叫你別著急。」

陸小鳳板著臉道：「我也有幾句話要請你轉告給她。」

老實和尚道：「和尚洗耳恭聽。」

陸小鳳道：「你就說我寧可去陪母狗吃屎，也不願再見她，再喝她的牛肉湯。」

房子的角落裡一堆箱子後面忽然有人嘆了口氣，道：「好好的一個人，為什麼偏偏要去陪母狗吃屎呢？」

二

這也不是牛肉湯的聲音，聲音很嬌嫩，像是個小小的女孩子。

這句話剛說完，果然就有個小小的女孩從箱子後面跳出來。

陸小鳳立刻鬆了口氣：「小玉！」

小玉笑嘻嘻的看著他，眨著雙大眼睛，道：「你能不能不要去陪母狗？能不能去陪公狗？」

陸小鳳道：「不能。」

小玉道：「爲什麼？」

陸小鳳道：「因爲我要陪你。」

小玉的臉紅了。

老實和尚忽然道：「你爲什麼一定不讓他去陪母狗？」

小玉道：「因爲我怕曼姑娘吃醋。」

陸小鳳一把奪過老實和尚手裡的碗，道：「你們吃醋，我吃牛肉湯。」

牛肉湯的滋味好極了。

陸小鳳嘆了口氣，道：「原來這世上並不止牛肉湯一個人會做這種牛肉湯。」

小玉道：「還有誰會？」

陸小鳳道：「你。」

小玉道：「我只會吃。」

陸小鳳道：「這不是你做的？」

小玉道：「我不但會吃，還會偷，這是我從廚房裡偷來的。」

陸小鳳道：「廚房裡有人會做這種牛肉湯？」

小玉道：「只有一個人。」

陸小鳳道：「誰？」

小玉道：「牛肉湯。」

陸小鳳閉上了嘴。

小玉眼珠子轉了轉，道：「其實你應該想得到，這次她當然也上了船。」

陸小鳳道：「爲什麼她當然要來？」

小玉道：「因爲我偷偷的藏起了一條小船，所以她就認爲你們一定是坐船跑了，否則他們怎麼會找不到？」她嘆了口氣，道：「就因爲找不到你們，這兩天九少爺和宮主的脾氣都大得要命，幸好他們做夢也想不到這些事是誰做的。」

陸小鳳道：「究竟是誰做的？」

小玉一根手指指著自己的鼻子。

陸小鳳道：「是你？」

小玉道：「當然是我。」

陸小鳳道：「是你把沙曼送來的？」

小玉道：「把他放下來的也是我。」

陸小鳳道：「把這和尙吊起來的也是你？」

小玉道：「除了我還有誰？」

陸小鳳道：「你不信我能做得出這種事？」

小玉道：「你不信我能做得出這種事？」

陸小鳳實在有點不信。

陸小鳳吃驚的看著她，就好像她頭上忽然長出了兩隻角。

小玉笑了笑，道：「連你都不信，九少爺和宮主當然更不信。」

陸小鳳道：「所以他們想不到是你。」

小玉道：「連做夢都想不到。」

陸小鳳嘆了口氣，只覺得「人不可貌相」這句話說得真是一點也不錯。

這時候艙房裡忽然有個地方咕嚕咕嚕的響了起來。

大家都吃了一驚，然後才發現這地方原來是老實和尚的肚子。

小玉笑了，看著他的肚子吃吃笑個不停。

老實和尚紅著臉，道：「這有什麼好笑，和尚也是人，肚子餓了也會叫。」

小玉嫣然道：「可是和尚的肚子好像叫得特別好聽。」

老實和尚道：「可惜和尚自己一點都不喜歡聽。」

小玉道：「和尚喜歡什麼？」

老實和尚道：「和尚只喜歡看。」

小玉道：「看什麼？」

老實和尚道：「看饅頭、看鹹菜、看蘿蔔乾，只要能吃的，和尚都喜歡看。」

小玉道：「牛肉湯不好看？」

老實和尚道：「和尚不吃葷。」

小玉道：「那麼和尚只有餓著，聽和尚自己的肚子叫。」

她又問沙曼：「曼姑娘也不吃牛肉湯？」

沙曼道：「不吃。」

小玉道：「曼姑娘不餓？」

沙曼道：「不餓，就算餓也不吃。」

小玉又笑了。

老實和尚忽然將牛肉湯搶過去，道：「她不吃我吃。」

小玉笑道：「和尚幾時開始吃葷的？」

老實和尚道：「餓瘋了的時候。」

他一大口一大口的吃著，等到吃累了，才嘆了口氣，道：「酒肉穿腸過，佛在心頭坐，和尚吃點牛肉湯，其實也沒太大關係。」

陸小鳳忍不住笑道：「的確沒關係。」

老實和尚忽然跳起來，大聲道：「有關係。」

陸小鳳：「有什麼關係？」

老實和尚道：「大得要命的關係，和尚⋯⋯」一句話沒說完，他的人就仰面倒了下去，嘴角立刻噴出了白沫子。

陸小鳳立刻也發覺自己的頭有點暈暈的，失聲道：「這碗湯裡下了藥。」

小玉變色道：「是誰下的藥？」

陸小鳳道：「我正想問你。」

他想跳起來撲過去，只可惜手腳都又變得又痠又軟。

小玉一直在搖頭，道：「這件事不是我做的，不是我⋯⋯」

她看見陸小鳳兇巴巴的樣子，已嚇得想跑了。

只可惜沙曼已擋住了她的去路，冷冷道：「不是你是誰？」

小玉不知道。

門外卻有個人替她回答：「不是她是我。」

自己。

世上只有一個人能煮得出這種牛肉湯，當然也只有一個人能在湯裡下藥。那就是牛肉湯她

牛肉湯做出來的湯又香又好看，她的人也很香，很好看。尤其是今天。

看來她好像是特地打扮過，穿的衣服又鮮艷，又合身，臉上胭脂不濃也不淡，都恰好能配

合她這個人。

直到今天，陸小鳳才發現她不但很會穿衣服，而且很會打扮！

陸小鳳雖喝得不多，現在頭又已發暈，眼睛也有點發花，就好像已經喝醉了的樣子，忽然

大聲道：「我知道你一定不會對我怎麼樣。」

牛肉湯道：「哦？」

陸小鳳道：「你特地打扮好來給我看，當然不會對我怎麼樣。」

牛肉湯板著臉，冷冷道：「我當然不會對你怎麼樣，我只不過想要你去陪母狗吃屎罷

了。」

三

原來她早就到了這裡，說不定她根本就是跟小玉一起來的。可是看小玉的樣子並不像。

小玉看來好像怕得要命，簡直已經像快要嚇得暈了過去。她正在往外溜。

牛肉湯根本不理她。

船在大海上，人在船上，能夠溜到哪裡去？

小玉也好像想通了這一點，非但沒溜，反而用力關上了艙門。

牛肉湯霍然轉身，盯著她，厲聲道：「你想幹什麼？」

小玉道：「我也不想幹什麼，只不過想要你陪和尚喝湯！」

牛肉湯還剩半碗。

小玉道：「這碗湯燉得好，不喝光了實在可惜。」

牛肉湯的臉色也變了。她臉上的胭脂若是擦得濃一點，別人也許還看不出。

可惜她擦得既不太濃，也不太淡，正好讓別人能看出她的臉色在變。

沙曼的臉色卻沒有變。她臉色一直都是鐵青的，眼睛一直都在刀鋒般盯著牛肉湯。

小玉雖然在笑，笑裡也藏著把刀。

她們了解牛肉湯，世上很少有人能像她們這樣了解。

這一點牛肉湯自己當然也很清楚。

她瞧著小玉：「你敢？」

小玉道：「我爲什麼不敢？」她微笑著接道：「我看得出你已經在害怕了，因爲你本來以

爲我們會怕你，可是我們不怕，所以你就害怕了。」

她說得雖然好像很繁雜，其實道理卻很簡單——你不怕我，我就怕你。

人與人之間的關係，本來就常常是這樣子的。

沙曼慢慢的從衣襟邊緣抽出根很細長的鋼絲，拿在手裡盤弄著。

鋼絲細而堅韌，閃閃的發著光。

她的手纖長而有力。鋼絲在沙曼的手裡，很快的變成一個舞劍女子的側影，尖銳的一端就

是劍。

她的手指輕撥，劍式就開始不停的變幻。

小玉嫣然道：「想不到曼姑娘的劍法這麼好。」

沙曼淡淡道：「這世上想不到的事本來就很多。」

牛肉湯什麼話都不再說，立刻走過去，喝光了剩下的那半碗牛肉湯。

她喝的並不比老實和尚少，但是她卻連一點反應都沒有。她當然已吃了解藥。

小玉笑道：「牛肉湯裡加上和尚的口水，不知是不是好吃一點？」

牛肉湯閉著嘴。

小玉道：「其實你應該高興才對，不管怎麼樣，和尚的口水總是很難吃得到的嘛。」

牛肉湯冷冷道：「我很高興，高興得要命。」

是條棉線。

牛肉湯回頭瞪著陸小鳳。

陸小鳳在笑，笑得有點癡呆！

除了笑之外，他好像已沒有什麼別的事好做，他雖然沒有暈過去，反應卻已很遲鈍。

沙曼冷冷道：「你用不著看著他，他又不是沒有看過你脫光。」

她還在吃醋。一個正在吃醋的女人，通常都是沒什麼道理可講的。

牛肉湯開始脫衣服。

小玉笑道：「她脫得真快。」

沙曼道：「因為她經常都在脫。」

沙曼完全沒有表情，手裡還在盤弄著那條鋼絲。堅韌的鋼絲在她纖纖手指裡，柔軟得就像

牛肉湯臉色又變了，狠狠的瞪著她。

沙曼道：「把全身上下都脫光，能脫的都脫光。」

牛肉湯道：「脫光？把什麼脫光？」

沙曼道：「脫光。」

牛肉湯道：「你還想要我幹什麼？」

沙曼道：「不可以。」

牛肉湯道：「現在你們是不是可以讓我走？」

小玉笑道：「你高興就好，我就是怕你不高興。」

尖銳。

忽然之間，寒光一閃，向她乳房上刺了過來。鋼絲又伸得筆直，就像是一把劍，卻比劍更

牛肉湯慢慢的向她走過去，腰肢擺動，帶著種奇異邪惡的韻律。

小玉只覺得喉嚨發乾，連話都說不出。

牛肉湯輕輕道：「你為什麼不脫光，讓我教給你？」

也不知為了什麼，小玉的臉突然紅了。

牛肉湯看著她，眼睛裡忽然露出奇怪的表情，充滿了一種說不出的慾望。

小玉道：「你可以教我們？」

牛肉湯道：「你們想要做一個真正的女人，還得多學學。」

小玉道：「不是？」

牛肉湯忽然道：「你們也不是女人。」

小玉笑道：「幸好我不是，你也不是嘛！」

沙曼道：「只可惜你不是男人。」

小玉又在嘆氣：「好棒的身材，我若是男子，現在一定已暈了過去。」

她無疑正是那種可以令男人銷魂蝕骨的女人，對這一點她自己也很有信心。

她的腿非常直，非常結實，皮膚光滑緊密，雙腿並攏時中間連一隻手指都插不進去！

牛肉湯好像根本沒聽見。穿衣服的時候，她是個很好看的女人，脫光了更好看。

牛肉湯故意嘆了口氣，道：「我只奇怪她為什麼總是不會著涼。」

牛肉湯凌空翻身，最隱秘的地方恰巧在小玉眼前翻過。

她的腿筆直。筆直堅挺的鋼絲卻忽然又變成條鞭子，橫抽她的腿。

她的腿一縮，忽然翻到陸小鳳身後，手掌按住了他的玉枕穴。

「你再動一動，他就死。」

沙曼沒有再動。

小玉也沒有動，還是紅著臉，癡癡的看著那赤裸的胴體。

牛肉湯笑了，瞇著眼笑道：「小玉，小寶貝，我喜歡你，一直都很喜歡你，你記不記得小的時候我就常常抱著你睡覺？」

小玉的臉更紅，卻不由自主點了點頭。

牛肉湯道：「現在你如果替我殺了沙曼，我一定更喜歡你。」

小玉遲疑著，看著她的眼睛。

她的眼睛裡充滿了邪惡淫蕩的魅力。

小玉忽然撲向沙曼，閃電般出手，奪她手裡的鋼絲。

沙曼顯然沒有提防到她這一著，更沒有想到她的出手如此快。

鋼絲立刻就被她奪過去，寒光一閃，忽然刺向牛肉湯的咽喉。這一著更意外，也更快。

可是牛肉湯並沒有上當，身子一縮，已躲到陸小鳳背後！

「你們是不是真的想他死？」

小玉也不敢動了。

牛肉湯慢慢的站出來，笑得更愉快，道：「現在我能不能要你們做件事？」

小玉道：「什麼事？」

牛肉湯道：「脫光，」她的眼睛裡發著光：「兩個女子統統脫光，能脫的都脫光。」

小玉回頭看沙曼。

沙曼的臉蒼白。

牛肉湯道：「我數到十，你們如果還沒有脫光，這裡就多了個死人。」

她已經開始數。

「一、二、三、──」

小玉已經開始在脫，沙曼也不能不聽話，她們都知道她是說得出做得到的。

她數得很快，她們的動作也不能不快。

牛肉湯吃吃的笑道：「原來你們也是經常脫慣了衣服的。」

說完了這句她才接著數。

「四、五、六、──」

忽然間，陸小鳳的手一翻，用隻手指捏著她的手腕，從他背肩摔了過來，就像是條死魚般重重摔在地上。

他本來不會這樣容易就得手，可是她也未免太得意了些。

一個人本不該太得意。

小玉撲過去，壓在她身上，先用膝蓋抵住了她的腰，帶著笑問陸小鳳：「你為什麼等到現

在才出手？」

陸小鳳笑了笑，道：「我本來想等她數到十才出手的。」

沙曼呶著嘴唇，瞪了他一眼，蒼白的臉上也已有點發紅。

牛肉湯也不知是不是被摔得發暈，過了半天，才能開口，大笑道：「你們是不是想強姦我？」

小玉道：「我倒沒興趣，他也沒有這必要。」

牛肉湯道：「那麼你們就該趕快讓我走，否則你們也跑不了。」

小玉道：「哦？」

牛肉湯道：「只要有片刻看不見我，九哥就會到處找我的，在這條船上，你們能往哪裡跑？」

小玉看著沙曼，兩個人都閉上了嘴。

她們知道她說的是實話。

牛肉湯又笑了笑，柔聲道：「小玉，小寶貝，快把你的腿拿開，你抵得我好癢。」

小玉看不出沙曼的反應，只有找陸小鳳。

陸小鳳忽然問道：「這船上有沒有救生用的小艇？」

小玉道：「有兩條。」

陸小鳳道：「有沒有人保護？」

小玉道：「守護的人，我們可以對付，可是我們就算搶到也沒有用。」

——因為九少爺我們誰都對付不了。

這句話她沒有說出來，也不必說。

要將小艇放下海，再遠遠的划開，讓大船找不到，那至少要一個時辰。

宮九絕不會給他們這一個時辰。

陸小鳳沉吟著，道：「現在上面的人還不知道小玉的反叛，她若去奪小艇，想必不難。」

小玉道：「可是……」

陸小鳳打斷她的話，忽又問道：「現在這時候，宮九通常在什麼地方？」

小玉道：「在他的艙房裡。」

陸小鳳道：「除了他之外，這船上還有沒有別的高手？」

小玉搖搖頭，道：「他一向獨來獨往。」

陸小鳳道：「他的艙房，當然就是這條船的主艙。」

沙曼忽然搶著道：「你……你是不是想去找他？」

陸小鳳笑了笑，道：「本來也不想去的，可是現在卻不能不去了。」

沙曼著著急：「為什麼？」

陸小鳳道：「因為你有樣東西非賣給他不可，他好像也非買不可。」

沙曼道：「什麼東西？」

陸小鳳說道：「一大碗又香又濃的牛肉湯。」

沙曼的眼睛發出光，道：「你想要什麼價錢？」

陸小鳳道：「我要的價錢並不高。」

他不讓沙曼再問：「先把牛肉湯裝進箱子去，我一走，你們就去奪小艇，兩條都要。」

沙曼看著他，眼睛裡充滿了關懷：「也許裡充滿了這碗牛肉湯，也許他只想要你的命。」

陸小鳳笑了笑，道：「無論做什麼事，多少總得冒點風險的！」

他笑得並不愉快：「你們只要看到宮九一個人走上甲板，沒有看見我……」

沙曼道：「那麼我們立刻就殺了她？」

陸小鳳慢慢的點了點頭，心裡忽然覺得很不舒服。

他並不想要牛肉湯的命，更不想讓事情發展到那種情況。

只可惜他已完全沒有選擇的餘地。

沙曼忍不住握他的手，道：「你……準備什麼時候走？」

陸小鳳道：「和尚一醒我就走。」

沙曼勉強笑了笑，道：「當然要等他醒，箱子總得有個男人來扛的！」

陸小鳳也笑了，心裡卻打了個結。

他知道這不是她心裡想說的話，他看得出她眼色中的恐懼和憂慮。

可是現在她還能說什麼？

縱然她明知道這一別很可能就已成永訣，她也只有讓他走。

因為沙曼也知道現在他們絕沒有選擇的餘地。

小玉看著他們，忽然道：「現在和尚還沒有醒來，箱子還空著，難道你們就讓它空著？」

十四　談判順利

一

老實和尚醒了，陸小鳳走了，牛肉湯已經裝進箱子。

現在已經到了她們行動的時候，沙曼卻還不想走。

她看著小玉，眼色中充滿了感激，輕輕道：「你是從小跟著他們兄妹的？」

小玉道：「從我七歲的時候，我是個孤兒，若不是老爺子救了我，我早就淹死在海裡。」

沙曼道：「所以你對宮家的人，一直都很忠心？」

小玉眨了眨眼，道：「曼姑娘如果想跟我聊天，到了小艇上我們一定有很多時間可以聊。」

沙曼好像沒有聽見這句話，又道：「九少爺是個怎麼樣的人，你當然很清楚？」

小玉只有點頭。

沙曼道：「現在陸小鳳去找他了，這一去很可能不會回來。」

小玉道：「可是……」

沙曼打斷她的話，道：「他一死，宮主也得死，我們就沒有一個人能活，所以……」

她忽然拉起了小玉的手，道：「所以我有句話一定要先跟你說。」

小玉道：「這句話曼姑娘是不是一定要現在說？」

沙曼點點頭，道：「這句話只有三個字。」

小玉道：「三個字？哪三個字？」

沙曼道：「謝謝你。」

小玉看著她，眼圈已紅了。

沙曼道：「現在我們是在冒險，可是如果沒有你，我們就連這種機會都得不到，所以，如果我們這次都能活下去，我希望你能永遠跟我們在一起。」

小玉垂下頭，臉也紅了。她當然聽得出沙曼的意思，「我們」當然就是她跟陸小鳳兩個人。

沙曼柔聲道：「我是個很會吃醋的女人，可是這次我說的是真心話。」

小玉終於輕輕道：「我今年已經十六歲了。」

十六歲正是情竇初開的年紀。

小玉道：「陸小鳳是個很討人喜歡的男人，我相信一定有很多女孩子都喜歡他。」

沙曼道：「你呢？」

小玉紅著臉，聲音更輕，道：「當然不能說我不喜歡他，可是……」

她忽又抬起頭，面對著沙曼：「可是我這樣做並不是為了他。」

沙曼：「不是？」

小玉道：「絕不是。」

她的聲音誠懇而堅決，無論誰都聽得出她絕不是在說謊。

沙曼道：「難道你是為了我？」

小玉道：「也不是。」

她眼睛裡帶著種奇怪的表情：「我是為了我自己。」

沙曼很意外，道：「可是你並不需要來冒這種險的？」

小玉道：「我有原因。」

沙曼道：「你能不能告訴我？」

小玉道：「現在還不能。」

她勉強笑了笑，慢慢的接著道：「只要陸小鳳能活著回來，我一定會告訴你的，就算你們不想聽都不行。」

午夜，風平浪靜。船走得又快又穩，按照這樣的速度，後天黃昏時就可以看到陸地。

船上有兩班船伕，不當值的都已睡了，走出底艙，就可以聽見他們的鼾聲。

無論什麼人的鼾聲，都絕不會是種很好聽的聲音，尤其是當你睡在他們旁邊的時候，有些人的鼾聲簡直可以讓你聽得恨不得自己是個聾子。

可是陸小鳳現在卻覺得他們的鼾聲很好聽，因為這種聲音不但能讓他覺得很安全，而且能讓他保持清醒。

宮九是不是也睡著了？

當然沒有，他就算真睡，也不會睡得這麼沉。

他是個不平凡的人，是個超人，他的能力，他所擁有的一切，絕不是任何人所能夢想得到。

他彷彿永遠都能保持清醒。

立刻要去面對這麼樣一個人，陸小鳳心裡是什麼感覺？

有關這個人的傳說，他已聽得太多了，但是面對面的相見，卻完全是另外一回事。

——那些幾乎已接近神話般的傳說，究竟是不是真的？

在這夜涼如水的玉露中宵裡，他一個人會做什麼事？

是在靜坐沉思，還是享受孤獨的真趣？

當值的船伕都在操作，大家各守其位，誰也不敢離開半步。

艙房外並沒有警衛。

九少爺在這裡，有誰敢妄越雷池半步？

這給了陸小鳳不少方便，他很容易就找到了主艙，艙門緊閉，門外悄無人蹤。

沒有人敢打擾九少爺的安寧，尤其是每當午夜的時候，除了宮主，誰也不許在附近徘徊窺伺。

現在陸小鳳來了。

他既沒有徘徊，也沒有窺望，他確知九少爺一定就在這間艙房裡！

他還沒有敲門，就聽見艙房傳出一陣奇異的聲音。

是一種帶著呻吟的喘息聲，就像是條垂死的野獸在痛苦的掙扎。

陸小鳳怔住。

艙房裡是不是還有別的人，正在被宮九虐待折磨？

這世上豈非本就有些人以虐待別人為樂？

門裡忽然又有人呻吟低呼：「快來救我，我已忍不住啦！」

陸小鳳也忍受不住。他一向痛恨這種以別人的痛苦為樂的狂人，他用力撞開門闖進去。

二

艙房裡只有一個人。一個頭髮散亂，臉色蒼白的年輕人，正半裸著在地上掙扎翻滾。

他的軀體蒼白而瘦弱，帶著斑斑的血漬，卻是他自己用針刺出來的。

他手裡還有根針。

艙房裡佈置得精雅而華麗，散落在地上的衣衫也是手工精緻、質料高貴的上等貨。

這無疑就是宮九的艙房。

沒有人虐待他，他為什麼要自己虐待自己？看見陸小鳳進來，他雖然也吃了一驚，但是一種無法忍受的痛苦與渴望，已使他完全失卻了理智。

他又在低呼：「鞭子⋯⋯鞭子⋯⋯」

床頭的木架上果然掛著條鞭子。

「用鞭子抽我⋯⋯用力抽我⋯⋯」

陸小鳳看見了這條鞭子，卻沒有動手，只是冷冷的看著。

這個人也在看著他，眼睛裡充滿了乞憐和哀求。

「求求你，快⋯⋯快拿鞭子！」

陸小鳳坐了下來，遠遠的坐了下來。

現在他已想到這個人很可能就是宮九，他知道這世上有的人就是喜歡虐待自己。

自虐雖然是變態的，卻也是種發洩。

陸小鳳從來不能了解這種人，看見宮九，卻忽然明白了。

——他得到的已太多，而且太容易得到，所以他心裡的慾望，只有在虐待自己時，才能真正得到滿足。

陸小鳳冷冷的看著他，道：「你是不是在等宮主？她喜歡用鞭子抽人，我不喜歡。」

這人眼睛裡的乞憐之色忽然變成了仇恨和怨毒，喘息著道：「你喜歡什麼？喜歡沙曼？」

他忽然大笑，瘋狂般大笑：「你若以為那女人是個淑女，你就錯了，她是個婊子。」

陸小鳳的手握緊。

這人笑得更瘋狂：「她是個不折不扣的婊子，為了塊肥肉就肯陪人上床睡覺，她十三歲的時候就已經陪人上床睡覺。」

陸小鳳忽然衝過去，拿起了鞭子。別人侮辱他，他也許還不會如此憤怒，侮辱他所愛的人，卻是他絕對無法忍受的！任何人都無法忍受。

這人大笑道：「你是不是生氣了？因為你也知道我說的是真話？」

陸小鳳咬著牙，忽然一鞭子抽下去，抽在他蒼白瘦弱的胸膛上。

第一鞭抽下去，第二鞭就不難了。這是雙重的發洩。

他的身子忽然蜷曲，又伸開，然後就躺在那裡，動也不動了。他已滿足。

陸小鳳蹌踉後退，坐了下去，衣服已濕透。他的憤怒已發洩。

他忽然發現自己心裡彷彿也有種奇異而邪惡的滿足。

這種感覺卻令他幾乎忍不住要嘔。

他閉上眼睛，勉強控制自己，等他再張開眼睛時，地上的人已不見了。

艙房裡寂靜無聲，若不是鞭子還在他手裡，他幾乎還以為剛才又做了場噩夢。

就在這時，一個人從裡艙慢慢的走了出來，漆黑的髮髻一絲不亂，雪白的衣衫上連一根皺紋都沒有，輪廓美如雕刻的臉上帶著種冷酷、自負，而堅決的表情，眼神銳利如刀鋒。

這個人就是剛才那個人，有誰能相信？陸小鳳卻不能不信。

這既不是奇蹟，也不是噩夢，真實的事，有時遠比夢更離奇可怕，更令人作嘔。

這人刀鋒般目光正盯在他臉上，忽然道：「我就是宮九。」

陸小鳳淡淡道：「我知道！」

現在，他終於完全知道宮九是個什麼樣的人了。

——他既不是神，也不是超人，只不過是條蝸牛而已。

因為他總是像蝸牛般躲在他超人的殼子裡，只在沒人看見時，才會鑽出來透透氣！

也許就因為在蝸牛殼子裡悶得太久，所以他心裡的慾望必須發洩。

他選了種最噁心的法子，只有這種法子才能讓他真正滿足！

現在他雖然又鑽進了他又冷又硬又光鮮的殼子裡，可是陸小鳳已不再怕他。

一個人若是真正看清了另外一個人，對他就絕不會再有所畏懼。

陸小鳳道：「你就是宮九？」

宮九道：「我就是。」

陸小鳳道：「你一定想不到我會來找你？」

宮九冷冷道：「世上不怕死的人很多，並不止你一個。」

陸小鳳道：「我怕死。」

宮九道：「所以你現在一定很後悔。」

陸小鳳：「後悔？」

宮九道：「後悔剛才為什麼不殺了我。」

陸小鳳嘆了口氣，道：「剛才我的確有機會殺了你的。」

宮九道：「你沒有。」

陸小鳳笑了，看著自己手裡的鞭子在笑。

宮九臉上卻完全沒有羞愧之色，剛才這鞭子就好像根本不是抽在他身上的！

陸小鳳道：「我沒有殺你，是我的錯，我並不想要你感激，可是你……」

他的聲音停頓，因為宮九忽又做出件很奇怪的事。他突然又解開了自己的衣襟，露出了胸膛和後背，他的肌膚光滑潔白如玉。

陸小鳳再次怔住。

——這個人身上的鞭痕和血漬到哪裡去了？

他不懂！雖然他也聽到傳說中有種神秘的功夫，練到某種程度時，就會有種奇異的再生力，可以在瞬息間令創痕平復收口。可是他一直認為那只不過是種荒謬的傳說而已。

宮九又穿上衣服，靜靜的看著他，道：「現在你是不是已明白了？」

陸小鳳道：「明白什麼？」

宮九道：「你剛才並沒有錯，因為你根本沒有機會。」

陸小鳳道：「所以，你也不必對我感激。」

宮九道：「所以你現在非死不可了。」

陸小鳳又笑了。

宮九道：「無論誰做出了不該做的事，都非死不可。」

陸小鳳道：「何況我還看見了一些不該看的事。」

宮九忽然輕輕嘆息，道：「只可惜現在我還不能殺你。」

陸小鳳道：「因為你從不免費殺人？」

宮九道：「為了你，這一點我也可破例。」

陸小鳳道：「你為的什麼？」

宮九凝視著他，過了很久，忽然問道：「她在哪裡？」

這句話問得很奇怪，甚至連「她」是誰都沒有指明。

陸小鳳卻毫不遲疑就回答道：「在箱子裡面。」

宮九道：「你知道我問的是誰？」

陸小鳳道：「我知道。」

他也忍不住問：「你也知道她已落入我們手裡？」

宮九道：「你怕死，可是你來了，你當然不是來送死的。」

兩個人互相凝視著，眼睛裡都帶著種很奇怪的表情。

不管那是種什麼樣的表情，有時甚至還帶著些尊敬！

這種對仇敵的尊敬，有時甚至還遠比對朋友的尊敬嚴肅得多。

又過了很久，宮九才緩緩道：「你準備用她的命，來換你們兩條命？」

陸小鳳道：「不是兩條命，是四條命。」

宮九道：「還有兩條命是老實和尚和小玉的？」

陸小鳳不能不承認這個人的確有些超人的地方。

宮九道：「你要的是——」

陸小鳳道：「我只要一個時辰。」

宮九道：「你要的是——」

他再解釋：「我帶她走，你的船回轉，一個時辰後我放她走。」

宮九道：「船上的兩條小艇你都已奪下？」

陸小鳳道：「我知道小玉一定不會讓我失望。」

宮九道：「一個時辰，你就讓她來跟我合？」

陸小鳳道：「四個人用不著兩條小艇，其中一條就是為她準備的。」

宮九道：「你想得很周到。」

陸小鳳道：「我說得也算數。」

宮九道：「只有不多說話的人，說話才算數。」

陸小鳳道：「你看我像是個多嘴的人？」

他不像！

宮九道：「你能忘記這幾天看見的事？」

陸小鳳道：「不能。」

宮九道：「你能替我們保守秘密？」

這些事本就是任何人都忘不了的！

陸小鳳笑了笑，道：「你們的事我就算說出來，又有誰會相信？」

宮九看著他，眼中露出滿意之色，道：「看來你好像從不輕易答應別人一件事？」

陸小鳳道：「是的！」

宮九道：「不輕諾的人，就不會寡信。」

陸小鳳道：「我總是盡力去做。」

宮九道：「那麼我相信她回來的時候一定平安無恙。」

陸小鳳道：「一定。」

宮九道：「我也相信現在小艇一定已放了下去。」

陸小鳳道：「很可能。」

宮九慢慢的站起來，道：「那麼只要等你一下去，就可以看見這條船已回頭了。」

他站起來，就表示這次談話已結束。

陸小鳳也站起來，看著他，微笑道：「跟你談交易，的確是件很愉快的事。」

宮九淡淡道：「我也一樣。」

陸小鳳大步走出去，拉開了艙門。

宮九看著他的背影，忽然又道：「我只希望這是最後一次了。」

陸小鳳道：「最後一次相見？」

宮九點點頭，道：「下次你再見到我時，我相信彼此都不會有這麼愉快了。」

陸小鳳道：「我也相信。」

三

黑暗的海洋，浪潮已起。小艇在海浪中飄盪，就像是沸水鍋的一粒米。

陸小鳳和老實和尚並肩搖槳，操舵的是小玉。

宮九的船早已回頭了，他們已經在這黑暗的海洋上走了很久。

老實和尚忽然問道：「你真的見到了宮九？」

陸小鳳道：「嗯！」

老實和尚問道：「他究竟是個什麼樣的人？」

陸小鳳沉吟著。這句話本是他常常問別人的，現在居然有人來問他了。他在考慮應該怎麼答覆。

「不知道。」這就是他考慮的結果。

他考慮得愈久，愈覺得只有這三個字才是最好的答覆。因為他實在不能了解這個人。

老實和尚道：「你們已見過面，但你卻還是不知道？」

陸小鳳嘆了口氣，道：「我只知道一點。」

老實和尚道：「哪一點？」

陸小鳳苦笑道：「我絕不想再看見他，也絕不想跟他交手了。」

船尾的小玉忽然也嘆了口氣，道：「只可惜有些事就算你真的不想去做，有時卻又偏偏非去做不可。」

陸小鳳道：「難道我一定還會看見他？」

小玉沉默著，面對著無邊黑暗的海洋，居然好像沒聽見他問的話。

——這小女孩子心裡是不是也隱藏著什麼秘密？

另外一條小艇用繩子繫在船尾後。

她忽然定住舵，將這條小艇用力拉過來：「現在時候一定已經到了，我們已經應該放她走。」

沙曼默默的打開箱子，牛肉湯還是赤裸著蜷伏在箱子裡，連動都不動。

淡淡的星光，照在她身上，她的胴體就像海浪般柔滑光亮。

沙曼道：「你還不走？」

牛肉湯道：「我為什麼要走？這箱子裡又暖又舒服。」

沙曼道：「你不想去見你的九哥？」

牛肉湯道：「我若不回去，他遲早總會追上來的，我一點都不急。」她忽然站起來，赤裸的胴體在夜色中發著光，正好面對著老實和尚。她眨著眼問：「和尚有多久沒有看過脫光的女人了？」

老實和尚垂著頭，道：「好像……好像已經有幾百年了。」

牛肉湯笑道：「佛家講究眼中有色，心中無色，和尚為什麼不敢看我？」

老實和尚苦笑道：「和尚的道行還不夠。」

牛肉湯嫣然道：「難道和尚心裡有鬼麼？」

老實和尚道：「有一點。」

牛肉湯吃吃的笑著，忽然一屁股坐到他懷裡去了：「坐在和尚懷裡去，原來比躺在箱子裡還舒服得多。」

老實和尚頭上已連汗都冒了出來。他當然知道她是在故意搗蛋，要讓這條小艇沒法子走快。

她若不回去，宮九當然會追上來。

可惜和尚心裡雖然有數，卻連一點法子都沒有，非但不敢伸手去推，簡直連動都不敢動。

牛肉湯眼珠子轉了轉，忽然又問道：「和尚有多久沒摸過女人了？」

老實和尚道：「不……不知道。」

牛肉湯道：「是不知道，還是忘記了？」

老實和尚道：「是……是忘記了。」

牛肉湯笑道：「和尚一定連摸女人是什麼滋味都忘了，讓我來提醒你。」

她忽然捉住老實和尚的手——

老實和尚好像已嚇得要叫了起來，幸好就在這時候，一隻手忽然伸過來，扣住了牛肉湯的腕子，一摔一翻，她的人就飛了起來，噗通一聲，掉進海裡。

陸小鳳拍了拍手，道：「割掉繫船的繩子，她上去也好，不上去也好，都不關我們的事了。」

小玉道：「如果她一定要淹死，我們怎麼辦呢？」

陸小鳳道：「我們也只有看著。」

小玉媽然道：「好辦法，好主意。」

牛肉湯不停的在海浪中跳動著，放聲大罵：「陸小鳳，你這個王八蛋！我絕不會饒了你的，總有一天我要把你切碎了煮來吃！」

要對付牛肉湯這種人，這的確是最好的法子。

十五　仗義救人

一

她罵得聲音好大，陸小鳳卻聽不見，連一個字都聽不見。

老實和尚擦著汗，嘆著氣，苦笑道：「看來這叫做天生的一物治一物。」

忽然間，砰的一聲響，一個浪頭打上了小艇，天上連星光都已被烏雲掩沒。

是不是暴風雨快要來了？

海上更黑暗，小艇搖晃得更劇烈，星光消失後，連方向都已辨不出。

老實和尚用兩隻手緊緊握住船舷，臉上已無人色，不停的喃喃自語：「這怎麼辦？和尚看見澡盆裡的水都害怕，連洗澡都不敢洗。」

小玉笑了，道：「原來……」

一句話還沒有說完，已有個浪頭重重的打在她身上，她的人就倒了下去。

陸小鳳搶著去把舵，可是他就算能把穩舵，辨不出方向又有什麼用？

老實和尚嘆著氣，苦笑道：「現在和尚總算明白了。」

陸小鳳道：「明白了什麼事？」

老實和尚道：「明白宮九為什麼那麼痛快就答應了你。」

他嘆息著又道：「那小子一定早就算出了海上會有風暴，早就知道我們過不了這一關。」

陸小鳳道：「莫忘了他妹妹現在也在這條小船上，那條船並不比我們這條大。」

老實和尚道：「莫忘了那丫頭是個狐狸精，我們是群旱鴨子。」

陸小鳳沉默著，也不禁嘆了口氣，道：「若是有老狐狸在，就好了。」

老實和尚道：「老狐狸是什麼人？」

陸小鳳道：「他也不算是什麼了不起的人，只不過這世上如果有三百種可讓船不要翻的法子，他至少懂得兩百九十九。」

突聽一個人道：「三百種我都懂。」

小艇的船板忽然有一塊掀了起來，一個人從下面伸出了頭，滿頭白髮蒼蒼，一雙眼睛卻湛藍如海水。

「老狐狸！」陸小鳳叫了起來：「你怎麼還沒有死呢？」

老狐狸眨了眨眼，道：「你有沒有看見魚淹死在水裡？」

陸小鳳道：「沒有。」

魚可能死在水裡，卻絕不是被淹死的。

老狐狸笑道：「我在陸上是條老狐狸，到了水裡，就是條魚。」

小玉道：「是條什麼魚？」

陸小鳳大笑：「當然是條老甲魚！」

風暴已過去。

無論多麼小的船，無論多麼大的風浪，只要有好手操舵，都一定會渡過去的。

老狐狸的手穩如磐石。

「這些日子來，你躲到哪裡去了？」

「當然是在水裡。」老狐狸道。

一個人若能在水下潛伏，的確是最安全的地方。

「你吃什麼？」陸小鳳問。

「大魚吃小魚，老魚吃大魚。」

生魚的營養，遠比紅燒魚、清蒸魚、油煎魚都大得多。

所以他的手還穩，體力還未消失。

「你怎麼會到這條船上來的？」

「我看見這條船在裝水，就知道它又要走了。」他笑得好得意：「我也知道不到危急的時候，絕不會有人動救生的小船。」

小玉一直在聽著，忍不住嘆了口氣，道：「看來這個人真是條老狐狸。」

老實和尚也忍不住嘆了口氣，道：「總有一天，你也會變成狐狸精的。」

小玉看著他，忽然問道：「你真的從不洗澡？」

老實和尚道：「誰說的？」

小玉道：「剛才你自己說的，看見水你就害怕，怎麼能洗澡？」

老實和尚道：「我乾淨。」

夕陽消失。

老狐狸的眼睛也變得像夕陽般多姿多采。

「我們現在到哪裡去？」

「老狐狸當然要回狐狸窩的。」

他笑得更開心，因爲他知道舵在他手上，別人想不去都不行。

「狐狸窩是個什麼地方？」

「是個只要你去過一次，就一定會想再回去的地方。」

「你去過？」

陸小鳳點點頭，眼睛裡也發出了光。

那些低矮的，總是有煙霧迷漫的屋子，那些粗獷而直率的人，那一杯杯烈得可以讓人流出眼淚的酒，那木板上到處都是洞眼的洗澡房……

也不知道爲了什麼，只要一想起，他心裡就會覺得有說不出的溫暖。

老狐狸瞇著眼，看著他：「你心裡是不是也跟我一樣想回去？」

陸小鳳不能不承認：「有一點。」

老狐狸道：「是只有一點，還是想得要命？」

陸小鳳嘆了口氣，道：「我想得要命。」

老狐狸笑了，順手往前面一指，道：「你看那是什麼？」

陸小鳳回過頭，就看見了陸地。

二

偉大而可愛的陸地，他們終於回來了。

他們當然一定會回來的，因為他們的信心和勇氣並未消失。

老狐狸興奮得就像是個孩子。

這海岸、這沙灘，甚至連那一塊岩石，都是他熟悉的。

無論他在哪裡，只要他一閉起眼，就能看到。

可是他一上岸就怔住，海岸、沙灘、岩石都沒有變，他的狐狸窩卻變了。

低矮破舊的平房已變得煥然一新，窗戶上也糊起了雪白的窗紙，裡面已不再有粗獷豪邁的笑聲傳出來，他的狐狸窩竟似已變得像座墳墓。

陸小鳳也很意外，忍不住道：「你是不是走錯地方了？」

其實他當然也知道老狐狸是絕不會走錯地方的，世上本就絕沒有找不到自己老窩的狐狸。

可是世上也絕沒有永不改變的事，狐狸窩也一樣會變的。

陸小鳳又道：「你出門的時候，你的狐狸窩交給誰？」

小玉搶著道：「老狐狸出了門，狐狸窩當然交給母狐狸。」

陸小鳳嘆了口氣，道：「我明白了。」

老狐狸道：「你明白了什麼？」

陸小鳳道：「你那條母狐狸，一定也是個狐狸精，狐狸精做寡婦是做不長的，她以爲你已葬身海底，你這狐狸窩現在說不定已換了主人。」

老狐狸冷笑道：「有誰敢要那狐狸精，我倒真佩服他的膽子。」

他們站在一塊岩石後，剛好可以看見狐狸窩那扇新漆的門。

門忽然開了，一個人施施然走了出來，鉤鼻高顴，目光如鷹。

陸小鳳又嘆了口氣，道：「別的人也許會不敢，這個人一定敢。」

老狐狸道：「你認得他？」

陸小鳳道：「我也知道他不敢做的事還少。」

老狐狸道：「他是誰？」

陸小鳳道：「鷹眼老七，十二連環塢的總瓢把子。」

老狐狸臉色有點變了。

陸小鳳道：「他無論搶了誰的窩我都不奇怪，我只奇怪他怎麼會到這裡來的？」

小玉道：「你爲什麼不去問他去？」

老狐狸道：「這裡是我的地盤，我去問他。」

他說去就去，一轉出岩石，鷹眼老七那雙炯炯發光的眼睛就盯著他。

老狐狸也在眯著眼睛看他。

鷹眼老七忽然說道：「喂，你過來。」

老狐狸道：「我本來就要過來。」

鷹眼老七指著那條小艇，道：「那條船是你的？」

老狐狸說道：「本來不是，現在已經是了。」

鷹眼老七道：「剛才船上是不是有四五個人？」

老狐狸道：「嗯。」

鷹眼老七道：「別的人呢？」

老狐狸笑眯眯的看著他，道：「你是衙門裡的人？」

鷹眼老七搖搖頭。

老狐狸道：「你知不知道這地方本來歸誰管？」

鷹眼老七又搖搖頭，道：「誰？」

老狐狸指著自己的鼻子，道：「我。」

鷹眼老七道：「你就是老狐狸？」

老狐狸笑了笑，道：「所以問話的應該是我，不是你。」

他說問就問：「你是什麼人？幹什麼來的？一共來了幾個？還有別的人在哪裡？」

鷹眼老七冷冷道：「你為什麼不先回頭看看？」

老狐狸回過頭，就發現已有兩個急裝勁服的黑衣人無聲無息的到了身後。

他還沒有轉身，這兩人已閃電般出手，把他身子架了起來。

鷹眼老七冷笑道：「現在應該由誰來問話了？」

老狐狸苦笑道：「你。」

鷹眼老七冷笑著轉身，大步走進了門，道：「帶他進來。」

「砰」的一聲，門又關起。

兩個黑衣人已將老狐狸架了進來，牆角屋脊後人影閃動，至少還有七八個同樣裝束的黑衣人在這狐狸窩四周埋伏著。

遠處蹄聲響動，還有二十來個騎士在附近往復巡弋，穿的竟全都是七品武官的服色。

陸小鳳已皺起眉，喃喃道：「胡老七的排場幾時變得這麼大的？」

剛才架走老狐狸的那兩人，身法輕快，出手迅急。

埋伏在屋脊牆角後的，武功也絕不比他們差，已全都可以算是一流高手。

能夠用這麼多高手做警衛的人還不多，鷹眼老七本來的確沒有這樣的排場。

在遠處巡弋的騎士們，忽然有一個打馬馳來，牆角後也立刻有個黑衣人迎了上去。

騎士立刻翻身下馬，打躬請安。

他身上穿著雖是七品服色，看見這黑衣人態度卻很恭敬，就像是見到了頂頭上司。

小玉道：「看來不但他的氣派大，他的屬下氣派也不小。」

沙曼道：「這些黑衣人絕不是十二連環塢的屬下。」

陸小鳳道：「你怎麼知道？」

沙曼道：「我聽說過十二連環塢，雖然不能算是個盜窟，也不是什麼好地方。」

陸小鳳道：「難道你認為這些穿黑衣服的朋友都是好人？」

其實他心裡也知道這些人絕不是十二連環塢的屬下，十二連環塢從來不跟官府打交道的。

可是現在他的情緒很不穩定，很想找個人來鬥鬥嘴。

這種法子對於穩定他的情緒，通常都很有效。

沙曼卻不理他了。

陸小鳳捏了捏她的鼻子，道：「你怎麼忽然變成啞巴了？」

沙曼故意板著臉，道：「你要我說什麼？」

陸小鳳又捏捏她的臉，道：「我知道你一定已看出了他們是什麼人？」

沙曼道：「他們當然都不是好人。」

陸小鳳道：「為什麼不是好人？」

沙曼道：「因為你說的。」

陸小鳳道：「我說的話你都聽？」

沙曼道：「我不聽你的話，聽誰的話？」

陸小鳳笑了，忽然摟住她的腰，在她嘴上親了親，沙曼再想板起臉已不行了。

她整個人都已軟在他懷裡。

小玉嘆了口氣，道：「你們幫幫忙好不好，就算要親熱，至少也該分分時候，看看地方。」

沙曼道：「你若看著難受，我也可以讓他親親你。」

陸小鳳笑道：「只可惜我的嘴現在沒有空。」

他們的嘴的確都忙得很，那邊兩個人的嘴也沒有閒著。

穿著七品服色，全身甲冑鮮明的武官，一直都在躬著身，和那黑衣人說著話，說的聲音很

低，臉上的表情嚴肅而恭謹，彷彿正在報告一件極機密的軍情。

那黑衣人卻好像已聽得有點不耐煩了，已經在揮手要他走。

沙曼壓低聲音，道：「這個人一定是『天龍南宗』的弟子。」

陸小鳳道：「你看得出？」

沙曼道：「天龍南宗的輕功身法很特別，剛才對付老狐狸的兩個人，用的擒拿法也是天龍

南宗的獨門手法，所以我才說他們絕不是十二連環塢屬下。」

這次陸小鳳沒開口，小玉卻問道：「為什麼？」

沙曼道：「天龍南宗的大師兄是個天閹，所以就索性淨身入宮做了太監，近年來據說很有

權，就將他的師弟們都引進宮去，所以天龍南宗的門下，十個中倒有九個是大內侍衛。」

小玉道：「所以連這些武官們看見他們都得低下頭？」

沙曼道：「就算再大一點的官，看見他們都得低頭的。」

小玉道：「可是大內的侍衛們怎麼會看見他們到這裡來了？怎麼會跟著鷹眼老七？」

沙曼故意氣她：「你為什麼不自己去問問他？」

小玉眨了眨眼，道：「曼姑娘若是真的叫我去，我就去。」

她沒有去。

因為那一直低著頭的武官，頭忽然抬了起來，那一直趾高氣揚的黑衣人卻倒了下去。

陸小鳳彷彿看見那武官手裡刀光一閃，刺入了黑衣人的腰。

黑衣人身子立刻軟了，那武官又托住了他，往狐狸窩那邊走，臉上在陪著笑，嘴裡還在說著話，可惜黑衣人卻已聽不見了。

這狐狸窩裡究竟有些什麼人，什麼秘密？

一個小小的七品武官，怎麼會有這麼快的刀？為什麼要刺殺大內的侍衛？

這地方正是人身上致命的要害，這一刀出手狠毒而準確。

從陸小鳳這個角度看過去，正好可以看見他腰上軟脅下的衣裳已被鮮血染紅。

三

陸小鳳的手已放鬆了沙曼。

小玉也沒有再看他們。

此刻在他們眼前發生的事不但緊張刺激，而且很神秘，他們已完全被吸引。

現在，那武官幾乎已快進到狐狸窩的後門，另外的騎士也開始悄悄的策著馬走過來。

牆角後又閃出個黑衣人，武官正在向他招呼，也不知說了句什麼話。

黑衣人立刻一個箭步竄了過去，武官手裡忽然又有刀光一閃，又刺入了這人的腰。

這一刀出手更快更準，黑衣人連哼都沒有哼就倒了下去。

看來這七品武官不但是個武功高手，殺人的經驗似極豐富。

可是這裡已到了禁區，四周埋伏的暗卡都已被驚動。

十來個裝束打扮完全一樣的黑衣人都已現了身，亮出了兵刃。

遠處的騎士也揮鞭打馬，衝了過來，前面的一排人，使的是大槍長戟，騎術精純，顯然都是久經戰陣的沙場老將。

後面的一排人用的卻是江湖常見的短兵刃，有的還亮出了腰畔的暗器囊。

那武官已將黑衣人的屍身用力掄了出去，厲聲道：「我們是奉王爺之命拿人的，若有人敢抗命，一律格殺勿論。」

黑衣人中也有人厲聲道：「我們才是王府的侍衛，你們算什麼東西？」兩句話說完，戰馬已衝了過來，前面的一排人長槍大戟飛舞，聲勢十足驚人，後面的一排騎士卻忽然從馬鞍上飛身而起，找機會要衝進狐狸窩去，一個個輕功都不弱，出手的暗器更狠毒。「天龍南宗」也正是以輕功和暗器知名的，雙方針鋒相對，出手也絕不留情。

陸小鳳看傻了，他實在不懂這是怎麼回事？

可是他已看出了另外一件事──天龍南宗門下弟子的武功，並沒有江湖傳說中那麼高明，因為就在這一瞬間，黑衣人已倒下五六個，狐狸窩的窗戶已被撞碎了三四扇，已經有七八個人闖了進去。

那些穿著七品官服色的騎士卻都是一等一的高手。

剛才在一瞬間就已手刃了兩個黑衣人的武官，現在又殺了兩個。

第一個闖進去的就是他。

看到了這個人殺人，陸小鳳就想起了他家裡的廚子。

他小時候常常溜到廚房去，看那個廚子削黃瓜，切白菜。

這個人殺人，就好像那個廚子斬瓜切菜一樣。

他的刀絕不會落空的。

——屋子裡究竟有些什麼人？

至少有老狐狸和鷹眼老七，陸小鳳總不能不承認他們是他的朋友。

——朋友，多可愛的兩字，一個人能不能沒有朋友？

不能。

——一個人能不能在聽見朋友的慘呼聲時裝作聽不見？

不能。

——一個人能不能看著朋友像黃瓜白菜一樣被砍斷？

不能。

至少陸小鳳不能。

他已經聽見了老狐狸的慘呼聲。

那是種很奇怪的聲音，就好像一個小女孩被人強姦時發出來的一樣。

一個很小很小的女孩子。

陸小鳳很想裝作聽不見，可是他不能。

沙曼看著他，忽然問道：「老狐狸是不是你的朋友？」

陸小鳳道：「不是。」

沙曼道：「你想不想去救他？」

陸小鳳道：「不想。」

他真的不想，因為他實在沒有把握對付那絕不是真武官的武官。

可是他的人已衝了出去。

如果心裡有痛苦，喝醉了是不是就會忘記？

不是！

——為什麼？

因為你清醒後更痛苦。

——所以喝醉了對你並沒有好處。

絕沒有。

——那末你爲什麼要醉？

我不知道。

——一個人爲什麼總是常常要去做自己並不想做的事？

我不知道。

屋子裡的情況很慘，本來那些趾高氣揚的黑衣人，現在大多數已倒了下去，有的倒在自己的血泊中，有的死魚般掛在窗櫺上。武官們的刀鋒上都有血。

三柄帶血的刀鋒架住了老狐狸的脖子，另外四柄逼住了鷹眼老七的咽喉，他們看見陸小鳳衝進來的時候，就好像看見了天降的救星，武官們看著他衝進來，卻像是在看著隻自投羅網的笨鳥。

只有陸小鳳自己心裡知道自己究竟是什麼。

──陸小鳳就是陸小鳳，一個既不能算太好，也不能算太壞的人，有時很聰明，有時很笨，有時很衝動，有時很冷靜。

一進了這屋子，他就忽然變得很冷靜，因為他畢竟是來救人的，不是來送死的。

陸小鳳自己先替自己留了條路──如果救不了別人時，只有先救自己。

武官們冷眼看著他。

他在笑，客客氣氣的拱著手笑道：「各位勞師動眾，遠道而來，為的就是來抓這兩個人的？」

沒有人回答，沒有反應。

陸小鳳道：「他們犯了什麼罪？」

還是沒有人回答，沒有反應。

陸小鳳忽然覺得自己的胃在收縮，就像狂醉後的第二天早上又被人在胃上踢了一腳。

倒在血泊中的人忽然已站起來，掛在窗櫺上的死魚忽然又變得生龍活虎。

陸小鳳變成了條魚，一條網中魚。

魚在落入網中時，會掙扎、會擺動，想衝出網去。

陸小鳳不是魚。

所以他一動也沒有動。

——只要動一下，架在他胸膛和咽喉上的七把刀就會要去他的命。

——他怎麼能動？

他忽然變得更冷靜，冷靜的站著，像一座山那樣屹立。

陸小鳳在遇到危機時，能夠冷靜，有一個人卻不能。

——誰？

沙曼。

陸小鳳已經進去很久了，他怎麼還不出來？

沙曼看到過黑衣人和大內侍衛的武功，她相信，陸小鳳絕對可以勝過他們。

——然而，陸小鳳怎麼還不出來？

一定是遇到了什麼？

「什麼」有很多解釋。

對戀愛中的沙曼來說，「什麼」的解釋只有一種，那就是危機。

所以她一點也冷靜不起來。

她站起來就要往裡面衝。

有一個人卻不想她衝進去。

——誰？

老實和尚。

所以老實和尚就拉住沙曼的衣袖。

沙曼絕不會讓老實和尚拉住她的衣袖。

所以老實和尚只好擋在沙曼的面前。

沙曼道：「你爲什麼要攔住我？」

老實和尚道：「不是我攔住你。」

沙曼指著老實和尚道：「難道站在我面前的人，不是你？」

老實和尚道：「這只是我的身體。」

沙曼道：「你是說，有人要你攔住我？」

老實和尚點頭。

沙曼道：「誰？」

老實和尚道：「陸小鳳。」

沙曼道：「我不懂。他什麼時候要你攔住我？」

老實和尚道：「他並沒有要我攔住你。」

沙曼詫異的看著老實和尚。

老實和尚道：「我知道他一定不希望你進去。」

沙曼道：「為什麼？」

老實和尚道：「因為他們在裡面，一定是談一件極機密的事。」

沙曼道：「你怎麼知道？」

老實和尚道：「我就是知道。」

沙曼道：「萬一——」

老實和尚道：「你放心，我保證陸小鳳絕不會有危險。」

陸小鳳真的沒有危險嗎？

難道架在他胸膛和咽喉上的七把刀，不是真刀？

刀當然是真刀，只不過架在陸小鳳胸膛和咽喉上的七把刀，不是真刀？

鷹眼老七忽然大笑道：「陸小鳳果然是陸小鳳，在最危險的時候，依然是那麼鎮靜。」

老狐狸也笑道：「陸小鳳在水裡鎮靜，在陸地更鎮靜，佩服！佩服！」

陸小鳳道：「兩位的玩笑，也未免開得太大了，如果我不鎮靜，豈非早就喪生在你們的刀下？」

鷹眼老七道：「不這樣做，他們就不相信陸小鳳的獨到功夫，情非得已，還請多多包涵。」

陸小鳳道：「為什麼要他們相信我的功夫？」

鷹眼老七道：「因為我要請你幫我一個忙。」

陸小鳳道：「幫忙也用得著這樣嗎？」

鷹眼老七道：「這件事不但離奇，而且神秘，不但神秘，而且充滿了危機。」

陸小鳳道：「哦？」

鷹眼老七道：「這件事牽涉到三千五百萬兩的金珠珍寶。」

陸小鳳道：「還有呢？」

鷹眼老七道：「還有一百零三個精明幹練的武林好手，都在一夜之間失蹤了。」

陸小鳳的眼睛已經張大，因為這麼龐大的財寶，這麼多位武林好手，竟然在一夜失蹤，這件事一定很神秘，很危險，也一定很好玩。

神秘、危險、好玩，三樣之中只要有一樣，陸小鳳就會被吸引，更何況三種都有的事？

所以陸小鳳就靜靜聽著鷹眼老七報告整個事件的經過。

說到最後，鷹眼老七加上一句：「這件事，不但關係中原十三家最大鏢局的存亡榮辱，而且江湖中至少有七十八位知名之士，眼看就要因此而身敗名裂、家破人亡。」

陸小鳳聽完整個故事，一言不發。所有人都沒有發出聲音，一點也沒有。

因為他們怕一點聲音，也會影響陸小鳳的沉思。

所以他們都屏息靜氣，看著有四條眉毛的陸小鳳。

陸小鳳看著鷹眼老七道：「三批人查訪都毫無結果？」

鷹眼老七道：「沒有，一點也沒有。」

陸小鳳道：「一點可疑的地方也沒有查獲？」

鷹眼老七道：「有一個可疑的地方，就是出事前那天早上，有一批木匠到過那裡，帶著幾大車木材，據說是為了要做佛像和木魚用的。」

陸小鳳的眼睛亮了起來，追問道：「做佛像和木魚？」

鷹眼老七道：「是的。」

陸小鳳道：「你們為什麼不繼續追查？」

鷹眼老七道：「查過了，那批人在當天晚上就離開，而且我們發現，他們都是太平王府的木匠，一點可疑的地方也沒有。」

陸小鳳道：「哦？」

陸小鳳的四條眉毛彷彿要皺在一起，這是他沉思的樣子。

陸小鳳抬頭，看著圍在四周的黑衣人和武官，對鷹眼老七道：「這些都是負責辦案的人？」

鷹眼老七道：「是的，假如再也查不出消息，我們都只有一條路走。」

老狐狸道：「死路。」

陸小鳳道：「這件事與你有什麼關係？」

老狐狸道：「本來一點也沒有，只可惜我的狐狸窩忽然來了一個人。」

陸小鳳道：「誰？」

老狐狸道：「你。」

陸小鳳道：「我？」

老狐狸道：「因爲我沒有死，所以鷹眼老七就認爲你也應該活著，所以我們就在這裡等了你五天。」

陸小鳳道：「你們等到了。」

等是等到了，可是有用嗎？

六月十五就是太平王的世子所給的限期了，而現在已經是六月十四日。

所以鷹眼老七的臉色也並沒有多好看。

陸小鳳道：「太平王的世子是個講道理的人物？」

鷹眼老七道：「絕對是。」

陸小鳳道：「那你轉告他，說有人看到過那一百零三個人裡的一個，而且，也看過那批失落的珠寶。」

所有的人目光都盯在陸小鳳臉上。

鷹眼老七的眼睛瞪得最大。

「真的？」這是大家異口同聲的問話，聲音裡有著興奮和緊張。

「陸小鳳畢竟就是陸小鳳！」

這是鷹眼老七的讚嘆。

他卻不知道，陸小鳳看到那一百多尊佛像時，已經歷了多麼險惡的暴風雨和驚濤駭浪。

陸小鳳幾乎喪生在大海裡。陸小鳳幾乎死在牛肉湯的一句話裡。陸小鳳幾乎被賀尙書殺死。

但他都化險為夷，而且在那間密室中看到那些木魚、木魚裡的珠寶，還有「住在」佛像裡的「大力神鷹」葛通。

陸小鳳忽然想起了他被暴風雨打落海中時，看到的一種魚。

——木魚。

那時他正坐在一尊佛像上。

所以陸小鳳就對老狐狸道：「東西是你運走的。」

吃驚的當然不止老狐狸而已。

——還有鷹眼老七和那批黑衣人及武官。

他們忽然圍住老狐狸。

老狐狸想苦笑，但是連一點悽慘的笑容都擠不出來。

陸小鳳道：「但是你卻一點也不知道內情。」

老狐狸長長的舒了口氣。

鷹眼老七道：「那批東西現在在哪裡？」

陸小鳳道：「你信任我？」

鷹眼老七道：「這件案子一發生，我就想到只有你能破案，便專程來找你，你想，我對你會不信任嗎？」

陸小鳳道：「好，那你就去回覆太平王的世子，請他再給你十五天的期限。十五天之內，我一定給你找回來。」

氣。

鷹眼老七道：「我能不能跟你一起去？」

陸小鳳道：「不能。」

鷹眼老七道：「爲什麼？」

陸小鳳道：「因爲那裡實在太危險了。」

陸小鳳絕不讓別人去涉險，危難的事，他只會奮不顧身的自己去解決，這是陸小鳳的脾氣。

鷹眼老七了解陸小鳳的脾氣。所以他沒有堅持。

陸小鳳道：「現在我只需要一條大船，和老狐狸的幫忙。」

老狐狸忽然覺得很愉快。

連鷹眼老七都不能參與的事，他老狐狸竟然能夠，這豈非是人生一大樂事？

十六　重回島上

一

老狐狸的快樂並沒有維持很久。

因為一到了上次遇到暴風雨的海域，陸小鳳就自己跳入小艇中，一個人帶著一瓶水、一袋乾糧，划著小艇走了。

這一次他們沒有遇到暴風，陸小鳳就決定一個人在小艇上隨海波漂浮。

他記起在島上，小老頭對他說過：「也就因為這股暖流，所以你才會到這裡來。」

所以他不停的探手入水中，試探水的冷暖。

他試了已經有兩百七十六次了，海水卻只冷不暖。

他開始焦急起來。

他很懷疑自己能否隨水漂到島上。

他開始後悔，後悔自己一再堅持不讓沙曼來。

假如沙曼在身邊，管他水流怎麼漂，管他水流把他們漂到哪裡？最好漂到世界的盡頭，漂到幸福的國度，漂到傳說中的蓬萊仙島。

他渴望沙曼在身旁。

陽光是那麼燦爛，海水一片湛藍，海波微揚，偶爾還漾起一大片的銀色閃光。

假如有沙曼在身旁，這是多美好的事！

沙曼！沙曼！他是否愛上了沙曼？

他笑了笑。

這時候，老狐狸的船大概已經回航了吧？

沙曼在老狐狸的船上，是否也在想他？抑或在和小玉訴說她的思念？抑或和老實和尚開玩笑？

想起了老實和尚，陸小鳳立刻坐了起來。

萬一老實和尚不老實怎麼辦？

啪！啪！

這是陸小鳳左右開弓，自己打了自己兩記耳光的聲音。

老實和尚會不老實？也許對別人會耍耍詐，可是陸小鳳能懷疑嗎？他不是把自己和沙曼救了出來嗎？

陸小鳳又舉起手，正準備再打自己兩記耳光，手突然停在半空。

因為他看見前面出現了灰濛濛的一個小點。

陸小鳳的心噗通的跳了一下，那個就是他到過的島嗎？

二

星星，滿天的星星。

閃亮的星星，

璀璀璨璨的星星。

在海邊看星，實在是一件很愉快的事。

當然，假如沙曼在身邊，那就更好了。

不過陸小鳳並沒有覺得很遺憾。

因為，他必須在日出之前，想清楚一件事。

關於岳洋，關於小老頭，關於宮九，關於牛肉湯，關於那一批失落的珠寶，關於那一百零

三個失蹤的武林好手。

在接近解決問題的邊緣時，陸小鳳的表現，一向是大丈夫的表現。

——拿得起，放得下。

——最重要的，是能夠忘情棄愛。

這是真英雄的本色。

在面對敵人時，假如還婆婆媽媽，還留戀旖旎的愛情，這個人絕對會被敵人擊敗。

陸小鳳未被擊過。

陸小鳳只有在該談愛的時候才談愛，該纏綿的時候才纏綿。

現在是該作分析敵情的時候。

所以沙曼雖然不在身旁，陸小鳳並不感到遺憾。

他想到那一百零三個失蹤的人。

這一百零三個人，一定在這島上，只是，他們都失去了活動的能力。

每天只喝一勺牛肉湯的人，手腳還有活動的能力嗎？

牛肉湯這樣對待他們，爲的是什麼？

她爲什麼不乾脆把他們都殺死？

讓他們苟延殘喘的活著，目的在哪裡？

他想到那一批價值三千五百萬兩的金銀珠寶。

多龐大的數目！

多龐大的劫案！

很明顯，這次劫案的主謀，一定是小老頭。

岳洋只不過是負責押運珠寶的小角色而已，在這次劫案中，應該不是個重要的人物。

重要的人物只有兩個。

小老頭和宮九。

小老頭是主謀，宮九是執行者。

以島上如雲的高手，劫持這批珠寶，實在是輕而易舉的事。

然而重要的不在這裡。

重要的是，到底是誰殺死崔誠？

陸小鳳忽然想起了一段話。

——小老頭說的一段話。

——殺人的方法只有一種。

——殺人之後，不但能絕對全身而退，而且要絕對不留痕跡，所以殺人工具雖多，正確的方法卻絕對只有一種。

——這不但需要極大的技巧，還得要有極精密的計劃，極大的智慧和耐心。

是小老頭殺死崔誠？

不可能。小老頭用不著親自出馬。

是宮九？

應該是他。但是，他是怎麼殺崔誠的？

崔誠的密室外，有五道防守嚴密的鐵柵門，能自由出入的，只有程中和蕭紅珠。

是宮九買通過程中和蕭紅珠來殺害崔誠？

有可能。可是，為什麼他們進入密室後，程中和蕭紅珠都已經死了？

他們絕不可能自殺！

而密室的四面牆壁，是整塊的花崗石，鐵門不但整天有人換班防守，還配有名匠鑄成的大鐵鎖。

這麼嚴密的保護，誰能進去殺人？

連小老頭也絕對進不去！

只有一種人能夠進去！

隱形的人！

對，隱形的人！

陸小鳳興奮起來了！他知道，只有小老頭知道這個人怎麼隱形。

所以他明天一早第一件要辦的事，就是去找小老頭。

現在，他只需要充足的睡眠。

三

朝陽初昇。

陽光把陸小鳳的眼睛刺開。

他站起身，活動一下筋骨，發覺昨夜睡得很熟，現在精神奕奕。

他邁步向前走，走到那長滿藤蘿的山崖，撥開藤蘿，走入那小徑中，走在那草地上。

綠草，流水，一切都和上次來時相同，除了一樣。

——這次沒有岳洋來迎接他。

不但沒有岳洋，連一個人的影子也沒有。

靜。出奇的靜。

除了淙淙的流水聲外，陸小鳳幾乎可以聽到草長花開的聲音。

「靜得可以聽到花開草長的聲音，是嗎？」

陸小鳳被這聲音嚇了一跳。

他轉身一看，就看到說話的人。

依舊是圓圓的臉，半禿的頭，臉上還是帶著那種和藹的笑容，身上還是穿著那質料極好的衣服。

——小老頭。

陸小鳳看著小老頭，微笑道：「你的出現，總是那麼突如其來？」

小老頭道：「你上次在這個島上看到的事，你認為很怪異？」

陸小鳳道：「怪異極了。」

小老頭道：「這個島是不是很神秘？」

陸小鳳道：「神秘極了。」

小老頭道：「我是這個島上的主人。」

陸小鳳道：「所以你理所當然的透著神秘？」

小老頭道：「一點不錯。」

陸小鳳道：「你知道我這次重回島上，有什麼目的？」

小老頭道：「我當然知道，你有很多疑問，需要我給你答案。」

陸小鳳道：「你會給我答案嗎？」

小老頭道：「你看呢？」

陸小鳳道：「會。」

小老頭道：「爲什麼？」

陸小鳳道：「以你的武功，以你的智慧，你根本不必隱瞞任何事。」

小老頭道：「你說得很對，只是我卻另外有一個希望。」

陸小鳳道：「什麼希望？」

小老頭道：「我希望你是回來告訴我一件事。」

陸小鳳道：「什麼事？」

小老頭道：「你願意加入我這一行。」

陸小鳳道：「我只有讓你失望了。」

小老頭道：「我知道。」

陸小鳳道：「你怎麼知道？」

小老頭道：「因爲你是一個人回來的。」

陸小鳳道：「哦？」

小老頭道：「如果你要加入我這一行，你就會帶著沙曼回來。可是你並沒有。」他臉上帶

著微微感嘆的神色，續道：「我希望我的失望是暫時的。」

陸小鳳道：「對於你的希望，我很抱歉不能給你任何諾言。」

小老頭點點頭道：「我知道。」

陸小鳳道：「你又知道？」

小老頭道：「因為你不是別人，你是陸小鳳。陸小鳳是最重諾言的。」

陸小鳳心裡實在高興極了。別人的讚賞，並不算什麼，這個曠世奇人小老頭，能夠說出這番話來，陸小鳳焉能不高興？

小老頭又道：「你能夠逃過宮九在船上的攻擊，我相信，你的智慧，絕對比我高，我相信，你對於那批珠寶失竊的事，一定想出了很多線索。」

陸小鳳道：「我只知道一件事。」

小老頭道：「哪一件？」

陸小鳳道：「竊案是你策劃的，珠寶和失蹤的人都在島上。」

小老頭道：「你說對了一半。」

陸小鳳道：「哪一半？」

小老頭道：「前面的一半。」

陸小鳳吃驚道：「你是說，珠寶和人已經不在島上？」

小老頭道：「不錯。」

陸小鳳道：「宮九已經把珠寶和人運回去？」

小老頭道：「人，宮九另有打算。珠寶，總是要花掉的。」

陸小鳳道：「他一個人怎麼花？」

小老頭道：「不是一個人，是很多人。」

陸小鳳恍然道：「怪不得這裡的人一個也不剩，原來他們都去花這筆錢去了。」

小老頭道：「所以，我心目中理想的接班人，只有一個。」

陸小鳳道：「誰？」

小老頭道：「你！」

陸小鳳道：「為什麼只有我？」

小老頭道：「因為他們都不能甘於寂寞。大吃大喝大玩大鬧的人，是很容易被人控制的人。」

陸小鳳道：「對你來說，這不是很理想嗎？」

小老頭道：「是很理想，只是，我也就很寂寞了。」

陸小鳳道：「因為你找不到接你的班，做領導的人？」

小老頭道：「所以，我很喜歡你。」

陸小鳳微笑，沒有說話。

小老頭道：「你對這件竊案，有什麼疑問？」

陸小鳳道：「以你們的人力和武功，我知道，要竊去這批珠寶，是輕而易舉的事。所以，我只有一個問題想不透。」

小老頭道：「哪一個問題？」

陸小鳳道：「崔誠的死。」

小老頭笑道：「記得我對你說過的隱形人嗎？」

陸小鳳點頭道：「我的意思是，殺崔誠的人，是怎麼隱形的？」

小老頭沒有回答。

陸小鳳也沒有追問。

陸小鳳知道，像小老頭這種人，如果他願意說出答案，他會毫不考慮的就說出來，如果他不願意說，怎麼問，也問不出來。

所以他就陪著小老頭喝酒聊天。

船緩緩離開，陸小鳳站在船尾，看著在海風中衣袂飄飄的小老頭，心中一直思索小老頭的最後一句話：

「前途險惡，你要多珍重。」

十七 宮九的陰謀

一

天色晴朗。

陸小鳳起先以為天氣會非常惡劣。他心底也希望天氣惡劣。

因為小老頭的「前途險惡」，他希望指的是天氣，小老頭深知天文地理，所以他認為小老頭指的是氣候的險惡。

但是天空卻藍得一如無波的海水。

假如小老頭指的不是天氣惡劣，那麼，他指的一定是有一個陰謀，在陸地上等待著他。

這點很令陸小鳳擔心。人心一向都比氣候難對付，尤其是一心想對付你的一顆險惡的心。

小老頭絕對不會暗算他。

想打倒陸小鳳的，無疑只有一個人——宮九。

神秘的宮九。

陸小鳳在思考那件大竊案時，就懷疑崔誠是宮九殺死的，但卻想不出，宮九如何通過五道鐵柵，進入密室，去殺崔誠、蕭紅珠和程中。

他沒有帶鷹眼老七一起的原因，就是他不希望打草驚蛇。

他必須要找出殺害崔誠的兇手。而且，看到那批珍寶，並不等於破案。

二

沙灘雖然很小，沙卻又白又細又軟，陽光照在上面，彷彿像雪一樣。

陸小鳳以爲沙灘上會有一個人。

一個等他的人——沙曼。

沙曼應該在沙灘上等他的，爲什麼卻不見她的蹤影？

雖然他和沙曼分手時，並沒有約定在這裡等他，但陸小鳳心中卻認爲沙曼會在這裡等他，然後一同在沙上融融細語，看火紅的夕陽沉落水平線下，看漫天彩霞映照天邊，然後才攜手回去見小玉和老實和尙。

然而，除了海浪輕輕拍擊，除了微微的海風輕拂外，沙灘上渺無人蹤。連一雙腳印也沒有。

——沙曼他們是否發生了什麼意外？

陸小鳳的步子走得更急了。

走過沙灘，是一大塊一大塊深棕色的石頭，這是一條異常美麗的海岸線。陸小鳳卻無心欣賞。

走過長長的石灘，就到了一道懸崖前。一縱身，陸小鳳飛上崖頂。

崖頂上也沒有沙曼的蹤影。

——難道沙曼一點也不急著見我？

——她為什麼不在這裡守候我的歸來？

陸小鳳看到那間老實和尚他們居住的木屋，卻有點不敢向前走。

——萬一屋內已經物事全非，萬一……

陸小鳳停在屋前，心中躊躇起來。

木門緊閉，屋內毫無人聲。陸小鳳踏出他沉重的步伐。

陸小鳳的手停在木門前。

推門。

陸小鳳看到三個人坐在裡面。

老實和尚、沙曼、小玉。

三個人也看到陸小鳳，但臉上一點高興的表情也沒有。

——雖然只分別數天，但是，連沙曼也沒有重逢的喜悅嗎？

陸小鳳的心忽然噗通噗通的跳了起來。

——發生了什麼事？

陸小鳳以疑問的眼光巡視他們，最後落在沙曼的臉上。

沙曼笑了。苦笑。

陸小鳳忍不住大聲問道：「你們究竟怎麼了？就算不歡迎我，也不應該用這種表情對我呀。」

老實和尚看著陸小鳳道：「你要我們怎麼樣？」

陸小鳳道：「最少也該笑笑，說兩句問候我的話。」

老實和尚露出牙齒，應酬式的撇撇嘴巴，表示笑過了，然後道：「你好嗎？海上風浪大吧？」

陸小鳳瞪著老實和尚道：「如此而已？」

老實和尚道：「如此而已。」

陸小鳳高聲道：「你們沒有別的話可說了嗎？」

老實和尚、沙曼、小玉，三個人一起注視著陸小鳳，異口同聲道：「有。」

陸小鳳看著沙曼，道：「你說。」

沙曼道：「你知道我為什麼既沒有在沙灘等你，也沒有在崖邊等你的原因嗎？」

陸小鳳道：「我就是不知道。」

沙曼道：「因為你有了麻煩。」

陸小鳳道：「我有了麻煩？有麻煩是我的事，跟你來不來接我，一點也沒有關係呀！」

沙曼道：「有關係。」

陸小鳳道：「你說。」

沙曼道：「第一，你有了麻煩，我就沒有了心情。」

陸小鳳道：「第二呢？」

沙曼道：「我們剛才，就是你回來前，正好在這裡研究你的麻煩。」

陸小鳳道：「這樣說，我的麻煩可就大了？」

小玉道：「很大，跟一樣東西一樣大。」

陸小鳳道：「跟什麼東西一樣大？」

小玉道：「跟你的頭一樣大。」

陸小鳳道：「我的頭一點也不大呀？」

小玉道：「等你知道你的麻煩以後，我保管你一個頭有三個大。」

陸小鳳已經感到他的頭大起來了。

這時，老實和尚忽然冒出來一句話：「你這次回到島上，一定什麼收穫也沒有吧？」

陸小鳳以奇怪的眼神看著老實和尚道：「你怎麼知道？」

老實和尚道：「你在海上的時候，陸地上發生一些事。」

陸小鳳道：「什麼事？」

老實和尚道：「那批失竊的珍寶，有幾顆最名貴的，已經被人賣掉了。」

陸小鳳道：「哦？」

老實和尚道：「而且，也有人發現了陳平、李大中、孫五通……」

陸小鳳道：「慢著！慢著！陳平、李大中、孫五通是什麼人？」

老實和尚道：「他們什麼人也不是，只不過他們剛好都參加了這次失竊珍寶的保鏢而已。」

陸小鳳道：「你是說，他們被人發現？」

老實和尚道：「不是。」

陸小鳳道：「又不是？」

老實和尚道：「不是他們的人被發現，而是他們的屍體被發現。」

陸小鳳道：「屍體？」

老實和尚道：「也不能說是屍體，因為發現他們的時候，他們還會講一句話。」

陸小鳳道：「一句話？什麼話？」

老實和尚道：「一句替你惹來無窮煩惱的話。」

陸小鳳看著老實和尚，等著他把下面的話說出來。

老實和尚卻忽然不開口了。

陸小鳳看著小玉。

小玉道：「陳平在臨死前說，珠寶是陸小鳳偷的。」

陸小鳳呆住。

沙曼道：「李大中也這麼說。」

老實和尚道：「孫五通也是這麼說。」

小玉道：「這叫眾口鑠金。」

陸小鳳道：「除了我的嘴巴以外。」

沙曼道：「只可惜他們絕不會聽你解釋。」

陸小鳳道：「他們？他們是誰？」

沙曼道：「官兵，太平王世子派出來的特遣高手。」

陸小鳳道：「捉我？」

沙曼道：「捉你歸案。」

陸小鳳道：「陳平、李大中、孫五通他們被發現時，三個人在一塊嗎？」

沙曼道：「不但不在一塊，而且相隔了幾百里地。」

陸小鳳道：「可怕。」

沙曼道：「什麼可怕？」

陸小鳳道：「宮九的詭計。」

沙曼道：「你肯定這是宮九的詭計？」

陸小鳳道：「是的，因為陳平、李大中那批人，我在島上見過。」

老實和尚忽然盯著陸小鳳的四條眉毛。

陸小鳳道：「我這四條眉毛怎麼了？」

老實和尚道：「恐怕要剃兩條。」

陸小鳳道：「為什麼？」

老實和尚道：「因為大家都知道陸小鳳有四條眉毛，大家都知道陸小鳳偷走了珠寶，大家都在緝拿陸小鳳，假如你還是四條眉毛，目標豈不是過分明顯？」

陸小鳳撫摸著嘴巴的兩條眉毛道：「剃掉了，豈不可惜？」

老實和尚道：「我說的，不是這兩條。」

陸小鳳吃驚道：「你要我把真的眉毛剃掉？」

老實和尚道：「這樣我保證沒有人認得你。」

陸小鳳道：「你殺了我吧！」

老實和尚道：「我為什麼要殺你？」

陸小鳳道：「因為你要剃我的眉。」

老實和尚道：「我只不過提一點建議而已。」

陸小鳳道：「我勸你最好再也不要提。」

老實和尚道：「那我就不提。」

陸小鳳伸出手，要和老實和尚相握，並道：「好友！」

老實和尚手一縮道：「好友歸好友，手是不能握的。」

陸小鳳道：「為什麼？」

老實和尚道：「因為和尚的手是吃素長肉，你的手是吃肉長肉的。」

陸小鳳愣住。

小玉和沙曼掩嘴微笑。

陸小鳳把伸出的手收回時，老實和尚卻伸出他的手。

陸小鳳道：「你為什麼現在又要和我握手？」

老實和尚道：「我忽然悟出一番道理。原來我小時候也吃過肉的。我這手也是吃肉長肉的。」

陸小鳳的表情令小玉和沙曼哈哈大笑。

陸小鳳握著老實和尚的手道：「你說，現在該怎麼辦？」

老實和尚道：「有些事情，明明看到了，卻想不通。有些事情，雖然沒有看到，卻能想通其中的來龍去脈。所以，我勸你去找一個人。」

陸小鳳道：「誰？」

老實和尚道：「你的好朋友。」

陸小鳳道：「我的好朋友？」

老實和尚道：「對於這件竊案，我們既然成了睜眼瞎子，所以我認為，也許瞎子會看得比我們還清楚。」

陸小鳳道：「花滿樓？」

老實和尚道：「花滿樓！」

三

鮮花滿樓。

陸小鳳一聞到這鮮花的香氣，心中就有溫馨的感覺，就像他想起和花滿樓的友情一樣。

──世上有比友情更令人感覺溫馨的嗎？

陸小鳳想起沙曼。

──愛情？愛情的感覺，應該是甜蜜。溫馨，絕對是友情的感覺。

陸小鳳對於這個結論相當滿意，所以他踏在樓梯上的感覺，非常輕快。

他猜想，他今天的腳步既然特別輕快，花滿樓的聽覺，應該不會聽出他的腳步聲。

所以他就用愉快的聲音，高聲道：「不用猜了，是我，陸小鳳！」

沒有回答，也沒有花滿樓爽朗的笑聲。

陸小鳳推開門。

鮮花依舊，屋內的裝潢設備都依舊。只有一點不同的地方。

窗前那張椅子上，少了一個人，一個熱愛生命的人。

這樣的黃昏時光，這樣美好的天氣，花滿樓應該坐在那窗前的椅子上，靜靜傾聽夕陽沉落的聲音，靜靜欣賞生命的美好才對，他怎麼會不在？

陸小鳳的腦海中，浮滿了問號。花滿樓去了哪裡？他坐在窗前的椅子上想。

腳步聲，忽然自樓梯傳來。陸小鳳一動也不動，連呼吸也忽然放輕。

——是花滿樓嗎？

他不知道，因為他未聽過花滿樓走樓梯的聲音。陸小鳳一動也不動，並不是他未曾看過花滿樓上樓下樓，只

是，他們總是一起上下，談笑風生，根本就沒有注意去聽花滿樓的腳步聲。

腳步聲已走近門口。門被推開。

「誰？」是花滿樓的聲音。

陸小鳳笑了。花滿樓就是花滿樓，陸小鳳坐著動也不動，他就感覺到有人在房內。

陸小鳳不得不說：「我實在不得不佩服你。」

「你不必佩服我。」

「為什麼？」

「因為這是我生存下來的方法。」

陸小鳳看著他的好朋友，臉上露出更加佩服的表情。

「我覺得很奇怪。」陸小鳳道。

花滿樓道：「什麼事奇怪？」

陸小鳳道：「這個時候你居然會從外面走進來？」

花滿樓道：「我不能從外面走進來？」

陸小鳳道：「你不是一向都在這個時候坐在椅上，靜靜享受黃昏的嗎？」

花滿樓道：「人都有改變的時候。」

陸小鳳道：「你是說，你已經改變了你的習慣？」

花滿樓道：「是的。」

陸小鳳道：「為什麼？」

花滿樓道：「你呢？你為什麼要改變你的習慣？」

陸小鳳詫異的道：「我？我沒有改變呀！」

花滿樓道：「你沒有改變？」

陸小鳳道：「我怎麼改變？」

花滿樓道：「你偷走了價值三千五百萬兩的金珠珍寶。」

陸小鳳道：「你也聽說了？」

花滿樓道：「是的。」

陸小鳳道：「聽誰說的？」

花滿樓道：「吳彪。」

陸小鳳道：「吳彪。」

花滿樓道：「吳彪是誰？」

陸小鳳道：「你不知道？」

花滿樓道：「我為什麼會知道？」

陸小鳳道：「因為吳彪就是保鏢人之一。」

花滿樓道：「他親口告訴你的？」

陸小鳳道：「是的。」

花滿樓道：「你相信他的話？」

陸小鳳道：「一個人臨死前，會說假話嗎？」

花滿樓道：

陸小鳳沒有回答。

花滿樓道：「你怎麼不說話？」

陸小鳳道：「我還有什麼話說？你寧可聽信一個死人的話，也不相信你的朋友。你要說

什麼？」

花滿樓道：「我說了不相信你嗎？」

陸小鳳道：「你不是說……」

花滿樓道：「我只說：一個人臨死前，會說假話嗎？如此而已。」

陸小鳳道：「這不就表示……」

花滿樓又搶著道：「這是句問話。」

陸小鳳奇怪道：「你問我答案？」

花滿樓道：「是的。」

陸小鳳道：「因為你不能確定吳彪在死前說的話是真是假？」

花滿樓道：「是的，所以我就出去走動走動，所以我就不在這裡享受黃昏的樂趣，享受日落的美景，所以我就只好在最好的時光裡，由外面走進來，所以你才能夠坐在我的椅子上，享受日落的美景。」

陸小鳳道：「你錯了。」

花滿樓道：「哦？」

陸小鳳道：「我坐在你椅子上，並沒有欣賞到落日的美景。」

花滿樓道：「為什麼？」

陸小鳳道：「因為我在替你擔心。」

花滿樓愉快的笑了起來道：「所以我們真的是一對知己。」

陸小鳳道：「你這句話對極了。」

花滿樓道：「你來找我，就是為了這件竊案？」

陸小鳳道：「是的，你走動的結果，有沒有什麼發現？」

花滿樓道：「我只發現一件事。」

陸小鳳道：「是什麼事？」

花滿樓道：「太平王世子的手下，正在到處拿你歸案。」

陸小鳳苦笑道：「這是陰謀。」

花滿樓道：「誰的陰謀？」

陸小鳳道：「宮九的陰謀。」

花滿樓道：「宮九是誰？」

陸小鳳道：「宮九是個很厲害的人。」

陸小鳳把他出海的奇遇說完，天色已經黑了下來。

花滿樓坐在椅上，沉思。

陸小鳳把油燈點燃，燈光照在花滿樓沉思的臉上，陸小鳳靜靜站著，注視花滿樓。

良久，花滿樓吐了一口氣，道：「這件案子，根據你的資料，很明顯是小老頭和宮九他們做的。但是，這並不重要，重要的是，你要找出殺害崔誠的人。」

陸小鳳道：「是的，就是那個隱形的人。」

花滿樓道：「小老頭對你說了幾種隱形的方法？」

陸小鳳道：「好幾種。」

花滿樓道：「他有沒有說，自殺，也是隱形的一種方法？」

陸小鳳的人跳了起來。

——對，崔誠為什麼不可能是自殺？

然而，陸小鳳不得不問：「崔誠為什麼要自殺？」

花滿樓道：「他自殺了，他的家人的生活，就會過得很好。」

陸小鳳道：「可是，你知道葉星士的驗傷斷語嗎？」

根據葉星士的判斷：

——致命的刀傷無疑在肺葉下端，一刀刺入，血液立刻大量湧入胸膛，所以沒有血流出來。

——因為刀的鋒刃太薄、出手太快，所以連傷口都沒有留下。

——他們死了至少已有一個半時辰，是被一柄鋒刃極薄的快刀殺死的，一刀就致命。

花滿樓忽然想起了一件事，道：「不，崔誠不是自殺的。」

陸小鳳道：「我也這麼想，因為他沒有能力。」

花滿樓道：「自殺的人，不是蕭紅珠，就是程中，要不然，就是兩個人一起自殺。」

陸小鳳道：「你是說，他們已經被收買和威脅，在殺害崔誠之後，就自殺？」

花滿樓道：「你不覺得我這個推論，比較合理嗎？」

陸小鳳道：「那我現在只需要找到一個人。」

花滿樓道：「誰？」

陸小鳳道：「葉星士。」

花滿樓道：「你找他幹什麼？」

陸小鳳道：「我要問問他，崔誠三個人的傷口，是否真的跟他說的一樣。」

花滿樓道：「你懷疑什麼？」

陸小鳳道：「萬一他們三個人的傷口，真的是他說的，被快刀所致，那麼，他們之中，就沒有一個人是自殺的。」

花滿樓道：「爲什麼？」

陸小鳳道：「他們都沒有能力刺出這麼快的刀，尤其是自殺的時候。」

四

應該是月圓的時候，但是，天上看不到圓月。

天上只有烏雲，隨著勁風飄移的烏雲。風實在很大。

站在葉星士大宅門前的陸小鳳，衣袂被吹得颼颼作響。

葉星士的家丁把門打開，高聲道：「這麼晚了，老爺已經不看病了。」

陸小鳳道：「急診也不看？」

家丁道：「是你要看老爺嗎？」

陸小鳳道：「是的。」

家丁道：「我看你身體一點毛病也沒有？除非——」

陸小鳳道：「除非什麼？」

家丁道：「除非你是神經病！」家丁把話說完，「砰」的一聲，把門關上。

陸小鳳雙手一推，門又被推開。

家丁惡狠狠的盯著他，怒道：「你這人怎麼搞的？」

陸小鳳道：「我只想告訴你一句話。」

家丁道：「什麼話？」

陸小鳳道：「假如我見不到你的老爺，有一個人就會神經病了。」

家丁道：「誰？」

陸小鳳道：「我。」

家丁怒聲道：「你在尋我開心！」

陸小鳳道：「絕不是，我是在說實話。因為，價值三千五百萬兩的金珠珍寶，快要把我迫瘋了。」

家丁愣住。

陸小鳳道：「我現在可以見你的老爺嗎？」

家丁忽然盯著陸小鳳的臉，露出害怕的神情：「你……你是陸小鳳！」

陸小鳳點頭。

家丁一言不發，忽然揮掌擊向陸小鳳。陸小鳳只輕輕的一擊，家丁就已被擊倒在地上。

一燈如豆。燈放在大廳中央的桌上。

人在桌後的椅上，坐著。桌上放著紙筆墨。

陸小鳳走向大廳中央，道：「葉星士？」

那人點頭，舉起右手，示意陸小鳳坐下。

陸小鳳就坐了下去。

那人拿起筆，在墨上沾了沾，在紙上寫下四個字——「有何見教？」

陸小鳳愣住！

——葉星士什麼時候變成了啞巴？

陸小鳳看著葉星士。

葉星士笑笑，指指自己的耳朵。

陸小鳳道：「你聽得見？」

葉星士點頭。

陸小鳳正想把問題提出，忽然發現葉星士的眼神很熟悉。

他記起一句話：「只要找到葛通，條條大路都通。」

他記起島上的一件事：

——佛像中有個人撲出來，冰冷的手扼著他的咽喉。

——冰冷的手變得毫無氣力，他才能定過神，看著扼他咽喉的人。

那時，他看到的人就是葛通。他忘不了葛通凝視他時的眼神。就是這眼神。

現在葉星士的眼神，完全和葛通一樣。所以陸小鳳道：「你不是葉星士。」

葉星士大吃一驚。

陸小鳳道：「你是葛通！」

葛通霍地起身，攻向陸小鳳。他不但是第三代鷹爪的義子，也是王家的乘龍快婿，他外號

「大力神鷹」，手底下的鷹爪功夫自然不弱。他等葛通的鷹爪掠過，快速的一掌砍向葛通的手腕，只聽「咔嚓」

然而陸小鳳早有準備。

一聲，葛通右手腕骨已被陸小鳳砍斷。

葛通倒下，腕骨折斷，葛通爲什麼倒下？

陸小鳳大吃一驚，一提葛通頸項，赫然發現葛通腦後並排插著三枝白亮的針。

陸小鳳一個箭步衝了出去，一個黑影，剛好消失在牆頭。陸小鳳展開輕功，追了過去。

廟，破落的山神廟。黑影到了廟前空地上，忽然停下。

陸小鳳也停下，凝神戒備的站著。

黑影轉身。烏雲忽然被風吹開一線，圓月露出微弱的光芒。

陸小鳳嚇了一跳。因爲他看到，黑影的像貌，完全和剛剛葛通的化裝一樣。

──這是真的葉星士嗎？陸小鳳還來不及發問，黑影忽然哈哈大笑起來。

黑影笑畢，道：「陸小鳳的功夫，果然名不虛傳！」

陸小鳳：「比起你發暗器的功夫，未免差了很多。」

黑影笑道：「別忘了，還有我的易容術。」

陸小鳳道：「是你替葛通易容的？」

黑影道：「不錯。」

陸小鳳道：「想不到少林鐵肩大師，居然也會易容之術。」

黑影沉聲道：「我師父只教我武功，你不要侮辱我師父的名號。」

陸小鳳道：「那你才是真正的葉星士？」

黑影道：「如假包換！」

陸小鳳道：「葉星士是江湖中久享盛譽的四大名醫之一，不但醫術精湛，而且深得鐵肩大師真傳，一生行俠行醫濟世，怎麼會無故殺人？」

黑影道：「我殺了誰？」

陸小鳳道：「葛通！」

黑影道：「你怎麼知道葛通是我殺的？你親眼看到我殺了他嗎？」

陸小鳳道：「銀針認穴，入腦七分，這可的的確確是少林內家手法的內勁。」

黑影道：「好眼力！好厲害的判斷力。」

陸小鳳道：「你承認葛通是你殺的？」

黑影道：「承認又怎樣？不承認又怎樣？」

陸小鳳道：「承認的話，就表示葉星士雖然變了，可是依然是條漢子。」

葉星士道：「沒想到陸小鳳的嘴巴還挺厲害的。」

陸小鳳道：「我只不過在說真話而已。」

葉星士冷哼兩聲，沒有回答。

陸小鳳道：「你好像知道我會來找你？」

葉星士道：「我知道你一定會來找我。」

陸小鳳道：「為什麼？」

葉星士道：「因為知道死者死因真相的，除了我以外，沒有第二個人。」

陸小鳳道：「他們真的被快刀殺死的嗎？」

葉星士道：「是的。」

陸小鳳道：「他們真的死了至少有一個半時辰嗎？」

葉星士沒有回答，臉上露出痛苦的神色。

陸小鳳追問道：「他們到底死了多久？是你進去的時候，他們才剛死？」

葉星士開口，欲言又止的道：「他們……」

陸小鳳知道，這是葉星士一念之間的關頭，說出來，就表示他要拋棄在他後面支配他的

人，不說，就表示他的後半生，都要做傀儡。

葉星士忽然狠下心，大聲道：「他們死了……」話沒有說完，人就倒下。

陸小鳳在葉星士張嘴時，已經眼觀四面，耳聽八方，密切的注視各方的動靜。

但是，他什麼也看不到。而葉星士卻已倒下了。

陸小鳳正想俯身察看葉星士的死因時，忽然看到破落山神廟內有燈光亮起。

燈光起先很微弱，然後，整座山神廟，都亮了起來。

陸小鳳已經知道，他不必去察看葉星士了，他要知道的秘密就在廟內。所以他就走向山神

廟。

廟門半掩，燈光就是由半張的門隙內透出。

陸小鳳站在門口，考慮應該推門而入，抑或由門隙中閃入？

哪一種行動的危險性比較大？陸小鳳並不知道。

陸小鳳並不需要知道，他已經出生入死過無數次。

所以陸小鳳就伸手推門。

門並沒有推開，因為陸小鳳的手停在木板上時，腦中就浮現出沙曼微笑的倩影。

有愛情的人就會有顧忌。

陸小鳳不怕死，那是以前的事，以前他面對死亡時，心中並沒有情愛。現在他有了，他會想到沙曼，他會想到沙曼對他的牽掛，他會想到沙曼孤伶伶一人流落江湖的淒苦神態。

陸小鳳的手不但沒有推門，反而縮了回去。

廟內依舊是一片寂靜。

廟內的人一定是個極厲害的人。能夠耐心等待的人，都不會是個太平凡的人。

陸小鳳的戒心更大。他就站在門外，一任外面強勁的風吹他的衣袂，動也不動。

他似乎想通了，最好的方法，就是鬥耐性，誰的耐性不持久，誰就會露破綻，假如他忍不住，他只有兩條路可以走。要就是冒生命危險衝進去，要就是離去，不打聽殺害葉星士的秘

密。

假如裡面的人忍耐不住，就會說話，或者衝出來看看究竟。無論哪一點，都對陸小鳳有

利。

說話，陸小鳳就可以判斷出他隱藏的位置，甚至可以知道說話的人是誰。

衝出來，陸小鳳就更有利，因為這樣一來，陸小鳳就全無顧忌了。

除非那個人武功比陸小鳳高出很多。而這一點，陸小鳳是從來也不擔心的。

陸小鳳知道廟內不止有一個人。因為他聽到裡面有人在耳語的聲音，可惜外面的風聲太大

了，他聽不清楚裡面的人在說什麼，也聽不出聲音是男是女，是老是少。

他只能肯定一點，他們已經有點不耐煩了。

對於這一點，陸小鳳一點也不感到驕傲。他一向認為自己是個最有忍耐力的人，要不然，

裡面的人真的是忍耐不住了。

陸小鳳現在早已經是一堆骨頭，一堆埋在泥土裡的枯骨了。所以陸小鳳還是僵立不動。

一個甜美的女子聲音道：「你不覺得外面的寒風又冷又強又刺骨嗎？」

陸小鳳笑了。

——牛肉湯，聽到牛肉湯的聲音，他焉能不笑？

陸小鳳笑著道：「又冷又強又刺骨的寒風，總比危機四伏的刀鋒令人愉快。」

一個男子的聲音道：「你怎麼知道我是用刀，而不是用劍呢？」

陸小鳳的笑容僵住。

——宮九。聽到宮九的聲音，陸小鳳的笑容焉能不僵？

陸小鳳沒有說話，只伸出手，輕輕的，把半掩的門推得全開起來。

陸小鳳的人還未進去，狂風已先颳了進去，颳得那一盞孤燈燈火閃爍不定。

宮九和牛肉湯的臉孔被閃爍的燈光照得忽明忽暗，彷彿也和他們的性情一樣，陰晴不定。

見到老朋友，陸小鳳總是會笑的。

所以陸小鳳就對著宮九和牛肉湯微笑，道：「有勞二位久候了。」

這麼一句幽默的話，宮九實在想笑，只是他一點也笑不出來。

牛肉湯卻開朗的笑起來，道：「外面那麼冷，你為什麼不早點進來喝碗牛肉湯？」

陸小鳳道：「我怕早進來，喝到的不是牛肉湯。」

牛肉湯道：「你以為你會喝到什麼？」

陸小鳳道：「閻王湯。」

牛肉湯又笑了起來，道：「我們是老朋友了，怎麼會請你喝閻王湯？」

陸小鳳道：「你也許不會，你的九哥卻不一定。」

宮九陰森森的道：「你錯了。」

陸小鳳道：「哦？」

宮九道：「我要殺你，在葉星士家中就可以把你殺了。」

陸小鳳道：「你早知道我會去找葉星士？」

宮九道：「我並不敢肯定，我只是猜想你或許會去，所以我一直都耽在葉星士家中。」

陸小鳳道：「為什麼？」

宮九道：「等你。」

陸小鳳道：「我來了，你為什麼不殺我？」

宮九道：「我現在不想殺你。」

陸小鳳道：「為什麼？」

宮九道：「因為只有你一個人。」

陸小鳳道：「你還要殺沙曼？」

宮九道：「還有小玉和老實和尚。」

陸小鳳道：「你非要殺死我們四個人不可？」

宮九點頭。

陸小鳳道：「為什麼？」

宮九冷冷道：「因為我恨你們。」

陸小鳳道：「你可以恨我，可以恨沙曼，可以恨小玉，為什麼要恨老實和尚？」

宮九道：「沒有他，也許你們在島上早就死了。」

陸小鳳道：「假如你一輩子都找不到他們呢？」

宮九道：「我一定會找到的。」

陸小鳳道：「你那麼有自信？」

宮九冷哼一聲。

陸小鳳道：「你能說出你自信的理由嗎？」

宮九道：「我要是一輩子見不到他們，你這一輩子也別想見到他們。」

陸小鳳大吃一驚道：「為什麼？」

宮九道：「因為從現在起，我就開始跟著你，除非你不和他們見面，不然，我也會見到他們。」

陸小鳳機伶伶的打了個冷顫道：「這就是你耽在葉星士家等我的原因？」

宮九道：「不是。」

陸小鳳道：「不是？」

宮九道：「我原先以為，你們四個人會一起到葉星士家，我可以一網打盡，沒想到你是一個人來，我只得把你引來這裡。」

宮九道：「是的。」

陸小鳳道：「你引我到這裡，就是為了要告訴我，你要跟蹤我？」

陸小鳳道：「你在暗中跟蹤我，豈非一下子就可以找到他們？」

宮九冷笑道：「我偏偏要讓你知道。」

陸小鳳道：「哦？」

宮九道：「你看過貓捉老鼠嗎？貓會一下子把老鼠吃掉嗎？」

陸小鳳內心流過一道寒流，沒有說話。

宮九又道：「我就是要讓你知道我跟蹤你，讓你坐立不安，讓你既想找到沙曼，又不敢去見她，我要看著你日漸消瘦，看著你受盡相思的折磨。」宮九陰冷的大笑。

陸小鳳冷靜的道：「我死了，你不就找不到他們了嗎？」

宮九道：「難道你死以前，也不想再見沙曼一面嗎？」

陸小鳳不說話了。他心中忽然掠過一重陰影，不是死亡的陰影，是沙曼見不到他，為他擔憂而日漸消瘦的陰影。他感到害怕起來。

宮九看到陸小鳳的臉上浮現驚懼的表情，冷酷的笑聲，忽然變成愉快而得意的笑聲。

陸小鳳看看宮九，又看看牛肉湯，忽然道：「你們沒有牛肉湯招待我嗎？」

牛肉湯詫異的看著陸小鳳道：「你想喝牛肉湯？」

陸小鳳道：「是的。」

牛肉湯道：「你還有心情喝牛肉湯？」

陸小鳳道：「人生艱難唯一死，做個飽鬼，總比做餓鬼來得舒服吧？何況……」

牛肉湯道：「何況什麼？」

陸小鳳道：「何況，不喝一碗牛肉湯，我哪來的氣力來玩這場捉迷藏的遊戲？」

牛肉湯凝視陸小鳳片刻，一言不發，轉身走進後面。

牛肉湯走出來的時候，手裡已經端著一碗熱騰騰的牛肉湯。

陸小鳳毫不客氣，唏哩嘩啦的就喝得碗底朝天。他抹抹嘴，道：「我有一個問題。」

牛肉湯道：「什麼問題？」

陸小鳳道：「你是不是不管走到哪裡，都隨身攜帶著真正的牛肉湯？」

牛肉湯道：「並不一定。」

陸小鳳道：「為什麼我每次遇見你，總是可以喝到牛肉湯？」

牛肉湯道：「因為我是為你準備的。」

陸小鳳道：「哦？」

牛肉湯道：「你不是說，做個飽鬼，比做餓鬼來得舒服嗎？」

陸小鳳道：「不錯。」

牛肉湯道：「這就是我每次都為你準備牛肉湯的道理。」

陸小鳳苦笑道：「那我實在是太感謝你了。」

牛肉湯道：「謝倒不必，我倒希望你做了飽鬼以後，別來纏我就好了。」

陸小鳳道：「我牛肉湯也喝了，二位容許我告退嗎？」

宮九道：「你隨時都可以離去。」

陸小鳳道：「這一次你先讓我走多久？」

宮九道：「走得讓我認為快追也追不上的時候。」

陸小鳳道：「你從來不打沒有把握的仗？」

宮九道：「沒有把握的仗，打來何用？」

陸小鳳道：「那我就先走一步了，再見。」

陸小鳳說完，展開輕功，飛也似的走了。

十八　貓捉老鼠

一

假如貓和老鼠比賽跑步，誰跑得最快？

陸小鳳飛奔的時候，忽然想起這個問題。

應該是貓跑得快吧？陸小鳳想，但是，老鼠能一頭鑽進洞裡，也可以一衝就躲到陰溝裡，這絕對是貓做不到的事情。

陸小鳳不是老鼠，也不想把自己比做老鼠。

雖然宮九這樣想，陸小鳳卻絕不這麼想。

所以陸小鳳既沒有往洞裡鑽，也沒有躲在見不得人的地方。

陸小鳳相信自己的輕功，就算不是天下第一，也絕對比宮九強。

所以他只是在大路上奔馳而已。

在大路上奔馳，雖然非常惹人注目，但是總比躲躲藏藏好，而且，以他奔跑的速度，誰會看得出他是陸小鳳。

黃昏。

小鎮的燈火在朦朧的晚霞映照下，淡淡的亮了起來。

陸小鳳的耐力再強，奔跑了一天一夜，既沒有吃飯，也沒有喝水，也是會累下來的。

而且，陸小鳳認爲他這樣不要命的跑，別說宮九，就是一頭餓獅，也追他不上。

陸小鳳認爲在這小鎮休憩進餐，是絕對安全的地方。

他放慢腳步，進入小鎮。

麵攤，毫不起眼的麵攤。

雖然認爲這是安全的地方，陸小鳳還是選擇了擺設在一角的小麵攤來進食。

他不想引起任何人的注意，他只希望吃碗熱騰騰的麵，隨便找個可以睡眠的地方，養足精神，擺脫宮九的追逐，早日和沙曼會面。

麵攤的老闆是個老頭子，一頭灰白的頭髮，一身油亮亮的衣服，一臉的皺紋，一副早就向命運屈服了的樣子。

老闆親切的招呼陸小鳳道：「客官，來點什麼？」

陸小鳳坐下道：「來一大碗牛肉麵。」

老闆笑道：「馬上來囉，要不要切點滷菜，溫一壺酒？」

陸小鳳道：「不必，麵裡加兩個滷蛋就夠了。」

熱騰騰香噴噴的麵端了上來，陸小鳳一聞到那牛肉的香味，肚子就已轆轆鳴叫了。

三兩下他就把麵吃得精光，拿起碗來，正想把碗裡的湯喝光。

就在他端起碗的時候，一輛四匹馬拉著的馬車，從鎮門奔馳而來。

陸小鳳端著碗，看著這輛豪華的馬車。

馬車到了麵攤旁時，勁裝的馬伕一拉韁繩，馬車戛然而止。

車內傳出甜美的聲音道：「你怎麼喝起別人煮的牛肉湯來呢。」

又是牛肉湯的聲音。

牛肉湯在車內，宮九也一定在車內。

陸小鳳已經沒有喝湯的心情了。

牛肉湯滿臉笑容，端著一碗牛肉湯，盈盈的放在陸小鳳面前。

牛肉湯道：「你不喜歡喝我煮的牛肉湯嗎？」

陸小鳳沒有回答，端起牛肉湯的牛肉湯來，嘰哩嘩啦的喝得個碗底朝天。

宮九已經坐在陸小鳳隔壁的桌前，對麵攤老闆道：「溫一壺女兒紅來。」

麵攤的老闆對這突然的變故，似乎早已司空見慣，沒多久，就把酒端到宮九面前。

宮九倒了兩杯，左手拿起一杯，遞向陸小鳳。

宮九道：「來，乾一杯。」

陸小鳳接過酒杯，看著宮九道：「為什麼要乾杯？」

宮九道：「貓捉到老鼠，總是要調侃一番，現在貓兒叫老鼠喝酒，老鼠會不聽話嗎？」

陸小鳳苦笑，一傾而盡。

宮九慢慢品嚐酒味，喝光了道：「好酒！」

牛肉湯道：「比我的牛肉湯好嗎？」

宮九道：「那是不能比的。」

牛肉湯道：「爲什麼不能比？」

宮九道：「貓跟老鼠能比嗎？」

牛肉湯道：「你是說，貓要喝好酒，老鼠要喝湯，所以不能比？」

宮九哈哈大笑道：「貓可以坐車，老鼠卻要走路，貓可以在車上睡覺，老鼠卻要強撐精神趕路，能比嗎？」

牛肉湯笑得很愉快。

陸小鳳鼓掌道：「好詞，你們能編出這麼好的詞，爲什麼不去做一件事？」

宮九笑道：「什麼事？」

陸小鳳道：「相聲。」

宮九笑道：「爲什麼？」

陸小鳳道：「我實在很佩服你。」

宮九道：「爲什麼？」

陸小鳳道：「因爲你這個時候還有心情說笑話。」

宮九道：「這也許是老鼠自得其樂的方法吧。」

陸小鳳道：「那你自己去樂吧。」

宮九冷冷道：「你要趕我走？」

陸小鳳道：「你不是要逃開我嗎？」

陸小鳳道：「我能不能問你一個問題再走？」

宮九道：「什麼問題？」

陸小鳳道：「我很想知道，你怎麼會追到這裡？」

陸小鳳道：「很簡單，只有一個字。」

陸小鳳道：「一個字？」

宮九道：「不錯，一個字。」

陸小鳳道：「什麼字？」

宮九道：「錢。」

陸小鳳道：「錢？」

宮九道：「有錢能使鬼推磨，何況是人？」

陸小鳳道：「你買通了人來跟蹤我？」

宮九道：「不對。」

陸小鳳道：「為什麼不對？」

宮九道：「連我都追不上你，世上還有誰能追得上你？就算有，這種人能用錢收買嗎？」

陸小鳳道：「所以我才不懂，你就算花錢買人，也不應該知道我的去處。」

宮九道：「我花錢買的人，不是一個，而是很多個。」

陸小鳳道：「很多個？有多少？」

宮九道：「我也不知道有多少。」

陸小鳳又露出迷惘的表情。

宮九笑道：「你很想知道其中奧妙嗎？」

陸小鳳道：「你不願意講，我也不勉強。」

宮九站了起來，走到麵攤的招牌前面。

陸小鳳的目光，隨著宮九的手指看過去，赫然發現招牌上有一個三角形的記號。

陸小鳳道：「這是什麼記號？」

宮九道：「這表示陸小鳳在此。」

陸小鳳道：「哦？」

宮九道：「你知道我喝這壺酒要花多少錢嗎？」

陸小鳳道：「花多少錢？」

宮九沒有說話，從懷裡掏出一錠黃金，交給麵攤的老闆。

麵攤的老闆笑得眼睛都看不見了。

宮九對陸小鳳道：「你明白了嗎？」

陸小鳳道：「明白了一半。」

宮九道：「我再跟你說吧，我已經放出話去，只要看到一個臉上有四條眉毛的人走過，就做個箭號指示方向，看到四條眉毛的人歇息或用飯，就做個三角形記號，我看到這些記號，就有重賞，你想想，你能走到哪裡去？」

宮九得意的大笑起來。

陸小鳳卻皺起眉頭，用手撫摸著嘴上的鬍子。

他想起老實和尚的話：「最好把真的眉毛剃掉，就沒有人認得你了。」

——剃自己的眉毛？多可笑！

陸小鳳不禁笑了起來。

宮九奇怪道：「你笑什麼？」

陸小鳳道：「我笑自己，實在太傻。」

宮九道：「為什麼？」

陸小鳳道：「既然走不了，我為什麼還要走？」

宮九道：「你不走？」

陸小鳳道：「我不走了。」

宮九道：「其實，你不走我也不反對，只是……」

宮九陰森森的笑了起來。

陸小鳳道：「只是什麼？」

宮九把牛肉湯擁在懷裡道：「我在這裡陪你不打緊，我有醇酒，又有美人，你呢？沙曼呢？」

宮九道：「你去哪裡？」

陸小鳳瞪了宮九一眼，一言不發，轉身離去。

宮九哈哈大笑起來。

陸小鳳頭也不回，道：「睡覺去。」

陸小鳳走了幾步，忽然回身，走近宮九，把手掌攤了開來。

宮九不解的看著陸小鳳，道：「你要幹什麼？」

陸小鳳道：「我要黃金。」

宮九道：「我為什麼要把黃金給你？」

陸小鳳道：「因為我會在我下榻的旅館前面，畫上一個三角形的記號，所以，你要遵守你的諾言。」

宮九愣住。

陸小鳳得意的笑了笑，提高聲音道：「拿來！」

宮九面無人色。

陸小鳳道：「你要做個不守信用的人？」

宮九掏出一錠黃金，交給陸小鳳。

陸小鳳得意的把玩著黃金，朝空中拋了兩拋，走了出去。

走不到兩步，忽然又回頭對著宮九笑道：「明天一大早，我會在我用早點的地方，再畫一個三角形記號的。」

陸小鳳哈哈大笑，聲音逐漸遠去。

二

陸小鳳喜歡喝酒，更喜歡躺在床上喝酒。

他躺在床上的時候，通常都喜歡在胸口上放一大杯酒，然後就像死人般動也不動，想喝酒時，就深深吸一口氣，胸膛上的酒杯便會被吸過去，杯子裡的酒便被吸入嘴裡，再「咕嘟」一聲，酒就到了肚子裡。

他現在也是這樣躺在床上。胸膛上也放著一杯滿滿的酒。

只是，他像死人般躺了很久，都沒有去吸那杯酒。

因為，他第一次這樣喝酒的時候，老闆娘就坐在他旁邊，酒喝光了，老闆娘會馬上替他斟上。

現在，老闆娘既不在旁邊，他就很珍惜這一杯酒，喝光了，誰來給他倒？他可不願意起來倒酒，那是不會享受的人才做的事。

所以，他忽然很懷念老闆娘。

美麗的女人通常都很早就結婚的。

「老闆娘」是個女人，很美很美的女人。

「老闆娘」也不例外。

其實，她之所以被人稱為「老闆娘」，就是因為她嫁給了「老闆」。

老闆就是朱停，朱停就是穿開襠褲時就已認識陸小鳳的老朋友。

所以陸小鳳和老闆娘之間可是清清白白的。

所以陸小鳳才會懷念那一段躺著喝酒的日子。

他更懷念朱停。

朱停是個胖子，胖的人看起來都是有福氣的，有福氣的人才能做老闆，所以大家才叫朱停做「老闆」。

事實上，朱停當然沒有開店，可是他日子卻過得很舒服。

因為他有一雙非常靈巧的手，能做出各種奇奇怪怪的東西來，有一次，他甚至做了一個會走路的木頭人。

陸小鳳就是懷念朱停的一雙手。

假如朱停做一個會走路的木頭陸小鳳出來，陸小鳳就沒有難題了。

但是朱停不在。

沙曼也不在。

有沙曼在，兩個人就算死在一起，也算不虛此生了。

陸小鳳霍地坐了起來，杯中的酒潑了一身。

他用力敲自己的腦袋，心中暗罵自己：「真笨！」

既然自己願意和沙曼死在一起，為什麼還害怕宮九的追蹤？為什麼不乾脆直接回去見沙曼？也許憑他和沙曼的功夫，還能打敗宮九呢！

誰知道？

一想到這裡，陸小鳳的人就衝到了門口。

他打開門，就發現有一雙本來盯著他門口的眼睛，很快望向別處。

眼睛長在臉上，臉是陌生的臉，不陌生的是那一身服飾。

那是每個人都知道的服飾。

——官差的服飾。

官差還不止一個，因為那個盯著陸小鳳門口的人對面，還有一個伏桌而睡的官差。

顯然他們是輪班睡覺，輪班監視陸小鳳的動靜。

為什麼會是官差？

他們是為了宮九的獎賞？抑或是奉了太平王世子的命令來捉拿？

陸小鳳轉身衝向窗口，打開窗戶。

窗戶下亦是一睡一站的兩個官兵。

陸小鳳笑了，苦笑。

一頭貓已經不知怎麼來應付，再加上一大窩小貓，陸小鳳這頭老鼠只有苦笑了。

所以他只好又躺在床上，胸膛上又放著滿滿的一杯酒。

晨曦乍露。

守在窗口下的官差看到晨曦，不自禁的伸伸懶腰，心裡正高興著解脫了一夜的辛勞了。

他真的解脫了。

陸小鳳替他解脫的。

在他伸懶腰的時候，陸小鳳像陽光那般，飛落在他身旁，用指連點他身上大穴，他就解脫了。

當然連那個睡著的也一併解脫了。

陸小鳳摸摸腰上的佩刀，不禁笑了起來。

這還是第一次扮成官兵哩。

陸小鳳不得不佩服宮九，只有宮九，才能令他化裝成別人。

陸小鳳看看床上的真官差，再整整衣冠，轉身離去。

門，不是陸小鳳拉開的。

是被推開的。

推門進來的，赫然是牛肉湯。

牛肉湯手上端著一個盤子，盤子裡是一碗熱牛肉湯和四個雪白的饅頭。

牛肉湯把盤子放在桌上，向陸小鳳盈盈行禮。

牛肉湯道：「衙門的陸爺請用早飯。」

陸小鳳忽然有啼笑皆非的感覺，他飛快的脫下官差的服裝，高聲道：「我不是衙門的陸爺！」

牛肉湯依舊高聲道：「我不要吃！」

陸小鳳笑道：「是的，那麼請陸小鳳陸爺用早飯。」

牛肉湯道：「我看你還是吃了比較好。」

陸小鳳道：「我爲什麼要吃？」

牛肉湯道：「因爲九哥說，他可不願意再到你用早飯的店裡付錢給你。」

陸小鳳道：「他偷了那麼多錢，多花一點又有什麼大不了？」

牛肉湯道：「難道你不知道一件事嗎？」

陸小鳳道：「什麼事？」

牛肉湯道：「愈是富有的，愈捨不得花錢。」

陸小鳳道：「他不是花了很多錢用來跟蹤我嗎？」

牛肉湯道：「那是不得已的，那是非花不可的。」

陸小鳳道：「那我只有一句話。」

牛肉湯道：「什麼話？」

陸小鳳道：「這早飯，我是非吃不可的。」

陸小鳳嚥下最後一口饅頭，露出津津有味的樣子，對牛肉湯道：「我想請你做一件事。」

牛肉湯道：「你還要來一碗牛肉湯？」

陸小鳳道：「不是。」

牛肉湯道：「那我能爲你做什麼？」

陸小鳳道：「帶我去見宮九。」

牛肉湯露出猶疑的神情道：「有什麼話，你可以對我說。」

陸小鳳道：「我的話，必須當面對宮九說。」

牛肉湯道：「為什麼？」

陸小鳳道：「因為那樣我才有點人生樂趣。」

牛肉湯一言不發，領先走了出去。

宮九並不在旅館裡，他從來也不住旅館。

宮九在車上。

宮九的生活起居，只在設備豪華的馬車內進行。

他厭惡別人用過睡過喝過的碗筷床鋪酒杯。

陸小鳳走進宮九的馬車時，宮九正坐在車俠的位置上，沉思。

看到陸小鳳，宮九並沒有站起或是做出任何歡迎的表情。

他只是冷冷的注視著陸小鳳。

陸小鳳也默然注視宮九。

二人就那樣對視，彷彿在用眼神來比試武功一樣。

最先開口打破沉默的不是宮九。

也不是陸小鳳。

是牛肉湯。

牛肉湯只說了六個字：「他有話對你說。」

然後牛肉湯就走入馬車內，把簾子拉下。

宮九用疑問的眼神看著陸小鳳。

陸小鳳開口了，他道：「我有話要當面對你說。」

宮九道：「我知道。」

陸小鳳道：「你知道？」

宮九道：「牛肉湯剛剛說的。」

陸小鳳道：「你不問我要說什麼？」

宮九道：「我不必問。」

陸小鳳道：「為什麼？」

宮九道：「你來了，你就會說。」

陸小鳳道：「我要說的話，就是要你把你的車伕打發走。」

宮九的表情一變，道：「為什麼？」

陸小鳳道：「你不必再用車伕了。」

宮九道：「不用車伕，誰來趕車？」

陸小鳳道：「我。」

宮九驚奇的道：「你？」

陸小鳳道：「我。」

宮九道：「你為什麼要替我趕車？」

陸小鳳道：「因爲我要擺脫你的追蹤。」

宮九道：「可是⋯⋯」

陸小鳳打斷他的話，道：「我做你的車伕，就表示不是你跟蹤我，而是我帶你走。」

宮九道：「你要帶我去哪裡？」

陸小鳳道：「我也不知道。」

宮九奇怪的問：「你不知道？」

陸小鳳道：「也許在路上我會想到一個地方。」

宮九道：「什麼地方？」

陸小鳳道：「假如你想知道是什麼地方，你就必須讓我趕車，在路上我想到了，我就告訴你。」

宮九沒有說話，拿過馬鞭，丟給陸小鳳，推開簾子，走進馬車內。

正午的陽光照得人發熱。

太陽已經爬得很高，幾乎爬到了中天。

陸小鳳卻安靜得像一潭湖水。

他手上的馬鞭輕揚，蹄聲得得，馬車奔馳的調子異常輕快，一點都不像在炎熱的大太陽下趕車的樣子。

——爲什麼？

因爲陸小鳳已經想到了擺脫惡貓的方法。

馬車忽然奔跑得飛快。

車內的宮九忍不住把頭伸出來問道：「你在趕路？」

陸小鳳頭也不回，一揮馬鞭，道：「是的。」

宮九道：「為什麼要趕路？」

陸小鳳道：「因為我要去見一個人。」

宮九道：「你急著要見他？」

陸小鳳道：「不急。」

宮九道：「不急，為什麼要趕路？」

陸小鳳道：「因為我必須在黃昏以前趕到他住的地方。」

宮九道：「那你還說不急？」

陸小鳳道：「我是不急，是他急。」

宮九奇怪的問：「他急？」

陸小鳳道：「因為他有個習慣，天一黑，他就不見客了。」

宮九道：「連你也不見？」

陸小鳳道：「連天王老子也不見。」

宮九道：「所以你一定要在天黑前趕到？」

陸小鳳道：「是的。」

宮九道：「那急的還是你。」

陸小鳳道：「不對，因為規矩是他定出來的，所以急著要在天黑前見客的，是他，不是我。」

宮九道：「那急的還是你。」

太陽的光線逐漸微弱了。

馬車慢下。

微風輕拂，夾著甜美的花香氣息。

宮九在車內問道：「你要見的人喜歡花？」

陸小鳳道：「喜歡極了。」

宮九道：「他住的地方種滿了花嗎？」

陸小鳳道：「各式各樣的花。」

宮九道：「那是什麼地方？」

陸小鳳道：「萬梅山莊。」

宮九道：「西門吹雪？你要見的人是西門吹雪？」

陸小鳳道：「不錯，雖然他常常吹的不是雪，是血，但是，他的的確確叫西門吹雪。」

宮九道：「你要找他幹什麼？」

陸小鳳道：「說幾句話。」

宮九道：「我不能聽的話？」

陸小鳳道：「他和朋友談話的時候，一向都不喜歡有陌生人在旁邊。」

宮九道：「你要請他幫你忙？」

陸小鳳道：「也許。」

宮九道：「你要他去通知沙曼？」

陸小鳳沒有回答。

馬車停在花叢旁。

陸小鳳放下馬鞭，跳落馬車，敲敲簾子，道：「你想進去嗎？」

宮九道：「既然他不喜歡陌生人，我又何必進去？而且，這裡花香四溢，我在這裡享受一下黃昏的美景，豈不更愉快？」

陸小鳳道：「你果然是個聰明人。」

宮九道：「過獎。」

陸小鳳道：「你既然承認你是個聰明人，你猜我要向你借一樣什麼東西嗎？」

宮九沒有說話。

因為他猜不出。

陸小鳳笑道：「我要向你借一把刮鬍刀。」

陸小鳳大笑聲中，一把刮鬍刀從簾子內飛了出來。

宮九的聲音冷若堅冰：「送給你。」

宮九伸出頭來的時候，陸小鳳正在刮鬍子，露出一臉很舒服的樣子。

宮九忍不住冷冷的道：「你不是說西門吹雪在天黑後就不見客嗎？」

陸小鳳道：「是呀。」

宮九道：「你還那麼悠哉遊哉的刮鬍子？」

陸小鳳道：「我一生難得刮幾次鬍子，一定要舒舒服服的刮，才能對得起鬍子，而且，你放心，太陽還未下山，我保證一定就刮好。」

宮九道：「我想勸你一句話。」

陸小鳳道：「什麼話？」

宮九道：「我認為你四條眉毛比較好看，所以我勸你別把鬍子剃掉。」

陸小鳳道：「我必須刮。」

宮九道：「為什麼？」

陸小鳳道：「因為我必須見到西門吹雪。」

宮九道：「你一定要見到他？」

陸小鳳道：「不見他，我就見不到沙曼。」

宮九道：「不見他，你還是可以見到沙曼的。」

陸小鳳看著宮九道：「哦？」

宮九道：「你不信？」

陸小鳳道：「我信，只是我不敢。」

宮九道：「你不敢？」

陸小鳳道：「我怕我是見沙曼最後一面，或者……」

宮九道：「或者什麼？」

陸小鳳道：「或者她見我最後一面。」

宮九笑道：「我可以不殺你們。」

陸小鳳道：「你會嗎？」

宮九道：「我會的。」

陸小鳳道：「條件呢？」

宮九道：「你很聰明。」

陸小鳳道：「所以我還活著。」

宮九道：「只要你加入我們。」

陸小鳳道：「這是你本人的意思？」

宮九道：「不。」

陸小鳳道：「是小老頭的意思？」

宮九道：「對。」

陸小鳳笑了笑，放下刮鬍刀，用布把臉抹乾，道：「你看我這樣子不也是挺瀟灑的嗎？」

宮九看著他，沒有說話。

陸小鳳對著車簾高聲道：「牛肉湯。」

牛肉湯伸出頭來。

陸小鳳道：「我這樣子是不是比以前更好看？」

牛肉湯看看他，又看看宮九，沒有說話。

陸小鳳笑道：「你們一定是被我英俊的儀表嚇壞了，所以都不說話了，既然我瀟灑依舊，我想我還是去見西門吹雪比較好。」

他深深的吸一口氣，感嘆的道：「這麼美好的日子，我們為什麼要勾心鬥角，非置對方於死地不可呢？」

宮九冷冷的嘿了一聲。

太陽已經沉下山。

晚風帶著花香，吹得陸小鳳舒服極了。

宮九又道：「人生美好，你為什麼要苦苦迫我到絕境？你為什麼不和牛肉湯好好攜手在花旁，享受一下人生？」

陸小鳳道：「天要黑了。」

宮九臉色微變，聲音僵硬的道：「天要黑了。」

陸小鳳道：「我知道。」

宮九道：「西門吹雪為什麼不出來迎接你？」

陸小鳳道：「也許他正在做幾個精美小菜來歡迎我吧！」

宮九道：「你要在裡面吃晚飯？」

陸小鳳道：「我還要在裡面睡覺。」

宮九道：「那你快請吧。」

陸小鳳道：「我進去以前，也要奉勸你一句話。」

宮九道：「你說。」

陸小鳳道：「趕快生火燒飯，免得待會聞到香味，你就受不了啦。」

宮九微微一笑，道：「我不是個饞嘴的人，你也不必激我，你好好的吃，好好的睡，明天

準備走路吧。」

陸小鳳道：「為什麼我要走路？」

宮九道：「因為我決定不再用你這個車伕了。」

陸小鳳道：「其實，明天我也不會做你的車伕了。」

宮九道：「哦？」

陸小鳳道：「明天你就會發現，我絕對是一個自自由由的人，不會再有貓爪的陰影在我身

旁。」

三

陸小鳳緩緩向屋門走去，嘴裡高興的道：「明天，多麼充滿希望的字眼！」

屋子裡看不見花，卻充滿了花的芬芳，輕輕的、淡淡的，就像西門吹雪這個人一樣。

陸小鳳斜倚在一張用青籐編成的軟椅上，看著西門吹雪。

西門吹雪杯中的酒是淺碧色的，身上雪白的衣裳輕而柔軟。

一陣陣比春風還軟柔的笛聲，彷彿很近，又彷彿很遠，卻看不見吹笛的人。

陸小鳳嘆了口氣，道：「你這人一生中，有沒有真的煩惱過？」

西門吹雪道：「你以前問過我這個問題。」

陸小鳳道：「你以前的答案是沒有。」

西門吹雪道：「你記性很好。」

陸小鳳道：「現在呢？」

西門吹雪道：「有。」

陸小鳳道：「什麼煩惱？」

西門吹雪道：「鬍子的煩惱。」

陸小鳳看著西門吹雪光潔的面容，道：「你為了你沒有鬍子而煩惱？」

西門吹雪道：「不是。」

陸小鳳道：「哦？為什麼？」

西門吹雪道：「我是為了你沒有鬍子而煩惱。」

陸小鳳道：「不是？」

西門吹雪道：「不是？」

西門吹雪道：「因為你上次求我幫你忙，我說除非你把鬍子刮乾淨，隨便你要去幹什麼，

我都跟你去。」

陸小鳳道：「我記得，那是我第一次為了別人刮鬍子。」

西門吹雪道：「現在你又刮乾淨了鬍子，所以我知道，我的煩惱又來了。」

陸小鳳一口喝乾杯中酒，看著西門吹雪。

西門吹雪輕輕啜了杯中淺碧色的酒，道：「這酒適合慢慢品嚐。」

陸小鳳道：「我知道。」

西門吹雪道：「那你為什麼一口喝光？」

陸小鳳道：「因為我在等你。」

西門吹雪道：「等我，等我什麼？」

陸小鳳道：「等你一句話。」

西門吹雪道：「什麼話？」

陸小鳳道：「解除我煩惱的話。」

西門吹雪一口把杯中酒喝光，放下酒杯道：「你要去幹什麼，我都跟你去。」

陸小鳳道：「現在你可以再倒兩杯酒，我們可以慢慢品嚐了。」

陸小鳳舉起杯中酒，道：「為你的一句話。」

西門吹雪道：「為你的鬍子。」

二人大笑，輕輕啜飲。

笛聲已隱，卻飄來錚錚琮琮古琴的聲音。

陸小鳳問道：「你的喜好變了？」

西門吹雪道：「沒有。」

陸小鳳道：「那為什麼換了古琴？」

西門吹雪道：「笛聲悠揚，清滌作用卻沒有古琴的琴音大。」

陸小鳳道：「清滌作用？清滌什麼？」

西門吹雪道：「殺氣。」

陸小鳳道：「清滌殺氣？」

西門吹雪點頭。

陸小鳳道：「清滌誰的殺氣？」

西門吹雪道：「馬車上的人。」

陸小鳳道：「你感覺得到他的殺氣？」

西門吹雪道：「很濃的殺氣。」

陸小鳳道：「你知道他要殺誰嗎？」

西門吹雪道：「絕不是我。」

陸小鳳道：「也不止是我。」

西門吹雪道：「還有誰？」

陸小鳳道：「還有老實和尚、沙曼和小玉。」

西門吹雪道：「我有兩個問題。」

陸小鳳道：「什麼問題？」

西門吹雪道：「第一，他為什麼要殺老實和尚？」

陸小鳳道：「第二呢？」

西門吹雪道：「沙曼和小玉是誰？」

陸小鳳把他的經歷說完的時候，桌上的酒已殘，菜已清。

西門吹雪看著陸小鳳，眼中帶著責備的神色。

西門吹雪道：「你惹的麻煩不小。」

陸小鳳道：「所以我才來找你。」

西門吹雪道：「我知道怎麼應付，你最好好睡一覺，以便趕路。」

陸小鳳道：「我能不能說兩個字？」

西門吹雪道：「不能。」

陸小鳳道：「為什麼？」

西門吹雪道：「因為我知道那兩個字是什麼。」

陸小鳳道：「你知道？」

西門吹雪道：「我知道。」喝了一口酒後又道：「我寧可你把那兩個字記在心裡。」

陸小鳳道：「那我就把『多謝』兩個放在心上吧！」

陸小鳳笑著把酒喝光。

十九 脫困的方法

一

清晨。

有霧，淡淡的霧。

在晨風中聞花的香味，在霧中看朦朧的花影，是一件令人非常舒爽的事。

只可惜早起的人並不多。

陸小鳳是早起的人，但他卻沒有走在霧中看花聞花的閒情。

宮九懂得享受，但是他卻不懂得享受雅致，他寧可多睡多養精神，也不願意享受薄霧的沁涼。

牛肉湯是女人，女人都喜歡花前月下，喜歡日出日落，只可惜她跟的人是宮九。

一個喜歡睡覺到大天亮的男人，身邊的女人也只好陪他睡到大天亮了。

所以，能夠享受美好清晨的人，只有一個。

白衣似雪，白霧迷濛，西門吹雪像尊石像般站在花旁。

霧已散。

陽光已散發出熱力。

鳥兒也已開始啁啾。

西門吹雪卻已不站在花旁。

在車旁，宮九的馬車旁。

一股殺氣忽然自車外傳入車內，宮九霍地坐了起來。

撥開車簾，宮九看到西門吹雪。

冷冷然森森然站著的西門吹雪。

然後，宮九就看到陸小鳳。

笑嘻嘻揮揮手走著的陸小鳳。

陸小鳳走得並不快，但是沒多久，陸小鳳的身形就愈來愈小了。

宮九一拉韁繩，馬車卻動也不動。

宮九只看到數點寒光，拉車的馬就已倒下。

西門吹雪拔劍、刺馬、收劍，快如電光火石。

宮九第一次看到這麼快的劍。

陸小鳳的身形更小了。

西門吹雪的殺氣更濃了。

宮九沒有看陸小鳳，他看的是西門吹雪的眼睛。

西門吹雪的眼睛，也盯著宮九的眼睛。

宮九道：「你爲什麼要殺我的馬？」

西門吹雪道：「我不希望你的馬追上我的朋友。」

宮九道：「假如我要追呢？」

西門吹雪道：「你的人，就會和你的馬一樣下場。」

宮九冷哼一聲道：「你有自信嗎？」

西門吹雪道：「西門吹雪是江湖上最有自信的人。」

宮九道：「真的嗎？」

西門吹雪道：「你要不要試一試？」

宮九沒有說話，只是被西門吹雪的殺氣迫得打了一個冷噤。

陸小鳳忽然覺得這個世界實在太可愛了，鳥兒的歌聲明亮清爽，風兒吹在身上舒適無比，連那路旁的雜草也顯得美麗起來。

朋友，還是這個世界上最令人愉快的東西。

友誼，更是這個世界上最不能缺少的東西。

陸小鳳和西門吹雪的友誼，只是君子之交般的淡如水，但是，陸小鳳有危難的時候，西門吹雪總是會要求陸小鳳把鬍子剃掉。

雖然他會要求陸小鳳把鬍子剃掉。

剃掉又有什麼關係？剃掉了鬍子，人豈不變得更爽朗嗎？

所以陸小鳳還是很感謝西門吹雪。

陸小鳳知道，宮九是絕對追他不上了。

他停下來，深深呼吸山間清晨充滿涼意的空氣。

他摸摸嘴上刮掉了鬍子的地方，笑了。

因為他想起沙曼，沙曼看到他只剩兩條眉毛，一定會大吃一驚。

但是最吃驚的人應該是老實和尚，他一定想不到，陸小鳳居然真的把鬍子剃掉，而且確實

也是為了躲避追擊，雖然追他的人不是太平王世子的官差。

宮九比太平王世子的官差厲害太多了，陸小鳳絕不害怕一百個官差，卻害怕一個宮九。

宮九的智慧武功，確實驚人。

西門吹雪能擋得住宮九嗎？西門吹雪打得過宮九嗎？

陸小鳳剛舉起腳步想繼續往前走，忽然又停了下來。

萬一西門吹雪不是宮九的對手呢？

陸小鳳內心隱隱有種不安的感覺浮起。

——假如西門吹雪有什麼意外，我豈不成了罪人？陸小鳳愈想，浮起的不安感覺愈濃。

——西門吹雪為了我而面對宮九，我為什麼就要一走了之？朋友要犧牲，也是雙方的犧

牲，豈能單讓西門吹雪犧牲？

一想到這裡，陸小鳳的人就像支箭般飛出。

不是往前的箭，是往後的箭。

二

日午，太陽高照，無風。

花叢中有蝴蝶飛舞。

花叢外飛的卻不是蝴蝶，是蒼蠅。

那種飛起來嗡嗡作響的青頭大蒼蠅。

看到蒼蠅，陸小鳳就聞到血腥的氣味。

馬不在，馬車不在，人也不在。

陸小鳳的人飛奔進入西門吹雪的屋裡。

一切傢具整潔如常，每樣東西依舊一塵不染。

西門吹雪呢？

整棟房子除了陸小鳳以外，一個人也看不見。

一陣風忽然吹進屋裡，陸小鳳不禁顫抖了一下。

大錯已經鑄成了嗎？

陸小鳳走出去，走近血跡斑斑的地上，伸掌連拍。

嗡嗡作響的蒼蠅忽然都沒有了聲音，紛紛倒臥在那灘血上。

只剩下花間飛舞的蝴蝶，猶在忽上忽下忽左忽右的飛翔。

花已不香，蝴蝶已不再美麗。

陸小鳳怔怔注視著地上的血跡，出神。

「你在憑弔那匹馬？」聲音傳入陸小鳳耳際時，一隻手也搭在他肩上。

聲音是西門吹雪的聲音，手也是西門吹雪修剪得異常整潔的手。

陸小鳳愣住。

西門吹雪的笑容，比太陽還令陸小鳳覺得溫暖。

「這不是你的血？」

西門吹雪道：「是的話，我還會站在這裡嗎？」

陸小鳳道：「哦，對，這是馬的血。」

西門吹雪道：「你為什麼要趕回來？」

陸小鳳道：「我害怕。」

西門吹雪道：「你害怕我會遭宮九的毒手？」

陸小鳳點頭。

西門吹雪雙手攀住陸小鳳雙肩，猛力搖了幾下。

西門吹雪道：「就憑你這點，你以後來找我辦事，我不要你剃鬍子了。」

陸小鳳苦笑。

這就是友情的代價！

陸小鳳看看地上的血，道：「你確實讓我擔上了心。」

陸小鳳看看地上的血，道：「你以為我會死？」

西門吹雪道：「是的。」

陸小鳳道：「為什麼？」

西門吹雪道：「因為你是個極愛清潔的人，豈能容許一灘血在你屋前？」

陸小鳳笑道：「我當然不能容忍，只是我沒有時間去清洗。」

西門吹雪道：「你沒有時間？」

陸小鳳道：「是的，我還未來得及清洗，你就來了。」

西門吹雪道：「我來以前呢？」

陸小鳳道：「我正在河邊吐。」

西門吹雪道：「吐？嘔吐？」

陸小鳳道：「你為什麼要吐？」

西門吹雪道：「因為我見到一個人，他的舉動醜陋得令我非吐不可。」

西門吹雪點頭。

陸小鳳道：「誰？」

西門吹雪道：「宮九。」

陸小鳳道：「宮九？他怎麼啦？」

力。」

西門吹雪道：「他哀求我打他。」

陸小鳳道：「你打了嗎？」

西門吹雪道：「沒有。高手過招前的凝視，絕不能疏忽，我以為他是故意擾亂我的注意

陸小鳳道：「然後呢？」

西門吹雪道：「然後他忽然舉起手來，自己打自己的臉。」

陸小鳳道：「你還是沒有理他？」

西門吹雪道：「你說對了。我依舊目不轉睛的看著他。」

陸小鳳道：「他怎麼辦？」

西門吹雪道：「他挨了鞭子。」

陸小鳳道：「挨誰的鞭子？」

西門吹雪道：「牛肉湯的。牛肉湯不停的打他，他在地上翻滾，高興得大叫。」

陸小鳳道：「你怎麼辦？」

西門吹雪道：「我趕快衝到河邊，大吐特吐，要不然……」

陸小鳳道：「要不然就怎樣？」

西門吹雪道：「要不然我吐在地上，這裡我就不能再住了。」

陸小鳳道：「那恐怕我就要賠你一棟房子囉。」

西門吹雪道：「你知道我這棟房子價值多少嗎？」

陸小鳳道：「值多少？」

西門吹雪道：「你知道霍休嗎？」

陸小鳳笑了。

他怎麼能不知道霍休？他怎麼能不知道富甲天下，卻喜歡過隱士生活，性格孤僻的霍老頭？

他還清楚記得，那一次，他本來舒舒服服的躺在床上喝酒，忽然來了三個名滿江湖的怪人，一個是整天唸著「多情自古空餘恨」的「玉面郎君」柳餘恨，一個是整天唸著「秋風秋雨愁煞人」的「斷腸劍客」蕭秋雨，一個是「千里獨行」獨孤方。

這三個人本來就難得在一起，而更奇怪的是，他們不但都聚在一起，而且他們竟然都成了丹鳳公主的保鏢。

當丹鳳公主也進入他的房內，忽然向他下跪的時候，他就撞破了屋頂，落荒逃走。

他躲避丹鳳公主的地方，就是霍休的一處居所。那是一棟木屋，卻價值連城。

因為那本來是大詩人陸放翁的夏日行吟處，牆壁上還有陸放翁親筆題的詩。

但是房子在一刹那間就被柳餘恨、蕭秋雨和獨孤方拆了。

丹鳳公主一出手，就賠償五十兩金子給霍休。

五十兩金子可以蓋好幾棟房子了！

但陸小鳳卻認為那棟木屋價值三四萬兩金子。

現在西門吹雪忽然問起這個問題，是否也認為他的房子值這麼多金子？

所以陸小鳳就把這意思說了出來：「你要把你的房子和霍老頭的相提並論？」

西門吹雪卻搖頭道：「你猜錯了。」

陸小鳳道：「我猜錯了？」

西門吹雪道：「我只不過是說，任何一棟房子，都是無價的。」

陸小鳳道：「為什麼？」

西門吹雪道：「因為房子裡的人，也許有一天也會名動四方的。」

陸小鳳道：「你說得一點也不錯，霍老頭的那棟木屋，在陸放翁行吟的時候，根本也只不過是一堆木頭蓋起來的房子而已，但是陸放翁的詩受到世人的賞識以後，到了霍老頭住的時候，就價值連城了。」

西門吹雪道：「所以假如我不能住在這裡，這種房子你也賠不起。」

陸小鳳道：「你錯了，我賠得起。」

西門吹雪道：「哦？」

陸小鳳道：「因為我現在根本不必賠給你，等幾百年後，後世的人都還知道有個西門吹雪的時候，我已經羽化登仙去了。」

西門吹雪道：「我發現你會耍賴。」

陸小鳳笑道：「就算是吧，也賴不到你身上，因為你現在根本不會搬走。」

西門吹雪道：「這次是你錯了。」

陸小鳳道：「哦？」

西門吹雪道：「我馬上就要搬走。」

陸小鳳道：「為什麼？」

西門吹雪道：「因為，這裡適合你住。」

陸小鳳道：「適合我住？」

西門吹雪道：「宮九一定以為你已經走了，怎麼也想不到你還會回來，所以他不管派出多少耳目，不管他的耳目在哪裡探聽，都再也打聽不到你的行蹤。」

陸小鳳道：「因為我已經在你這裡高枕無憂了。」

西門吹雪道：「完全正確。」

陸小鳳道：「那麼你呢？」

西門吹雪道：「我走。」

陸小鳳道：「你去哪裡？」

西門吹雪道：「我去學佛。」

陸小鳳道：「學佛？跟誰？」

西門吹雪道：「當然跟和尚。」

陸小鳳道：「跟哪一位和尚？」

西門吹雪道：「老實和尚！」

陸小鳳道：「老實和尚懂佛？」

西門吹雪道：「我不知道。」

陸小鳳道：「你不知道？你不知道還要跟他學？」

西門吹雪道：「我只跟他學一招。」

陸小鳳道：「哪一招？」

西門吹雪道：「坐懷不亂。」

陸小鳳道：「坐懷不亂？學來幹什麼？」

西門吹雪道：「學來對著兩個大美人的時候，不會心猿意馬。」

陸小鳳道：「兩個大美人又是誰？」

西門吹雪道：「一個叫沙曼，一個叫小玉。」

陸小鳳笑道：「你是說，你要去接他們來這裡？」

西門吹雪道：「你有比這更安全更好的方法嗎？」

陸小鳳道：「有。」

西門吹雪道：「請說。」

陸小鳳道：「只是我們暫時都做不到。」

西門吹雪道：「那是什麼方法？」

陸小鳳道：「殺死宮九的方法。」

三

陸小鳳相信西門吹雪的為人，相信他的能力，相信他的武功。

所以他安安穩穩舒舒適適的躺在屋前，享受花香、陽光、微風和翩翩飛舞的蝴蝶。

陸小鳳的心緒，也隨著飛舞的蝴蝶上下起伏，飛到了沙曼的身上。

他渴望見到沙曼。

他忽然興起一種從江湖中引退的感覺。

他在江湖中實在已經待了很久了，雖然他還年輕，還有著一顆熾熱的心，但他忽然覺得江湖險詐，你爭我奪的血腥味太濃了。

他只希望和沙曼共聚，找一個小島，或者就回到小老頭那小島上，就住在沙曼以前的房屋裡，不再過問是非恩怨，不再拿劍。

他看看自己的手。

——不拿劍，拿什麼？

——拿眉筆？

他不禁笑了起來。

然後他就聽到一陣聲音。

不是他的笑聲，是馬蹄踏在地上的聲音。

不是一匹馬，也不是二匹、三匹、四匹馬，而是十幾二十匹馬奔馳在地上的聲音

他霍地站起。

當馬匹奔馳的聲音愈來愈清晰、愈來愈響亮的時候，陸小鳳作了一個決定。

他決定隱藏起來。

所以他「嗖」的一聲，就隱身沒入花叢之中。

——是什麼人？

這是陸小鳳在花叢中想到的第一個問題。

——是西門吹雪出賣他嗎？

這是陸小鳳在花叢中想到的第二個問題。

這兩個問題其中的一個馬上就有了答案。

因為奔馳的馬已停在西門吹雪的門前。

整整二十四匹馬、二十個人。

二十個已經從馬上躍下的人。

二十個身穿黑色勁裝的人。

陸小鳳認出其中的一個。

帶頭的一個。

鷹眼老七！帶頭的人就是十二連環塢的總瓢把子鷹眼老七。

——鷹眼老七來找誰？

——找西門吹雪抑或陸小鳳？

——有什麼事？

四

陸小鳳只知道一件事。

鷹眼老七來找的人，不是他，是西門吹雪。

因為鷹眼老七叩門時的話，是：「十二連環塢鷹眼老七求見西門公子。」

所以陸小鳳證明西門吹雪沒有出賣他。

他感到一陣慚愧。

他在心中反覆的告誡自己：對朋友一定要信任，一定要有信心。

所以他又深深呼吸那微風夾著的芬芳花香。

但是他卻沒有安詳的坐下或躺下，他反而飛快的展開輕功，向鷹眼老七消失的方向追去。

因為他心中還有一個大疑問。

——鷹眼老七來找西門吹雪做什麼？

鷹眼老七是十二連環塢的總瓢把子，十二連環塢的勢力遠及塞外，連黑白兩道中都有他的門人子弟。

鷹眼老七不管走到哪裡，都應該很罩得住，很受當地黑白兩道熱烈的招呼。

所以鷹眼老七落腳的地方，應該是大鎮或村莊才對。

陸小鳳這次卻想錯了。大錯而特錯。

因為陸小鳳跟蹤馬蹄印一路走去，忽然發現，鷹眼老七他們去的方向，竟然不是大村鎮。

他們落腳的地方，只是一個很隨便的所在，就像走累了，就隨便找個可以坐下來的地方一樣。

那只不過是曲曲折折的山道上，一片較爲空曠的地方而已。

但是他們都下了馬，聚在一堆，遠遠望去，彷彿是在談論一件機密的事情似的。

陸小鳳發現自己錯了。他們根本不是談論事情，而是圍著一堆堆的乾糧滷菜，大吃大喝。

太陽已過了中天，陸小鳳才發覺，自己的肚子也咕嚕嚕響了起來。但是他卻不能坐下來吃。

並不是怕被他們發現，也不是沒有時間吃，而是他什麼吃的東西都沒有帶在身上。

他身上只有可以買吃的東西的銀子。

銀子在山上是一點用處也沒有的。所以他只有潛至近處，看著他們大吃。

他不但可以看到他們的吃相，還可以聽到他們談話的聲音。

「是什麼？」

「你知道我生平最怕的一件事是什麼嗎？」

「你怎麼啦！」

「翻你個大頭鬼！」

「咱哥兒倆今天晚上去翻翻本，然後再去找春紅和桃娘樂上一樂如何？」

「就是摸門釘。有一次他去辦事，也是找不到人，結果我去推了幾把牌九，哈，你知道結果嗎？連續二十七把，我拿的都是鱉十。」

「所以你今天沒看到西門吹雪，你就不賭？」

「絕不賭。」

「我勸你還是痛痛快快賭一場的好。」

「爲什麼？」

「因爲你見到西門吹雪，恐怕就不一定有機會賭了。」

「你是說我們殺不了他？」

「我只怕是沒有可能。」

「不可能。」

「你那麼自信？」

「當然，我們二十個人在他全無提防之下，忽然發了二十種不同的暗器，我看神仙恐怕也難躲得過，何況只不過是凡人而已。」

陸小鳳已經知道是怎麼回事了。

宮九一定是因爲西門吹雪阻擋住他，以致於陸小鳳逃出了他的勢力範圍，所以對西門吹雪懷恨在心，派鷹眼老七來暗算西門吹雪。

這是最有可能的推理。而且這也證明了一件事。

宮九果然找不到陸小鳳的蹤影，這表示，陸小鳳因為回頭去找西門吹雪，而脫離了宮九的追蹤。

這也證明了另外一件事。

西門吹雪一路上，都沒有被任何人發現。

陸小鳳安心了。他知道，他只要再做一件事，他就可以安安穩穩的坐在西門吹雪的門外，等待西門吹雪把沙曼他們接來。

五

鷹眼老七雖然不嗜賭，有時候也會下幾把賭注過過癮的。

但今晚，他只是瞪著眼睛，看著他的手下在賭，連一點參加的興致也沒有。

他酒量雖然不算很好，有時候喝上十來二十碗滿滿的燒刀子，卻也不會醉。

但今晚他只喝了兩碗，就感覺到頭暈了。

有心事的人，通常都比較容易喝醉。

有心事的人，通常都沒有賭的興趣。

鷹眼老七本來是個很看得開的人，不管什麼事，他都很少放在心上。

但今晚他卻有心事，不但是今晚有，而且最近都有。

自從他走錯了那麼一步以後，他就有了心事，這分心事一直壓得他悶悶不樂。

他已經是十二連環塢的總瓢把子了，為什麼還要受宮九指使？

他擔心有一天，他的命運會像葉星士那樣。

因為這世上，知道宮九秘密的人，只剩下他一個人了。

他實在不應該去知道宮九的秘密的。

以他一大把年紀，以他的家財，根本就什麼都不必愁，為什麼竟在那一刻，受不了大量金錢的誘惑，受宮九的支配？

要這麼一大堆錢，又有什麼用？難道真要死後帶進棺材裡？

陸小鳳是個古道熱腸，重義氣講仁愛的人，在劫案發生後，鷹眼老七第一個想找來幫忙的人，就是陸小鳳。

但現在，鷹眼老七卻要聽命於宮九，要追查陸小鳳下落，宮九說格殺時，他就要狠下心來殺害這樣的一位俠士。

西門吹雪雖然不是大仁大勇的人，但他從不殘殺無辜，這一點，在江湖上就足以令人敬佩。

但現在，鷹眼老七卻奉命要殺害西門吹雪。

所以他又舉起碗中酒，猛然又乾了一碗。

所以他連賭局是什麼時候散的，一點也不知道。

當他醒來，發現自己伏在桌上，偌大的客棧空空蕩蕩，有一種昏沉的感覺。

然後，他才發覺，他身上的刀不見了。

然後，他又發覺，他面前有一張紙條。

紙條上面寫著：

　西門吹雪　長安。

廿　老實和尚不老實

一

刀。刀在陽光下閃耀著眩目的光芒。

刀在陸小鳳手上。

陸小鳳把玩著手中的刀，忽然對太陽射在刀上發出光芒的角度發生興趣。

他把刀平放，垂直，傾斜，擺了五十六個不同的角度，只看到十四個角度時會反射光芒。

他忽然笑了，對這樣的研究笑了起來。

假如有一天，他要用刀來對付敵人，他就可以先用這種陽光反射的方法來刺激對方的眼睛，對方如果受到干擾，他就必勝無疑了。所以他很感謝鷹眼老七。

要不是鷹眼老七身上剛好帶著刀，要不是鷹眼老七剛好醉醺醺的躺在桌上，要不是他剛好撫摸著刀身，陸小鳳忽然得意的笑了起來。

——要不是我去留個字條給鷹眼老七，他就不會拿鷹眼老七的刀，也就不會發現這個道理了。

——要不是我順手拿了他的刀，要不是我在陽光下玩這把刀，我會發現這個道理嗎？

——所以我應該感謝自己才好，爲什麼感謝鷹眼老七？

陸小鳳的笑容更得意了。

——鷹眼老七現在一定帶著他的手下，在趕赴長安途中吧？

鷹眼老七沒有理由不去長安的，任何一個人在那種情況下，一定會去長安的。

假如他相信字條上的話，他一定會去。

假如他不相信，他也一定會去。

因為留字條的人隨時都可以取走他的性命，他為能留下？

而且，陸小鳳也沒有騙他，因為陸小鳳只寫上「西門吹雪□長安」，中間空了一個字。

空的地方也可能是兩個字——不在。

空的地方也可能是三個字。

——西門吹雪「不在」長安。

這就是留空的好處。

西門吹雪「也許在」長安。

陸小鳳忽然想到古人的繪畫，為什麼會留空那麼多，原來空的地方，具有更多層的解釋，大家可以各憑己意去欣賞、去批評，去猜測畫中的意境。

而陸小鳳字條留空的意境卻只有一種：

——西門吹雪根本不在長安。

——西門吹雪應該到了沙曼他們隱藏的地方了吧？

陸小鳳算算日期，應該是西門吹雪見到沙曼的時候了。

二

西門吹雪並沒有見到沙曼。

西門吹雪首先見到的，是一道懸崖，是懸崖下拍岸的怒浪，是打在懸崖上濺起的浪花。

然後他才看到陸小鳳說的木屋。他很喜歡這裡。

看到那懸崖和浪花，他就想起蘇東坡的詞。

——驚濤裂岸，捲起千堆雪。江山如畫，一時多少豪傑。

這裡實在是適合隱居的地方。

西門吹雪好後悔答應陸小鳳要把沙曼他們帶去。

——為什麼不答應陸小鳳，來這裡保護他們？

這樣他就可以住在這裡，可以在這裡享受海風，享受浪花飛濺的景象了。

他雖然後悔，卻還是舉步走向木屋，一點遲疑的意思也沒有。

西門吹雪不管走到哪裡，都不會忘記他的君子風度。

就算在這只有一戶木屋的懸崖上，他還是記得君子的表現。

所以木屋的門儘管是半掩的，他還是在門上敲了幾下。

他一向都等屋裡的人來應門，或者請他入內，他才進去。但這次他卻例外。

任何事情都有例外的。

比如敲了幾十下的門，都沒有人應門。

比如忽然聞到血腥的氣味。

西門吹雪不但敲了五六十下的門都沒有回音，而且也聞到了血腥的氣味。

所以他只有破例。

所以他就把門全部推開，像貓一樣機警的走入屋內。

大廳裡除了木桌、木椅、茶杯、茶壺外，什麼也沒有。

西門吹雪並沒有一下子衝進房間裡。他是高叫了兩聲「有人嗎？」之後才衝進去的。

第一個房間裡除了木床、棉被、枕頭外，沒有人。

第二個房間的景物和第一間的一模一樣。

第三個房間卻有一個人。

死人。死去的女人。

西門吹雪衝進去，把這女人翻個身，他赫然發現兩件事。

——這個女人是小玉，因為陸小鳳形容的沙曼，不是這個樣子。

——這個女人並沒有死，因為她喉中還發出非常微弱的呻吟聲。

西門吹雪把小玉救回他的馬車上時，他又發現了一件事。

——小玉的右手緊緊的握著。

他把小玉的右手拉開，一張紙團掉了下來。

紙條上只寫著七個字。

用血寫的七個字——老實和尚不老實。

三

陸小鳳不知道懸崖上的小木屋已經發生了變故。

陸小鳳不知道沙曼和老實和尚已經不知去向。

陸小鳳不知道小玉已經被刺重傷。

陸小鳳不知道西門吹雪為了救小玉，並沒有趕路，不但不趕路，反而找了個小鎮住了下來，請了個大夫醫小玉的傷。所以他到了西門吹雪無論怎樣也該回來的時候，卻還看不到馬車的蹤影，他的內心就浮現起一片濃濃厚厚的陰影。

——西門吹雪會不會發生意外？

——沙曼會不會發生意外？

——他們全都發生意外？

太陽由天空中央爬近西邊，又由西邊沉下隱沒，陸小鳳還在這疑問的陰影籠罩下。

一彎新月已爬至中央，他依舊坐在門前，焦急的伸長脖子盼望。

他感到煩躁擔憂焦慮渴望。他這分心情只有一個人了解。

西門吹雪了解陸小鳳的心情。因為他知道陸小鳳的期待。

傷，一定和老實和尚大有關聯。但真相如何？老實和尚在哪裡？

但是他實在沒有辦法趕回去，不是他不趕，而是他不能。

小玉失血很多，需要靜養，絕不能讓她在馬車上受巔簸之苦。

所以儘管西門吹雪了解陸小鳳的焦急，他實在是一點辦法也沒有。他自己又何嘗不急？

小玉緊握在手中的七個字「老實和尚不老實」，很明顯的表示出，沙曼的失蹤、小玉的受

西門吹雪只想早日見到陸小鳳，把心中的疑問統統交給陸小鳳，讓他自己去思考去解決。

然而小玉的臉色是那麼蒼白，連靜靜的躺在床上她都會痛得發出呻吟聲，他又怎麼能忍心

上路？

而且他又不敢把小玉一個人丟下，讓大夫來照顧她。

所以他只有一條路好走——等待的路。

陸小鳳已經等得很不耐煩了。三天前他就幾乎忍不住要離開去尋找了。

因為三天前他就認為最遲西門吹雪應該在三天前就回來。

能夠等待六天，陸小鳳的脾氣實在是不錯了。

所以當他舉起腳步要離去時，他做了一個決定。

他決定再佩服自己一天。因為佩服自己實在是一件不容易的事。

這是陸小鳳佩服自己有耐性的最後一天了。

這是第九天，不是第七天。因為陸小鳳又多等了兩天。

兩天來他舉了一百二十四次步。因為每一次舉步，他腦中就浮起一個想法。但一百二十四次都沒有走成功。

因為每一次舉步，他腦中就浮起一個想法。

——假如剛走，西門吹雪就帶著沙曼回來怎麼辦？

——假如沙曼一到，竟然見不到他怎麼辦？

所以他又留下，苦等，苦苦的等待。

黃昏。黃昏一向都是很令人愉快的。

因為黃昏就是親人即將團聚的時候。

耕田的人荷著鋤，迎著火紅的落日，走在阡陌田野的小徑上，回家和家人共聚。

各行各業的人，看到夕陽的餘暉，就知道休息的時候到了，一天的疲勞可以得到憩息了。

約會的情人，也開始妝扮，準備那黃昏後的會面了。

只有一種人在黃昏時不愉快——等待的人。

陸小鳳是等待的人。但是他的臉在晚霞映照下卻浮起笑容，因為他已不必再等待了。

因為他已聽到馬車奔馳的聲音。

因為他已看到西門吹雪的馬車。所以這個黃昏，是令陸小鳳愉快的黃昏。

陸小鳳的快樂，也跟天邊絢爛的彩霞一樣，稍稍停留，又已消失。

因為他看到的，是一臉風霜的西門吹雪，是一臉蒼白的小玉。

陸小鳳雖然焦急，但是他卻沒有催促小玉，只是耐心的、細心的聽著小玉用疲弱的口音，述說老實和尚不老實的故事。

——有一天，老實和尚忽然說他有事要離開幾天，就留下我和沙曼在那小屋裡，他就走了。

——然後過了七八天，老實和尚就回來了。

——他回來的時候，我不在，因為我一個人去撿貝殼去了。

——我捧著貝殼興高采烈的回去，還大聲高叫著沙曼的名字。

——沙曼沒有回答我。

——我看到老實和尚抱著沙曼。

——沙曼連掙扎也沒有，她大概在出其不意的時候，被老實和尚點了穴道。

——我大聲喝問老實和尚要幹什麼。

——他一言不發，對我露出邪淫的笑容。

——我衝向他。

——他忽然丟下沙曼，拿起掛在牆上的劍，刺向我。

——他的武功很可怕。

——他大概以為把我殺死了。

——我也以為我要死了。

——所以我在臨死前寫下了那七個字。

「然後呢？」陸小鳳忍不住問。

「然後我就到了這裡。」小玉說。

四

老實和尚在「四大高僧」中排名第三。

老實和尚到底是真老實還是假老實，沒有人知道，但是人人都知道，他武功之高，確是一點不假，誰惹了他，都會忽然在半夜不明不白的死去。

老實和尚已經有半年在江湖中絕跡，沒有一個人知道他幹什麼去了。

陸小鳳在這半年來第一次見到老實和尚，是在島上，老實和尚忽然從箱子裡冒了出來。

陸小鳳開始懷疑一件事：

——老實和尚真的被捉進箱子裡嗎？

陸小鳳忽然記起了在島上和老實和尚的一段談話：

「和尚為什麼要來？」

「和尚為什麼還沒有走？」

「你為什麼還沒有走？」

「我走不了。」

「連你都走不了，和尚怎麼走得了？」

「和尚為什麼沒有走？」

「和尚不入地獄，誰入地獄！」

「你知道這裡是地獄？你是到地獄來幹什麼的？那位九少爺又是個什麼樣的人？怎麼會把你裝進箱子的？」

老實和尚沒有回答。

「你既然知道，為什麼不說？」

老實和尚喃喃道：「天機不可洩露，佛云：『不可說，不可說』。」

陸小鳳知道，老實和尚一定很了解島上的秘密。

陸小鳳忽然想起一個問題。

——老實和尚是不是已被小老頭說服收買，做了隱形人？

陸小鳳又想起了兩件事：

——老實和尚躲在沙曼的床下，教他和沙曼一個逃走的方法。

——老實和尚又在船上救了他們一次。

陸小鳳心中浮起一個疑問：

——為什麼自己所想的逃走方法都行不通，老實和尚想的就行得通？

陸小鳳心中掠過一絲陰影：

——這是老實和尚和宮九串通的嗎？

陸小鳳馬上想到問題的關鍵：

——爲什麼？

假如宮九要殺他，他相信，在島上就可以殺了他。

以宮九爲人處事的態度，絕不可能疏忽到讓陸小鳳和沙曼他們逃上船的。

更絕不可能讓他們從船上逃回陸地！

那是絕不可能的。

陸小鳳心中又浮起同樣的問題：

——那到底是爲什麼？

宮九既然存心放他回陸地，爲什麼又設計陷害他，讓他走上絕路？

——老實和尚這次劫走沙曼，又是爲什麼？

陸小鳳仰望蔚藍的蒼穹，心中打起一個一個的結。

白雲飄來，白雲飄去，蔚藍依舊是蔚藍。

陸小鳳忽然感到心中興起一陣波濤。在震撼中，他理出了頭緒……

——天空是不變的，變的只是來去的雲層而已。

——這件事也是一樣，老實和尚和宮九，就像白雲一般，只是想改變天空的容貌而已。

——只要把老實和尚和宮九撇開，天空的容貌還是原來的樣子。

——這天空就代表了小老頭。

陸小鳳記起小老頭對他說的話：

——只要陸小鳳加入小老頭那個行列，隨便陸小鳳考慮多久，絕不限制他的行動，無論他

幹什麼，無論他到哪裡去都可以。

這是絕不可能的事。因為陸小鳳根本就不想加入。

這一點，小老頭應該知道。

所以，放他走，讓他和沙曼一起走，無非是讓他和沙曼的愛情更加深刻、更加難忘。

所以，設計陷害他，無非是讓他行走江湖時更加困難、更加煩惱。

這些都只有一個目的。

小老頭的目的。

——加入他們。

假如陸小鳳加入他們的行列，他知道，劫鏢的事馬上可以澄清，而且一定是由他來破案，贏回清白。

因為這樣一來，他的名望就更高，就更沒有人會懷疑他會做壞事，他就可以做一個可能是空前絕後的隱形人了。

假如陸小鳳加入他們的行列，他知道，沙曼馬上就會現身，他就不會再受相思的煎熬了。

陸小鳳心中還有一個疑問。

——小老頭為什麼一定要他加入呢？

——他們已經有能力劫持價值三千五百萬兩的金珠珍寶，他們還要他加入幹什麼？

這問題只有一個可能的答案⋯

——小老頭要進行一件非常大的陰謀，這陰謀絕對是轟動江湖的陰謀。

——所以小老頭才需要他。

——所以小老頭才千方百計的設陷來困擾他。

陸小鳳很替小老頭惋惜。因為小老頭不了解他。

他會為了蒙受不白之冤受江湖人唾棄而加入他們，去做壞勾當嗎？

他會為了愛情的煎熬放棄自己做人的原則嗎？

假如他會，他就不是陸小鳳。

假如不是陸小鳳，江湖上早就遍佈邪惡勢力，黑白兩道恐怕只剩下了一道——黑道。

惡勢力儘管會在一段時期裡佔著優勢，但是總會出現一些三不妥協、不為利誘、不為情惑、無視生死恩仇的英雄，出來整頓局面。

陸小鳳絕對是其中的一個。所以陸小鳳感到悲哀，一種不被了解的悲哀。

在陸小鳳心目中，小老頭是一個奇人。

陸小鳳也是奇人。

奇人應該了解奇人，但小老頭卻不了解陸小鳳。

所以陸小鳳想起一件事。

——也許小老頭是個完人。

在陸小鳳心目中，完人有三個定義。

——第一，完人不是人。

——第二，完人很不好「玩」。

——第三，完人已經完了。

以小老頭的才智，以他在島上網羅到的人才，以他設計的劫案來看，這些，都不是「人」能夠做到的。

跟小老頭打交道，他只有一個目標，非要你加入他的行列，像陸小鳳一樣，小老頭千方百計的要迫使他加入，這是非常不好「玩」的事。

對付這種人，陸小鳳只有一種方法。

很不簡單但卻很有效的方法：

——不妥協、不為情困，跟小老頭宮九他們拚到底，查不出劫案和兇殺案的真相，絕不甘休。

陸小鳳決定這樣做的時候，他通常都能做到。所以小老頭可以說已經快完了。

下了決定以後，陸小鳳知道他要做兩件事。

——他必須回去那懸崖上的木屋，看看老實和尚有沒有留下什麼暗示給他。

老實和尚絕不會單單劫走沙曼就算了，他一定會想辦法讓陸小鳳知道他做了什麼事，應該到哪裡找到他和沙曼才對。

假如他回到木屋，而一無所獲的話，他就要做另外的一件事。

——到長安去。

他把鷹眼老七引到長安，鷹眼老七一定會在長安找尋西門吹雪的下落。

所以只要他到長安，他一定可以找到鷹眼老七。

找到鷹眼老七，他就可以找到宮九，也就可以找到老實和尚和沙曼。

在未做這兩件事以前，他必須要做到一件事。

這件事他不做，他就做不了下面的事。

這件事是──他必須向西門吹雪辭行。

廿一　尋尋覓覓

一

依舊是悠揚的笛音。

依舊是面對西門吹雪。

坐的依舊是那個位置，杯中依舊是碧綠澄清的竹葉青。

只是，陸小鳳這次不是來，是去。

杯中有酒，豪氣頓生。

陸小鳳心中有的，是豪情，不是離情。

西門吹雪心中升起的卻是離情：「你不等小玉好了一起走？」

陸小鳳搖頭道：「她在你這裡養傷是最安全的地方。」

西門吹雪道：「你把這個熱山芋交給我？」

陸小鳳道：「你錯了。」

西門吹雪道：「哦？」

陸小鳳道：「她不是山芋，更不是燙手的山芋。」

西門吹雪道:「那她是什麼?」

陸小鳳道:「美女,一個受了傷的美女。對於這種能親近美女的機會,要不是我十萬火急,我絕對不會讓給你。」

西門吹雪道:「只要我隨便吆喝一下,我身邊就可以有成群活蹦蹦的美女,我為什麼要守住這個機會?」

陸小鳳道:「因為你是西門吹雪。」

西門吹雪道:「我不懂。」

陸小鳳道:「你知道人家對你的稱呼嗎?」

西門吹雪道:「什麼稱呼?」

陸小鳳道:「他們說,西門吹雪吹的不是雪,是血。」

西門吹雪道:「這跟小玉有什麼關係?」

陸小鳳道:「有,大有關係!」

西門吹雪道:「哦?」

陸小鳳道:「小玉受了傷,流的就是血,只有你這個吹血的西門吹雪,才能把她受傷的血吹走,讓她變成一個活蹦蹦的美女。」

西門吹雪道:「你要我照顧她到什麼時候?」

陸小鳳道:「到她能起來走的時候,或者──」

西門吹雪道:「或者什麼?」

陸小鳳道：「或者是她想走的時候，又或者——」

西門吹雪道：「還有或者？」

陸小鳳道：「當然有。」

西門吹雪道：「又或者什麼？」

陸小鳳道：「又或者，你希望她走的時候。」

西門吹雪道：「我會希望她不走嗎？」

陸小鳳道：「很難說，因為她是個很解風趣的美人。」

西門吹雪道：「你要我照顧她，我絕對好好照顧她，可是，你把我西門吹雪看成是什麼人？」

陸小鳳道：「一個能開玩笑的人。」

西門吹雪道：「你為什麼要開我玩笑？」

陸小鳳道：「因為你心有離愁。」

西門吹雪道：「哦？」

陸小鳳道：「我開你玩笑，只不過想沖淡你心中的離愁而已。」

西門吹雪道：「你呢？你一點離情也沒有？」

陸小鳳道：「沒有。」

西門吹雪道：「你是個無情的人。」

陸小鳳道：「我有情。」

西門吹雪道：「什麼情？」

陸小鳳道：「豪情。」

西門吹雪道：「我不了解你。」

西門吹雪道：「你想了解我？」

陸小鳳道：「你想了解我？」

西門吹雪道：「是的。」

陸小鳳舉起杯中酒道：「我們先乾了這杯。」

西門吹雪乾杯後，卻看到陸小鳳站了起來。

西門吹雪道：「你要走了？」

陸小鳳道：「是的。」

西門吹雪道：「那我怎麼了解你？」

陸小鳳拿起桌上的筷子和碗，用筷子敲在碗上，高聲唱道：

「誓要去，入刀山！

浩氣壯，過千萬！

豪情無限，男兒傲氣，地獄也獨來獨往返！

存心一闖虎豹穴，今朝去，幾時還？

奈何難盡歡千日醉，此刻相對恨晚。

願與你，盡一杯！

聚與散，記心間！

毋忘情義，長存浩氣，日後再相知未晚。」

歌已盡，酒已空。陸小鳳放下碗筷，轉身離去。

「慢著！」西門吹雪隨著大喝聲站起，走向又轉過身來的陸小鳳。

西門吹雪沒有說話，他只是伸出他的一雙手。

他的手緊握著陸小鳳的雙腕，陸小鳳的手也緊握著西門吹雪的腕。

西門吹雪激動的輕輕吟誦：「毋忘情義，長存浩氣，日後再相知未晚。」

西門吹雪眼中已溫熱。陸小鳳放開西門吹雪的手腕，大步走了出去。

只聽陸小鳳豪放的歌聲，猶自在黑夜中繚繞：「毋忘情義，長存浩氣，日後再相知未

晚。」

二

風。海風。

海風吹在陸小鳳身上，陸小鳳站在懸崖上。

浪潮輕拍，那節奏的韻律一起一伏的傳入陸小鳳的耳中。

他想起一種聲音。呼吸的聲音。

──沙曼甜睡時細微均勻的呼吸聲。

他忽然了解到一件事。

事。

他了解到，為什麼情人都喜歡到海邊，注視著茫茫的海水，去尋找昔日的回憶。

原來海水輕撫岩岸和沙灘的聲音，就和情人在耳邊的細語一樣。

在海邊勾起的，常常都是最令人難忘、最刻骨銘心，也最甜蜜的回憶。陸小鳳決定了一件

——假如要定居，就和沙曼在海邊定居。

然而，沙曼呢？

——沙曼，沙曼，你在何方？

燈。點燃的燈。

燈在陸小鳳手上。

燈光在移動，因為陸小鳳的腳在移動。

沒有。什麼也沒有。

陸小鳳已經就著燈光，照遍了屋中各處，連一點暗示的痕跡也沒有發現。

——老實和尚居然連一點暗示也沒有留下來？

陸小鳳認為這是不可思議的。

他們千方百計，無非要迫陸小鳳就範，而劫持沙曼，無疑是為了要威脅陸小鳳。

這等於是到了攤牌的時刻。但是，見不到和你攤牌的人，你如何攤牌？

所以陸小鳳一心認定老實和尚一定會留下什麼指示給他，好讓他去攤牌。

但陸小鳳卻什麼也沒有發現。放下燈，他忽然感到一股寒意。

——老實和尚劫走沙曼難道和小老頭他們無關？

——老實和尚劫走沙曼，難道真的要對沙曼不老實？

陸小鳳的恐懼很快就消失了。並不是因為他相信老實和尚不是好色之徒，而是發現了一件事。

他發現的，其實不是一件事。

只是兩個字——宮九。

這兩個字不是用手寫的，是用指力刻在木桌上的。

陸小鳳只顧拿著燈到處找尋，卻忽略了燈下的木桌上，本來就刻著這兩字。

雖然他早就知道這件事一定和宮九有關，但是看到老實和尚用指力刻下的這兩個字，陸小鳳的人才輕鬆下來。因為他心中一直有個陰影，他很害怕沙曼的失蹤完全和宮九無關。

現在一切疑慮都消失了。他要對付的人，只有宮九。要找宮九，他必須要找鷹眼老七。

要找鷹眼老七，他必須要到長安。所以陸小鳳就乘著月色，踏上往長安的路。

三

酒。裝在碗裡的酒。

裝酒的碗被鷹眼老七拿著。這是他今晚拿過的第二十四碗酒。

他還是和前面的二十三碗一樣，咕嚕一聲，就吞入肚中。

喝到第二十六碗的時候，鷹眼老七以爲自己醉了。

因爲他忽然發現，原來放碗的地方，忽然多出了一把刀。他用力揉眼睛。

「你不用揉眼睛，你沒有醉。」一個聲音從他背後傳來。

鷹眼老七回頭，看不到人。

鷹眼老七注視著桌上的刀，問道：「你怎麼知道我沒有醉？」

「因爲你看到的刀，是真正正確確實實的刀，不是你的幻覺。」聲音又在他身後響起。

鷹眼老七在這聲音說了一半時，突然回頭，但是依舊什麼也看不到，聲音依舊從他耳後傳

入。

聲音響起：「本來是你的。」

鷹眼老七道：「現在呢？」

「現在也是你的。」

「那你爲什麼把刀拿走幾天？」

鷹眼老七頹然回頭，拿起桌上的刀，道：「這就是我的刀嗎？」

「因爲我要偷刀立威。」

「你爲什麼要那樣做？」

「這樣你才會來長安。」

引走，你沒事就來煩上半天，我還有好日子過嗎？」

鷹眼老七道：「你為什麼會住在西門吹雪家裡？」

陸小鳳道：「因為我要等他回來。」

鷹眼老七道：「他去哪兒？」

陸小鳳道：「去接沙曼。」

鷹眼老七道：「沙曼呢？」

陸小鳳道：「沒有接到。」

鷹眼老七道：「沒有接到？」

陸小鳳道：「所以我才來長安。」

鷹眼老七道：「沙曼在長安？」

陸小鳳道：「我不知道。」

鷹眼老七道：「那你來長安找誰？」

陸小鳳道：「有。因為你去找西門吹雪的時候，住在他家的人，剛好是我。假如我不把你

鷹眼老七道：「這跟你過日子有關係嗎？」

陸小鳳道：「因為我希望我的日子過得舒服。」

鷹眼老七道：「你為什麼要把我引來長安？」

「我不了解你，我是陸小鳳。」陸小鳳說完，人就坐在鷹眼老七的對面。

「你很了解我，你是誰？」

陸小鳳道：「找你。」

鷹眼老七道：「找我？找我幹什麼？我又不知道沙曼去了哪裡。」

陸小鳳道：「你知道。」

鷹眼老七道：「我知道。」

陸小鳳道：「我知道？怎麼連我自己也不知道我知道，而你卻知道我知道？」

陸小鳳道：「我就是知道你知道。」

鷹眼老七迷糊了。

陸小鳳又道：「我也知道你其實並不知道沙曼在哪裡。」

鷹眼老七更迷糊了。

陸小鳳道：「可是，我知道你知道另外一個人在哪裡。」

鷹眼老七的眼睛亮了一亮，道：「這個人知道沙曼在哪裡？」

陸小鳳笑了，可惜少了兩條「眉毛」。

陸小鳳道：「我不是說過，你一點也沒醉嗎？」

鷹眼老七道：「這個人是誰？」

陸小鳳一字一字道：「宮九。」

鷹眼老七在喝第十六碗酒的時候，客店的大廳就只剩下他一個人了。

陸小鳳看到他的時候，他正喝下第二十四碗。

大廳本來就只有他們兩個人。現在也沒有別人，只不過現在忽然多了一種聲音。

一種很多暗器破空的聲音。

陸小鳳反應雖然快，還是慢了一點點。其實慢的不是他，是鷹眼老七。

因為鷹眼老七雖然沒有喝醉，但喝了二十六碗火辣辣的燒刀子以後，反應總是差很多的。

所以當陸小鳳拉著鷹眼老七的手，往上衝的時候，已經慢了。

陸小鳳當然沒有受傷，受傷的只是鷹眼老七。

因為暗器招呼的對象，根本不是陸小鳳，而是全部射向鷹眼老七。

他們要殺的人，是鷹眼老七。

衝破屋瓦，衝出街上，陸小鳳並沒有去追殺發暗器的人。他有兩點理由不必去追殺。

——發暗器的人，暗器發出後，一定分頭逃走，絕不會理會對方是否已中暗器死亡。因為

他們知道他們要對付的是什麼人，假如他們要查看，他們就只有一條路可走——死路。

——他們要殺的人不是陸小鳳，是鷹眼老七，可見他們早就在監視鷹眼老七，要殺他，無

非是要滅口，所以陸小鳳目前最重要的事，就是讓鷹眼老七說出宮九的秘密。

陸小鳳並沒有聽到鷹眼老七說出宮九的秘密。他聽到的，是鷹眼老七的懺悔。

他雖然知道鷹眼老七中的暗器有劇毒，命已不長，他卻沒有打斷鷹眼老七斷斷續續的懺

悔。

人死前的懺悔，是獲得最後一剎那心中平安的方法，陸小鳳怎麼忍心打斷他？

了。

所以陸小鳳只有靜靜的傾聽。

鷹眼老七的臉上，由痛苦漸趨平靜。他看著陸小鳳道：「你原諒我嗎？」

陸小鳳點頭，眼中已含滿淚水。

十二連環塢的總瓢把子，叱咤風雲的鷹眼老七，誰會想得到，竟然爲了多拿幾個錢，弄到這樣的收場？而且，那些錢對鷹眼老七來說，是毫無用處的。因爲他自己的錢，就已經花不完

看到陸小鳳點頭，知道陸小鳳原諒了他，鷹眼老七臉上浮起了笑容。

他用微弱的聲音道：「我……我……有一個……秘密要……告……訴……你。」

陸小鳳什麼話也沒說，他立刻把耳朵貼在鷹眼老七的嘴巴上。

陸小鳳聽到三個字。

鷹眼老七一生中最後的三個字：「宮九太……」

——宮九太？

——宮九太什麼？

——宮九太過分？

——宮九太囂張？

——宮九太有勢力？

陸小鳳面對一抔黃土，苦苦思索鷹眼老七死前對他說的不完整的秘密。

——宮九太厲害。

——是「太」還是「泰」？

——宮九在泰山？

——宮九的秘密在泰山？

——宮九的地盤在泰山？

——宮九藏那批珍寶的地方在泰山？

陸小鳳決定放棄思考了。

對鷹眼老七來說，他死時心裡平靜，可謂死得其所，但對陸小鳳來說，鷹眼老七未能說出宮九的秘密，這一死，就未必有點不值得了。

陸小鳳忽然興起一陣感慨：

——人死了，就一了百了，留下活著的人，留下江湖的恩仇愛恨，想了也了不清！

——人在江湖，真的是身不由己啊！

陸小鳳又想到退隱的問題。

——一想到退隱江湖，他就想到要有個人陪伴在身旁。

——一想到要人陪伴在旁，他就想到沙曼。

——一想到沙曼，他的血液循環就加速了。

——沙曼在哪裡？

——老實和尚在哪裡？

──宮九在哪裡？

──他要到哪裡尋覓沙曼的芳蹤？

──他要走哪個方向，才能尋覓到沙曼的蹤跡。

他不知道。

他只知道一件事。他必須去找，去尋覓。

既然他們都毫無蹤影，唯一的方法，就是自己露出自己的行蹤，讓宮九他們來找他。

所以他決定了一件事──到長安的鬧市去。

四

鬧市。熱鬧的鬧市，黃昏的鬧市。

人來人往，馬去車來，陸小鳳也擠在人群之中。

飯店。長安飯店。

陸小鳳走過三十八家飯店，決定選擇進入長安飯店。因為長安飯店最大、最乾淨、最熱鬧。

最重要的一點，是他發現長安飯店已經客滿了。

踏入飯店大門，連伙計都忙得沒有招呼他。他很高興，因為這就是他想的。

他眼睛到處轉了一轉，發現一張方桌上坐著三個人。三個濃眉粗目肌肉結實的大漢。

陸小鳳決定以這三個大漢做對象。

陸小鳳站在三個大漢面前的空位上。

陸小鳳看著正在抬頭看他的三個人說：「我可以坐在這裡？」

陸小鳳向說話的人說：「這是其中一個人的聲音。

「不可以。」這是其中一個人的聲音。

陸小鳳把椅子拉開，坐了下來。

三個人六隻眼睛瞪得很大。

「我說不可以，你是聾子嗎？」

陸小鳳向說話的人笑笑，道：「我不是聾子。」

「那你還不快滾！」那個人的聲音逐漸增大。

「我不能滾，因為我雖然不是聾子，但我卻是一個人。」

「你是誰？」

「我是陸小鳳。」

三個大漢愣住。然後，三個大漢忽然仰天大笑起來。

其中一個居然還伸手摸摸陸小鳳唇上剃鬍子的地方，道：「你是陸小鳳？」

陸小鳳道：「我是陸小鳳。」

那人道：「那麼，你知道我是誰嗎？」

陸小鳳道：「你是誰？」

那人道：「我也姓陸。」

陸小鳳道：「哦。」

那人道：「我叫陸大龍。」

陸小鳳拍手道：「好，好名字。」

那人以詫異的眼光看著陸小鳳。

陸小鳳拿起名叫「陸大龍」的人面前的酒，道：「來，我敬你一杯。」

「陸大龍」愣住。

陸小鳳一口把酒喝下，道：「你叫大龍，我叫小鳳，我們剛好湊起一對。」

「陸大龍」一拍桌子，高聲道：「就是呀，老子配兒子，大龍配小鳳，我以為你連這個也不懂吶。」

陸小鳳道：「哪一點？」

陸小鳳道：「這個我怎麼不懂？只是，我有一點不太懂。」

那人道：「哪一點？」

陸小鳳道：「誰是老子？誰是兒子？」

三個人哈哈大笑起來，彷彿這是他們一生中聽過最好笑的笑話，笑得前仰後翻，整個廳裡的人都朝他們望，整桌酒菜都在震動。

另一個大漢大笑，指著陸小鳳道：「你真不懂？」

陸小鳳很嚴肅的道：「真不懂。」

說話的大漢忽然把笑聲剎住，另兩個人忽然不笑了。他們的笑容，一下子就變成了愁容，極難看的愁容。因為他們看到陸小鳳的手輕輕在桌緣上摩挲，桌緣的木頭，就變成了細沙，紛

紛落下。

他們笑不出來了。他們心中只有一個念頭——這個人也許真的是陸小鳳。

所以他們都擺出一副很抱歉、很憂愁的樣子，大眼瞪小眼的看著陸小鳳。

陸小鳳笑了。

陸小鳳笑著道：「你們還沒有回答我的問題。」

「陸大龍」以帶著哭聲的聲音道：「哪一個問題？」

陸小鳳道：「誰是老子？誰是兒子？」

「陸大龍」忽然伸手打了自己兩個耳光，道：「你是老子，我是你的龜兒子。」

「啪」「啪」，說完又打了自己兩個耳光。

陸小鳳卻搖頭起來，說：「答錯了。」

「陸大龍」臉上的表情，實在太難看了，差點就真的要哭出來，道：「答錯了？難道你要做我的龜兒子？」

「啪」「啪」，是「陸大龍」身邊的大漢打在他臉上的聲音。

那大漢道：「對不起陸爺，他笨，他不會說話，你大人有大量，就放過咱們吧！」

陸小鳳道：「我沒有要你們怎樣呀！是你們要為難我而已呀。那你說，誰是老子？誰是兒子？」

三個人忽然一起跪下，向陸小鳳叩頭道：「你是老子，我們都是你的龜兒子。」

陸小鳳道：「你們怎麼又犯同樣的錯誤？」

三個人瞪目看著陸小鳳。

陸小鳳道：「天上的鳳，會生烏龜嗎？」

三個人異口同聲道：「不會。」

陸小鳳道：「那我哪來的龜兒子？」

「啪」「啪」六響，每人打在自己臉上兩個耳光。

「陸小鳳」三個字，就這樣在長安鬧市響亮了起來。

陸小鳳知道，不出多久，江湖上的人就大都會知道，陸小鳳在長安。

這其中當然包括宮九和老實和尚。假如宮九要找陸小鳳，他就可以到長安來了。

時間，是一種很奇怪的東西。對於勤奮的人來說，時間總是如箭般飛逝，總是不夠用。對於懶散的人來說，時間總是如蝸牛般慢行，總是太長。

歡樂的人希望時光能停住，寂寞的人希望時光能夠快快流逝。

在同樣的時間裡，有人生，有人死，有人快樂，有人憂愁。

想到這些「時間」的問題，陸小鳳興起一個念頭——這一刻，沙曼在想什麼？

六

沙曼當然是在想陸小鳳。

從陸小鳳離去那一天，她就開始在想念陸小鳳。被老實和尚帶到這裡，她更加想念陸小鳳。

每天，她都期待有奇蹟出現，陸小鳳忽然就出現在她面前。

好幾次，她都有一股衝動，想去找陸小鳳，但是她知道，那是不可能的事。

她在這裡生活很好，起居都有丫鬟照顧，而且有充分的自由，可以在花園走動。她知道，老實和尚根本不擔心她逃走。她在島上生活太久了，陸地上的一切，早已遺忘，就算她逃出這官府般的宅邸，她又能到哪裡？她早就認清這一點，所以她安心在這裡等待，等待命運對她的安排。

她什麼也不想，她只把全副心思放在陸小鳳身上。她回憶和陸小鳳共度的時光，憧憬以後共聚的歡樂。日子就這樣打發走了。

老實和尚每天都來看沙曼一次，每次都沉默無語。

今天卻是例外。

老實和尚笑容滿面的走進來，一見到沙曼，就高聲道：「好消息。」

沙曼依舊擺出慵懶的樣子，道：「什麼好消息？」

老實和尚道：「你最想知道的好消息。」

──陸小鳳！

她很快就把喜悅之情壓制下來，用淡淡的口吻說道：「你們有陸小鳳的消息？」

老實和尚道：「他在長安。」

沙曼道：「長安？長安離這裡遠嗎？」

老實和尚道：「三天路程。」

沙曼不說話了。

老實和尚卻道：「我勸你別起這念頭。」

沙曼愕然道：「我起什麼念頭？」

老實和尚道：「你想逃離這裡，去找陸小鳳。」

沙曼道：「你真是我肚裡的蛔蟲。」

老實和尚道：「阿彌陀佛，和尚只不過有點透視的本領而已。」

老實和尚看著沙曼，續道：「我勸你別打算逃走，是為了你好。」

沙曼不解道：「為什麼是為我好？」

老實和尚道：「因為假如你走了，你去了長安，你就見不到陸小鳳。」

沙曼道：「為什麼？他不是在長安嗎？」

老實和尚道：「那是三天前。」

沙曼道：「現在呢？」

老實和尚道：「現在他也許到了這裡。」

沙曼道：「這裡？」

老實和尚道：「這裡的意思就是，在這裡附近，他還不能到這裡。」

沙曼道：「為什麼？」

老實和尚道：「因為我們還不想讓他見到你。」

沙曼道：「你們要什麼時候才讓我見他？」

老實和尚道：「你的問題只有一個答案，答案只有三個字。」

沙曼道：「哪三個字？」

老實和尚道：「到時候。」

七

所謂到時候，也許是永遠也到不了的時候。

因為，假如陸小鳳不答應宮九他們的要求，他到時候見到沙曼，可能是個死了的沙曼。

所以，當老實和尚派人去長安把陸小鳳接來，住在這豪華的宅邸，當他問老實和尚什麼時候可以見到沙曼，老實和尚回答說「到時候」的時候，陸小鳳就知道，他必須要靠自己了。

他知道宮九的用意，接他來，無非是告訴他，沙曼就在附近，可是陸小鳳就是見不著，明知沙曼在附近而又見不著，陸小鳳只有更心急，陸小鳳心裡愈焦急，也許就比較容易說服。

陸小鳳了解這點，他也知道，在這裡待得愈久，自己愈不容易把持。

所以他一住進老實和尚為他安排的居所，他就毫不客氣大吃大喝一頓。然後，他就蒙頭大睡。

人的意志實在是很奇妙的，心裡想著該在什麼時候起床，果然睡到那個時候，就自然的醒

來。

陸小鳳醒來時，正是子夜，正是他心中算好要起來行動的時刻。

沒有月亮，繁星滿天。吸一口沁涼的空氣，陸小鳳覺得整個人都舒爽起來。

站在屋頂，藉著星光，陸小鳳一眼看過去，房屋整齊的延伸出去。他發覺，他住的地方，是這一列房屋中最小的一戶。

他知道沙曼不在這一列房屋內。因為以宮九的氣勢，他絕對不會住在小屋裡，一定住在大宅中。

陸小鳳只要找到最大的住宅，就有可能找到沙曼。

這是陸小鳳一聽到老實和尙說「到時候」時，就想到的事。他絕不能坐著苦等，他必須起而尋找。他相信他可以找到沙曼。他有這個信心。

陸小鳳並沒有算錯。只可惜宮九比他算得更快。

所以當他找到那戶大宅，找到沙曼原來住的地方時，沙曼已經不在了。

老實和尙在。

老實和尙露出一副算準了陸小鳳會來的表情，道：「你很聰明。」

陸小鳳道：「只可惜有人比我更聰明。」

老實和尙道：「那個人並不比你聰明。」

陸小鳳道：「哦？」

老實和尚道：「那個人只不過接到報告，說你已不在床上。所以他就急急忙忙把沙曼帶走，把我留下。」

陸小鳳高聲道：「把你留下？為什麼把你留下？我找的又不是你。」

老實和尚笑道：「阿彌陀佛，色就是空，沙曼就是老實和尚，你找到我就等於找到沙曼一樣。」

陸小鳳很想笑，只是他實在笑不出來。

所以他只好走上前，走到靠近老實和尚的身前，伸出雙手。

老實和尚問道：「你要幹什麼？」

陸小鳳道：「你不是說，找到你就等於找到沙曼嗎？」

老實和尚道：「不錯。」

陸小鳳道：「我見到沙曼的第一件事，就是和她擁抱，所以，我要擁抱你。」

老實和尚一邊退後，一邊擺動雙手，道：「這大大的使不得。」

陸小鳳道：「為什麼使不得？」

老實和尚道：「因為和尚也是男人，男人是不能跟男人擁抱的。」

陸小鳳道：「你不是說你就是沙曼嗎？」

老實和尚道：「這問題太玄了，我們還是談點別的吧。」

陸小鳳道：「別的？別的什麼問題？」

老實和尙一本正經的道：「大問題。」

陸小鳳道：「大問題？什麼大問題？」

老實和尙道：「有關兩個人的生死問題。」

陸小鳳道：「兩個人的生死問題？其中一個是我嗎？」

老實和尙道：「你看，我不是說你很聰明嗎？」

陸小鳳笑道：「另外一個人是沙曼？」

老實和尙嘆氣道：「唉！你這麼聰明的人，怎麼一點也想不開？」

陸小鳳道：「我想不開？我什麼事情想不開？」

老實和尙道：「對於小老頭的建議，你爲什麼那麼執著？你執著的是什麼？」

陸小鳳定定的看了老實和尙一眼，搖搖頭道：「雖然我一直都不了解你，可是我一直都認爲，你應該是個有原則的人，是什麼原因使你變了？你爲什麼會答應小老頭，做他手下的隱形人？」

老實和尙道：「因爲我想開了。」

陸小鳳道：「想開了？你想開了什麼？」

老實和尙道：「人生。」

陸小鳳道：「人生？你了解人生？」

老實和尙道：「了解。」

陸小鳳道：「你以爲人生是什麼？」

老實和尚道：「人生就是享樂。我老實和尚苦修了一輩子，得到的是什麼？人生匆匆幾十寒暑，我為什麼要虐待自己？小老頭說得對，及時行樂，莫等閒白了少年頭，那就後悔也來不及了。」

陸小鳳又定定的看了老實和尚一眼，苦笑道：「這就是你了解的人生？你就是為了要享樂，加入了小老頭的行列？」

老實和尚道：「我錯了嗎？」

陸小鳳道：「你錯了。你知道人生還有什麼嗎？」

老實和尚道：「還有什麼？」

陸小鳳一字一字地道：「道義、仁愛、良心。」

老實和尚笑了起來，道：「你執著的就是這些？這就是你看不開的原因？」

陸小鳳微笑道：「就是因為我看開了，我才執著這些，你懂嗎？」

老實和尚搖頭道：「我不懂。」

陸小鳳苦笑道：「其實你懂不懂都沒有關係，有關係的是，你和我對人生的看法有所不同。」

老實和尚道：「這表示我們之間必定有衝突，這就是我們必須要敵對的原因。」

陸小鳳道：「那你注定了是個失敗者。」

老實和尚道：「為什麼？」

陸小鳳道：「因為邪惡，永遠戰勝不了正義。」

老實和尚又笑了起來，道：「你別忘了還有另外一句話。」

陸小鳳道：「什麼話？」

老實和尚道：「道高一尺，魔高一丈。」

陸小鳳也笑了起來，道：「你知道魔和道是不一樣的嗎？」

老實和尚道：「本來就是不一樣的。」

陸小鳳道：「所以，道和魔的比例也不一樣，道的一尺，可能是十丈，而魔的一丈，也許只有一寸。」

老實和尚沉默了。

陸小鳳笑道：「我倒是有一點很不懂的地方。」

老實和尚以疑問的眼光看著陸小鳳。

陸小鳳續道：「小老頭已經擁有像你和宮九那樣的高手，為什麼一定要我？」

老實和尚道：「因為你最有用。」

陸小鳳不解的道：「我？我最有用？宮九的武功恐怕就比我高，我會比他有用嗎？」

老實和尚很肯定的說：「是的。」

這一次沉默的是陸小鳳了。

老實和尚道：「因為小老頭需要完成的事，只有你能做到。」

陸小鳳道：「別人做不到嗎？你做不到嗎？宮九做不到嗎？」

老實和尚一字一字地道：「只有你，才能做到。」

陸小鳳道：「為什麼？」

老實和尚道：「因為在那個場合裡，只有你，才是真真正正的隱形人。在那個場合裡，只有你，才不會給別人以戒心。」

陸小鳳道：「那是一個什麼樣的場合？」

老實和尚沒有回答。

陸小鳳道：「你不能說？」

老實和尚道：「能。」

陸小鳳道：「那你為什麼不說？」

老實和尚道：「我可以說，但是不是在這裡說。」

陸小鳳道：「在哪裡？」

老實和尚道：「要有宮九在的地方。」

陸小鳳道：「為什麼一定要有宮九在的地方，你才能說？」

老實和尚道：「因為這是一件轟動天下的大秘密，我說了出來，你只有兩條路走。」

陸小鳳道：「哪兩條路？」

老實和尚道：「一條是活路，就是你答應做隱形人。」

陸小鳳道：「另一條是死路？」

老實和尚道：「對，是死路，因為這個秘密不能讓你活著知道，所以只有宮九在場的時候才能告訴你。」

陸小鳳笑道：「因為宮九能殺我？」

老實和尙道：「你又說對了。」

陸小鳳道：「好，走吧！」

老實和尙道：「走？去哪兒？」

陸小鳳道：「去見宮九。」

老實和尙道：「去見宮九？現在就去？」

陸小鳳道：「是呀，因為我想馬上就知道這個轟動天下的大秘密。」

老實和尙道：「你知道當你知道這秘密以後，你只有兩條路可以走嗎？」

陸小鳳道：「我知道。」

老實和尙道：「你準備走哪一條路？死路？生路？」

陸小鳳道：「你想死嗎？」

老實和尙道：「當然不想！誰會想死？」

陸小鳳道：「對呀！那我會想死嗎？」

老實和尙興奮的道：「你是說，你答應做隱形人？」

陸小鳳道：「不做隱形人，就不能活嗎？」

老實和尙斬釘截鐵的道：「不能。」

陸小鳳也用斬釘截鐵的口吻道：「我就偏偏要活給你看。」

廿二　隱形的人

一

很大的門，開著的大門。進入大門的人只有一個。

老實和尚站在門外對著陸小鳳道：「你進去，前院裡有三個房間，三個房間有三個不同的人，他們都在等你。」

陸小鳳問道：「三個人？」

老實和尚道：「我可以告訴你兩個人的名字，一個宮九，一個是你朝思暮想的沙曼。」

陸小鳳道：「另一個為什麼不能說？」

老實和尚道：「不為什麼，只因為你也許再也見不到這個人。」

陸小鳳道：「哦？」

老實和尚道：「這要看你的造化，假如你先進入的房間，住的是沙曼，你還可以在死前和她瘋狂的熱愛一番。假如你先找到宮九，那就對不起，請你跟這個世界說兩個字。」

陸小鳳道：「哪兩個字？」

老實和尚道：「再見。」

陸小鳳笑了起來，道：「假如我先進入那個你不能說的人的房間呢？」

老實和尚道：「也許你會不明不白的死掉，也許你會很快樂。」

陸小鳳感興趣的道：「我還會快樂？」

老實和尚道：「假如你沒有不明不白的死去，我保證你會很快樂。」

陸小鳳忽然想到一個問題，問道：「我可不可以在每個房間的門口大叫一聲？」

老實和尚道：「不可以。」

陸小鳳道：「爲什麼？」

老實和尚道：「因爲你只要一出聲，你就會發現一很好玩的事。」

陸小鳳道：「多好玩？」

老實和尚道：「你會發現有很多人送東西給你。」

陸小鳳道：「送什麼？」

老實和尚道：「暗器，致命的暗器，我保證是絕對要了你的命的暗器。」

陸小鳳道：「我進入房間以後呢？」

老實和尚道：「你可以說話，可以笑，可以做任何的事情。」

陸小鳳道：「那我可以跟你說兩個字了嗎？」

老實和尚道：「可以。」

陸小鳳道：「再見。」

繁星雖然依舊掛滿天空，但偌大的一座院落卻是黑漆漆的一片。

除了房間樹木假山的暗淡輪廓外，陸小鳳什麼也看不見。

不過，他發現一件事——三間房並不是連在一塊的，而是左、右、中央各一。

他只有一個選擇。他筆直的向前走。

他的腳步很輕，他相信，裡面的人一定沒有發覺，他已經站在門口了。

他並沒有立刻去推門。他在門外站了大概有四分之一炷香的時間，但是房裡連一點聲音都沒有。

他心中興起一個念頭——房內的人，不會是沙曼。如果是沙曼，她應該會發出夢囈的聲音。

他想放棄選擇這間房的時候，心中卻興起另一個念頭——假如沙曼正在酣睡呢？

所以他又在門口站了四分之一炷香的時間。

靜寂。依舊是一片死般的靜寂，沒有風聲、沒有老鼠走動的聲音，更沒有夢囈聲，甚至連在床上翻個身的聲音也沒有。

陸小鳳決定推門了。

門一推開，他就像靈狐那樣闖了進去，蓄勢站定以後，他就發現一件事……

——門又自動的關了起來。

所以他什麼也看不見，但是他卻感覺到房裡有人——男人。

然後他就感覺到刀鋒般的掌風切向他的心臟。

陸小鳳的身體忽然直直的向後倒退，避開了掌風。

但是，陸小鳳還沒有站定，掌風又劈向他的心臟，他已經不能躲避了。

陸小鳳並沒有不明不白的死去。

救他的人不是別人，是他自己；不是他的武功，是他敏捷的判斷力。

那隻刀鋒般的手掌在陸小鳳心臟前兩寸就停下了，因為陸小鳳說出了三個字。

三個救了他一命的字。

——花滿樓。

除了花滿樓，誰能在黑暗中分毫不差的「看」到敵人的心臟部位？

所以充滿殺氣的手忽然變得溫柔起來，溫柔的手握在陸小鳳的手上。

兩隻手，兩隻緊握的手，代表著世上最珍貴的事情——友情。

「你怎麼會在這裡？」

這是陸小鳳和花滿樓同時說出來的同一句話。

在黑暗中，陸小鳳雖然看不到花滿樓的表情，但他知道花滿樓一定在「注視」他，然後，

兩人大笑。

花滿樓挽著陸小鳳的臂，帶到桌旁，道：「請坐。」

陸小鳳坐下。

花滿樓也坐下，道：「我這裡沒有燈。」

陸小鳳道：「那我們就在黑暗中交談吧。」

花滿樓道：「先談我為什麼會在這裡，還是先聊你怎麼會到這裡？」

陸小鳳道：「談你吧。」

花滿樓道：「是老實和尚帶我來的。」

陸小鳳道：「他怎麼會帶你來？」

花滿樓道：「我一直替你追查那幕後的隱形人，但一點眉目也沒有，反而查出了另外一件事。」

陸小鳳道：「是什麼事？」

花滿樓道：「你知道當今皇上在物色御前侍衛嗎？」

陸小鳳道：「我是江湖中人，從來不打聽這種事。」

花滿樓道：「我本來也不管這些事，但是我卻聽到消息說，皇上正在找你。」

陸小鳳道：「找我？」陸小鳳大吃一驚。

「你很驚訝吧？」花滿樓道：「我當時聽到這消息，我也傻住了，所以我就循線索追查下去。」

陸小鳳道：「結果呢？」

花滿樓道：「結果發現，這消息原來是真的。」

陸小鳳道：「皇上找我去當御前侍衛？」

花滿樓道：「一點不錯。」

陸小鳳道：「爲什麼？」

花滿樓道：「因爲有人推薦你。」

陸小鳳道：「有人推薦我？誰？」

花滿樓道：「太平王世子。」

陸小鳳張大了嘴巴，然後才道：「太平王世子？我跟他八桿子也搭不上邊，爲什麼要推薦我？」

花滿樓道：「我不知道。」

陸小鳳道：「而且，太平王世子和江湖的人有連絡，他怎麼會不知道我是野鶴閒雲，怎麼會做御前侍衛？」

花滿樓道：「我也想不通這裡面有什麼巧妙。」

陸小鳳道：「你曾繼續追查嗎？」

花滿樓道：「是的，曾經追查過。」

陸小鳳道：「查出了什麼？」

花滿樓道：「什麼也查不出，只查出了有一次老實和尙去見過太平王世子。」

陸小鳳吃驚的道：「哦！」

花滿樓道：「所以我就去拜訪老實和尙。」

陸小鳳道：「他就帶你到這裡？」

花滿樓道：「是的。」

陸小鳳道：「他跟你說了些什麼？」

花滿樓道：「他要我待在這裡，說很快就會看到你。」

陸小鳳道：「你為什麼要襲擊我？」

花滿樓道：「這幾天晚上，一直都有人來偷襲我，我也不知道是誰，問老實和尚，老實和尚也說不知道，他只說我要小心，最好把偷襲的人活捉，就知道真相了。」

陸小鳳道：「可是你對我下的是殺手。」

花滿樓道：「第一，我不知道是你，第二，那個人的武功非常高，而且都在你這個時候來，我除了猛下殺手，機會不大，好在你忽然認出是我。」

陸小鳳道：「不然你見到的陸小鳳，就是死了的陸小鳳。」

花滿樓笑了起來，道：「你一向都是命大的人。」

陸小鳳沒有說話，因為他忽然想到了一件事。

——鷹眼老七臨死前說的一個字：「太」。

——太平王世子？太平王世子！

——鷹眼老七要對他說的，莫非就是太平王世子？

莫非就是太平王世子推薦他給當今皇上的祕密？

花滿樓覺察到陸小鳳的沉默，問道：「你想到了什麼事嗎？」

陸小鳳道：「我想到一個人。」

花滿樓道：「什麼人？」

陸小鳳道：「死人。」

花滿樓道：「誰？」

陸小鳳道：「鷹眼老七。」

「鷹眼老七死了？」

「是的。」

「他臨死前說了些什麼？」

花滿樓道：「一個字，『太』。」

「一個字，『太』。」

陸小鳳道：「太？太平王世子？」

花滿樓道：「我正是這麼想。」

花滿樓沒有說話，他在沉思

陸小鳳道：「你知道太平王世子這個人嗎？」

花滿樓道：「一無所知。你呢？你見過這個人嗎？」

「素未謀面。」

花滿樓道：「這就奇了。他為什麼要推薦你？他有什麼目的？」

陸小鳳道：「我們要找一個人。」

花滿樓道：「老實和尚？」

陸小鳳道：「是的，這問題，他一定有答案。」

陸小鳳忽然又想起另一個人，所以他又道：「不，我們還是找另一個人比較好。」

花滿樓道：「誰？」

陸小鳳道：「宮九。」

「宮九？你知道宮九在哪裡？」

「我到這裡，是老實和尚帶我來的，他說這裡有三個房間，其中一個裡面住的就是宮九。」

花滿樓道：「我們現在就去找他吧。」

「不必了。」外面傳來低沉的聲音。

燈。八盞大亮的燈。燈在八個姿色美艷的女人手上，自門外緩緩提著進來。

說話的人走在八個美女的後面。冷酷、得意，就是這個說話的人的表情。

那就是宮九。

花滿樓忽然道：「是你？」

宮九道：「是我，你畢竟聽出了我的腳步聲了。」

花滿樓道：「你就是宮九？每天晚上來偷襲我的人就是你？為什麼？」

宮九道：「因為我希望讓你養成了要殺我的習慣，然後……」宮九得意的笑了起來。

陸小鳳道：「然後，被殺的人，卻是我。」

宮九道：「對極了。」

花滿樓道：「好一個借刀殺人的妙計。」

宮九道：「只可惜幸運之神總是照顧著陸小鳳。只不過⋯⋯」宮九說到這裡，冷哼了幾聲。

陸小鳳道：「只不過我現在已沒有這麼好的運氣？」

宮九道：「幸運，總是有個限度的。」

陸小鳳不說話了。他不說話的原因，並不是他無話可說，而是他認為，宮九有這種心理，而輕視，往往會使一個人不小心，不小心，就會導致失敗。

對他來說是件好事，因為這樣一來，宮九會對他產生輕視的心理，而輕視，往往會使一個人不小心，不小心，就會導致失敗。

陸小鳳希望宮九愈瞧不起他愈好，他實在很怕宮九的武功。假如宮九瞧不起他，他也許會找到宮九疏忽時的弱點，那還有取勝的機會。

花滿樓卻說話了。他說的是一句問話。

他問道：「你認識太平王世子？」

宮九的回答很妙，他答道：「我認識老實和尚。」

花滿樓道：「哦？」

宮九續道：「老實和尚認識太平王世子，你說我會不認識嗎？」

花滿樓道：「不一定。」

宮九道：「為什麼不一定？」

花滿樓道：「陸小鳳認識沙曼，但是直到現在我還未見過沙曼。」

宮九笑道：「你一定會見到她的。」

花滿樓道：「什麼時候？」

宮九道：「到時候。」

花滿樓道：「在哪兒？」

宮九道：「在路上。」

花滿樓道：「路上？什麼路上？」

宮九道：「黃泉路上。」

花滿樓道：「你要把我們都殺死？」

宮九道：「也許。」

花滿樓道：「我們有選擇的餘地嗎？」

宮九道：「只有一個人有。」

花滿樓道：「誰？」

宮九道：「陸小鳳。」

陸小鳳看著宮九，道：「我可以選擇？」

宮九點頭道：「是的。」

陸小鳳道：「選擇什麼？」

宮九道：「做隱形人或者做鬼。」

陸小鳳道：「我不做隱形人，就一定要做鬼嗎？」

宮九道：「我敢保證，一定。」

陸小鳳道：「你一向都那麼自信？」

宮九道：「是的。」

陸小鳳道：「你卻在西門吹雪那裡把我追失了。」

宮九冷笑道：「你現在還不是在我手心上？」

陸小鳳道：「那是我自己願意上鈎的。」

宮九道：「我手上沒有沙曼這張王牌，你會來上鈎嗎？」

陸小鳳道：「你千方百計的引我到這裡來，到底為什麼？」

宮九道：「我不是說過嗎？做隱形人，或是做鬼。」

陸小鳳道：「為什麼我不做隱形人，就非得做鬼不可？」

宮九道：「因為你會破壞我。」

陸小鳳道：「會破壞你的人，你都要他死嗎？」

宮九道：「是的。」

陸小鳳道：「假如我答應你，我不破壞你的事呢？」

宮九道：「我還是要殺你。」

陸小鳳道：「為什麼？」

宮九道：「因為我不相信你。」

陸小鳳道：「你爲什麼不相信我？」

宮九道：「因爲你是陸小鳳，你要是不干涉這件轟動整個武林的事，陸小鳳就不是陸小鳳了。」

陸小鳳笑了起來，道：「你倒是我的知己。」

宮九道：「我不是，另一個人才是。」

陸小鳳道：「小老頭？」

宮九道：「不錯。」

陸小鳳道：「這一切都是小老頭的意思？」

宮九道：「只有他才能想得出這麼多巧妙的計策，也只有你，才能完成他這件傑作。」

陸小鳳道：「假如我不答應，你把我殺了，這件傑作就不能完成？」

宮九道：「是的。」

陸小鳳道：「那豈不可惜？」

宮九道：「這是遺憾。所以我們一直都沒有殺你，就是希望你能答應。」

陸小鳳道：「我有什麼好處嗎？」

宮九道：「太多了。」

陸小鳳道：「你爲什麼不把好處說出來，試著打動我？」

宮九道：「你可以擁有沙曼。」

陸小鳳道：「就這樣？」

宮九道：「你可以有享不完的榮華富貴。」

陸小鳳道：「我不要榮華富貴。」

宮九道：「你可以無憂無慮、隨心所欲的過一生。」

陸小鳳道：「為什麼？」

宮九道：「因為只要完成了這件事，你要什麼，只要開口，你就會得到。」

陸小鳳道：「只要世上有的，都可以？」

宮九道：「只要世上有的，都可以。」

陸小鳳道：「什麼都可以？」

宮九道：「因為給你的人，是皇上。」

陸小鳳道：「為什麼？」

宮九道：「因為給你的人，是皇上。」

陸小鳳道：「當今皇上？」

宮九道：「不是。」

陸小鳳迷惑了，問道：「不是？」

宮九道：「是下一個皇上。」

陸小鳳道：「為什麼是下一個皇上？」

宮九道：「因為當今的皇上到時候已經不在了。」

陸小鳳道：「為什麼不在？」

宮九淡淡的道：「死了，當然就不在了。」

陸小鳳道：「皇上為什麼會死？」

宮九道：「誰都會死的，皇上爲什麼不會？」

陸小鳳道：「下一個皇帝，是太平王世子嗎？」

宮九道：「怪不得小老頭一直稱讚你，你果然很聰明。」

陸小鳳道：「太平王世子推薦我，就是讓我有機會出現在皇帝面前？」

宮九道：「不錯。」

陸小鳳道：「你們要我做隱形人，就是要我到時候刺殺皇上？」

宮九道：「一點不錯。」

陸小鳳道：「錯了。」

宮九道：「錯了？」

陸小鳳道：「小老頭錯了，我也錯了。我以爲小老頭是我的知己，原來不是。」

宮九道：「爲什麼不是？」

陸小鳳道：「他根本不了解我，這種事，我怎麼能做得出來？我阻止都來不及，怎麼會去做？」

宮九道：「小老頭並不一定錯，你卻一定錯了。」

陸小鳳道：「哦？我錯在哪裡？」

宮九道：「你忽略了一些事。」

陸小鳳道：「什麼事？」

宮九道：「人性。」

陸小鳳道：「人性？」

宮九道：「你忽略了人性裡有愛、有恐懼、有貪圖享樂的惰性。」

陸小鳳道：「我有忽略？」

宮九道：「你忽略了，所以小老頭要我們不斷提醒你。」

陸小鳳道：「你們提醒我的方法，就是劫持沙曼。」

宮九道：「你不想沙曼嗎？你不想跟沙曼長相廝守嗎？你不想跟沙曼無憂無慮、隨心所欲的過一生神仙般的生活嗎？用威迫加利誘來使我注意？」

陸小鳳道：「這是任何人都想的事，只是，要用一手血腥來獲得這些，我相信這世上起碼有三個人絕對不幹。」

宮九道：「哪三個人？」

陸小鳳指著花滿樓道：「他。」

宮九道：「還有呢？」

陸小鳳道：「西門吹雪和我。」

宮九道：「很好。」

陸小鳳道：「很好？很好是什麼意思？」

宮九道：「很好的意思就是，我把你引來這裡，是一件對我們很好的事。」

陸小鳳道：「可是對小老頭的計劃來說，豈不是很不好嗎？」

宮九道：「都是不得已的遺憾。」

陸小鳳道：「我可以問你一些問題嗎？」

宮九道：「當然可以，我對將要離開這個世界的人，一向都不會隱瞞什麼的。」

陸小鳳道：「太平王世子是不是隱形的人？」

宮九道：「是的。」

陸小鳳道：「崔誠是他殺的嗎？」

宮九道：「是的。」

陸小鳳道：「蕭紅珠和程中也是他殺的。」

宮九道：「他是進入密室時才殺死他們的嗎？」

宮九點頭道：「不錯，所以他就花了錢買通葉星士，要他說崔誠他們被殺了一個半時辰。」

陸小鳳道：「這一切都是預先設計好的？」

宮九道：「是的，除了你。」

陸小鳳道：「我是個不經意的闖入者。」

宮九道：「由於你突然出現在島上，使得小老頭興起了要你做隱形人，要你刺殺皇帝的念頭。」

陸小鳳道：「現在最有權勢的人，是太平王世子嗎？」

宮九道：「他已經籠絡了很多得力助手。」

陸小鳳道：「他為什麼不自己去行刺？」

宮九道：「那是不成的，假如由他親自動手，他怎能獲得大家的支持接任？」

陸小鳳道：「你跟太平王世子很熟嗎？」

宮九道：「這世上沒有任何人比我對他更熟悉的了。」

陸小鳳道：「哦？你從小就認識他？」

宮九道：「他還沒有出娘胎，我就已經認識他。」

陸小鳳道：「為什麼？」

宮九道：「因為我就是太平王世子。」

所有人都愣住。這實在是一件驚人的消息，陸小鳳瞪著宮九，連一句話都說不出來。

宮九很得意的看著陸小鳳，笑道：「這秘密令你很震驚吧？」

陸小鳳道：「我做夢也想不到。」

宮九道：「還有一件事也是你做夢也想不到的。」

陸小鳳道：「什麼事？」

宮九道：「你馬上就要死了。」

宮九說完，向著門外一指。

火把。明亮亮的火把。

五十支火把握在五十個赤膊露出結實肌肉的大漢手上。五十個大漢圍成一個大圈。

陸小鳳道：「這是什麼意思？」

宮九道：「這叫四個字。」

陸小鳳道：「哪四個字？」

宮九道：「入地難遁。」

宮九說完，一拍手掌。

又是火把，又是明亮亮的火把。

又是五十支火把握在五十個赤膊露出結實肌肉的大漢手上，只不過這五十個大漢不是站在地上。

站在屋瓦上。

陸小鳳道：「這又是什麼意思？」

宮九道：「這是另外的四個字。」

陸小鳳道：「哪四個字？」

宮九道：「插翅難飛。」

陸小鳳笑道：「看來你一定要置我於死地。」

宮九道：「你說得一點也不錯。」

陸小鳳道：「我可以問你一個問題嗎？」

宮九道：「當然可以。」

陸小鳳道：「這問題是問你有沒有聽過這樣一句話。」

宮九道：「什麼話？」

陸小鳳道：「這句話比你那兩句話少一個字。」

宮九道：「七個字？哪七個字？」

陸小鳳道：「置諸死地而後生。」

宮九露出不屑的笑聲，道：「你沒有機會，一點機會也沒有！」

陸小鳳道：「你這樣堅持，我看我真的是一點機會也沒有了。既然我快要死了，我可以向

你請求一件事嗎？」

宮九道：「什麼事？」

陸小鳳道：「放了花滿樓和沙曼。」

宮九很乾脆的道：「可以。」

陸小鳳道：「我還想一件事。」

宮九道：「小老頭說，要我盡量答應你死前的任何請求。你說吧！」

陸小鳳道：「我想見沙曼。」

宮九道：「你一定可以見到的。」

陸小鳳道：「不是現在？」

宮九道：「不是。」

陸小鳳道：「什麼時候？」

宮九一擺手，指著門外，道：「你站到外面，面對著我的時候。」

陸小鳳道：「你很厲害。你想分我的心？」

宮九道：「別忘了小老頭一直推崇你，我絕對不會對你掉以輕心的，老實說，面對強敵的

時候，我絕對用盡一切方法令對方的意志薄弱起來。這是制勝的方法。」

陸小鳳深深的看著宮九。他實在佩服宮九，他發覺以前他都把宮九看錯了。

然後，陸小鳳一伸手，道：「請。」

宮九道：「理應你先。」

陸小鳳道：「為什麼？」

宮九道：「因為這是到鬼門關的路。」

二

曙光，已經乍露。

假如白天象徵生命，曙光的來臨就表示生命的誕生，然而，為什麼陸小鳳面對的，卻是死亡的陰影？

宮九到底有什麼厲害的絕招，他為什麼顯出一副氣定神閒的樣子？

這問題很快就有了答案。

當陸小鳳集中了全副意志力，蓄滿了全身精力，面對著宮九的時候，宮九卻輕輕的拍了一下手。

然後陸小鳳就看到了他早也想晚也想的沙曼。

陸小鳳的意志力鬆懈了，他的思想已被對沙曼的愛情注滿，他正在集中的注意力，都移到了沙曼身上。

假如宮九現在進攻陸小鳳，陸小鳳必敗無疑。

但是宮九沒有進攻，他露出得意的神情，就像一隻貓，在玩弄一隻垂死的老鼠猶自盯著吃不到的乳酪一樣。

陸小鳳正盯著沙曼看。

沙曼也看著陸小鳳，但目光中竟然沒有一點憂傷的神色，反而是一片寧靜與安詳，就像被圍繞的港灣中的海水那樣平靜。

這是陸小鳳想不到的。這也是宮九想不到的。

沙曼為什麼會表現得這麼安詳？她難道不知道陸小鳳正面臨死亡的大關嗎？

沙曼踏著平穩的步伐，緩緩走向陸小鳳。

當她走近陸小鳳身邊時，忽然轉身面對宮九。

沙曼對宮九道：「我可以跟他說一句話？」

沒有等宮九回答，沙曼又繼續道：「我只說兩個字。」

宮九笑道：「你要說再見，還是說永別？」

沙曼微笑道：「我說的兩個字，只有我和他知道。」

宮九道：「請便。」

沙曼把嘴貼陸小鳳耳上，說出了那兩個字。

那兩個是什麼字？

沙曼說完，就緩緩走開，站在陸小鳳身後，面對著宮九。

宮九的視線由沙曼臉上，移到陸小鳳臉上。

宮九道：「你還有什麼遺言？」

陸小鳳道：「沒有了，你呢？」

宮九仰天狂笑，道：「請你記住，要死的人是你，不是我！」

陸小鳳沉靜的道：「我們就空手決鬥嗎？」

宮九道：「不，武器由你選。」

陸小鳳道：「我要什麼武器，你都可以給我？」

宮九道：「任何武器，我都有。」

陸小鳳道：「很好。」

宮九道：「你要什麼武器？」

陸小鳳道：「長鞭。」

宮九臉上神色大變，道：「長鞭？」

陸小鳳冷冷道：「是的，長鞭！」

宮九喘了幾口大氣，鎮靜下來，一拍手。

陸小鳳手已經拿著長鞭。

陸小鳳道：「你空手嗎？」

宮九傲然道：「就憑我這雙手就夠了。」

陸小鳳抖了抖手中長鞭道：「很好。」

長鞭發出刺耳的「唰」「唰」聲。

宮九臉色忽然大變，兩眼逐漸變紅，盯著陸小鳳的身後。

陸小鳳發現盯著他身後的眼睛，不只宮九那一雙。

站在屋頂上和圍在四周的大漢，每對眼睛都貪婪的盯著陸小鳳的身後。

陸小鳳已經知道是怎麼回事了。他也明白沙曼為什麼對他說「用鞭」這兩個字。

沙曼其實並沒有做什麼，她只不過是把身上的衣服都脫了下來而已。

把衣服脫光其實也並沒有什麼，只不過是露出赤裸裸的胴體罷了。

人一生下來，豈非也是赤裸裸的？

只不過，赤裸裸的嬰兒，激起人心中的，是對生命的讚嘆，而赤裸裸的成熟女子的胴體，激起人心中的，卻是情慾。

情慾是人類的弱點，尤其是對在比鬥的人，更不能興起情慾。

宮九更不能。這是宮九的弱點。

沙曼了解宮九，更了解宮九的弱點。所以她要陸小鳳用鞭，自己則以色相的犧牲，來勾起宮九的情慾。

長鞭的「唰」「唰」聲響，加上陽光照在沙曼白玉般的肌膚上，宮九氣息已喘動如一頭奔跑了數十里的蠻牛。

當沙曼扭動腰肢，做出各種動作的時候，宮九瘋狂般撕扯自己的衣服，喘著氣狂叫：「打我！打我！」

陸小鳳收起長鞭，以悲憫的同情眼光，看著宮九。

宮九卻用哀求的眼光看著陸小鳳和他手中的長鞭，大叫：「用鞭鞭我！快！快！」

沙曼也大叫了一聲：「快！」

然而陸小鳳並沒有鞭打宮九。他是用刺。他把內力貫注在鞭上，軟軟的鞭一下子變得又直又硬。

陸小鳳就用這樣的硬鞭，一鞭刺入宮九的心臟中。

一切歸於沉寂。

只有初昇的陽光，猶自照在這座院落的牆上、地上、花上、草上、樹上、人身上。

三

舟，扁舟，一葉扁舟。

一葉扁舟在海上，隨微波飄盪。舟沿上擱著一雙腳，陸小鳳的腳。

陸小鳳舒適的躺在舟中，肚子上挺著一杯碧綠的酒。

他感覺很幸福。因為沙曼溫柔得像一隻波斯貓那樣膩在他身旁。

沙曼拿起陸小鳳肚子上的酒，餵了陸小鳳一口，輕聲細語的道：「你知道一件事嗎？」

陸小鳳道：「什麼事？」

沙曼道：「當今皇上，現在真的想見你。」

陸小鳳微笑道：「你也知道一件事嗎？」

沙曼道：「什麼事？」

陸小鳳道：「我現在真的要去做隱形人。」

沙曼嚇了一跳，道：「爲什麼？你現在忽然想刺殺皇上？」

陸小鳳端詳著沙曼的臉道：「你真的那麼笨嗎？」

沙曼道：「我本來就笨嘛，你不喜歡，你就把我丟到海底去算了。」

陸小鳳卻把沙曼抱得更緊，道：「小玉跑了，西門吹雪、花滿樓又回到他們寧謐的世界，江湖上又恢復平靜，我要是不趁著這個機會和你隱居，做一對隱形於江湖的仙侶，我還是人嗎？」

沙曼嘆聲道：「你本來就不是人！」

陸小鳳道：「你說我不是人？難道我是豬？」

沙曼道：「你不是人，也不是豬，你是鳳，是陸小鳳，是飛翔在幸福的九重天上的陸小鳳。」

《鳳舞九天》完，相關情節請續看《劍神一笑》

古龍精品集 29

陸小鳳傳奇（五）鳳舞九天

作者： 古龍
發行人：陳曉林
出版所：風雲時代出版股份有限公司
地址：10576台北市民生東路五段178號7樓之3
電話：(02) 2756-0949　　傳真：(02) 2765-3799
封面原圖：明人出警圖（原圖爲國立故宮博物館典藏）
封面影像處理：風雲編輯小組
執行主編：劉宇青
行銷企劃：林安莉
業務總監：張瑋鳳
出版日期：古龍80週年紀念版2019年1月
ISBN：978-986-146-416-9

風雲書網：http://www.eastbooks.com.tw
官方部落格：http://eastbooks.pixnet.net/blog
Facebook：http://www.facebook.com/h7560949
E-mail：h7560949@ms15.hinet.net
劃撥帳號：12043291
戶名：風雲時代出版股份有限公司

風雲發行所：33373桃園市龜山區公西村2鄰復興街304巷96號
電話：(03) 318-1378　　傳真：(03) 318-1378
法律顧問：永然法律事務所 李永然律師
　　　　　北辰著作權事務所 蕭雄淋律帥

行政院新聞局局版台業字第3595號 營利事業統一編號22759935

定價：240元　　**版權所有　翻印必究**

國家圖書館出版品預行編目資料

陸小鳳傳奇.五, 鳳舞九天／古龍作 .-- 再版.
-- 臺北市：風雲時代， 2007.11
　　面；　公分.
　　ISBN: 978-986-146-416-9（平裝）
857.9　　　　　　　　　　　　96019983